文春文庫

事　　故

別冊黒い画集(1)

松本清張

文藝春秋

目　次

事故……5
熱い空気……201
解説　酒井順子……360

事故

1

高田京太郎《たかだきようたろう》は、或る朝、寝床の中で朝刊を開いていたとき、

「あ、やってる」

と声を出した。

高田は、新聞が来ると、まっさきに社会面を開く。これは、普通の新聞読者が興味本位に社会面を見る心理とは少し違って、彼の場合は職業的なものからだ。

高田京太郎は、協成貨物株式会社総務課車輛係である。協成貨物はトラック十数台を持っている運送業で、この中には東京、松本間の長距離運送も含まれている。

高田は三十七歳で、前に保険の外交員をしていたのだが、六年前に現在の会社に替った。

高田の職業的意識というのは、彼が自動車会社の総務課車輛係ということからで、こ

の係は自動車事故の処理を専任としている。

「トラック重役宅に侵入」

というのが高田の眼を奪った見出しだった。

「二月十一日午前零時二十分ごろ、杉並区R町××番地会社重役山西省三《やまにししょうぞう》さん（四二）方に突然深夜運送のトラックが突入し、同家の門を破り、五メートル離れた玄関先まで突進して停止した。そのため玄関内はメチャメチャとなった。このトラックの運転手は千代田区神田××町協成貨物株式会社の山宮健次《やまみやけんじ》（二一）で、路面が凍ったためのスリップと、居眠り運転による二重事故という珍しいもの。同家には負傷者はなかったが、山宮運転手は全治三日間の打撲傷」

高田京太郎は、読み終って、

「しようがねえな」

と舌打ちした。

彼が毎朝の社会面をまっ先に開くのは、こういう事故が自分の会社関係にありはしないかという気持からだ。ここのところしばらく大きな事故が無かった。

尤《もっと》も、この記事から推察すると、それほど大きな事故ではない。三カ月前に、同じ深夜トラックが老婆を轢《ひ》き殺し、その善後策に汗をかいて随分と奔走したものだが、今度は他家の門と玄関先を壊《こわ》した程度で済んでいるようである。

女房が起しに来て朝飯の膳についたが、高田は、これを見ろ、と云って女房に新聞記事を突きつけた。

「まあ、危ないことだわね」

と、女房は味噌汁の椀を片手に持ち新聞から眼をあげた。

「昨夜《ゆうべ》は冷えたから杉並のほうは凍ったでしょうが、居眠り運転というのはどういうわけでしょうか。神田の社を出てから間もなくでしょ？」

「そうだ。若い奴《やつ》は仕方がない。非番の昼間の時間でも野球に行ったり、映画を見たりして遊ぶからな、疲れるんだ。それに、いつもは二人乗るんだが、昨夜は何かの都合で山宮一人だったらしいな」

「でも、全治三日ぐらいの負傷でよかったわ。あんた、この運転手を知ってるの？」

「ああ知ってるよ」

山宮健次は日ごろから、おっちょこちょいなところがある。運転の技術は正確だが、人間がちょっと軽い。負傷が頭の疵《きず》でなければいいがと思ったのは、この青年がいつも散髪屋にばかり行っている、しゃれ者だからである。

「それにしてもおかしいわね」

と女房が云った。

「このトラックは神田から甲府、松本通いでしょ。そうすると、甲州街道のはずだけれども、この記事にある町の通りは、ちょっとそこからズレているんじゃない？」

「ちょいとそれを見せてくれ」

高田は女房の手から新聞を取戻して被害者の住所を読んだが、なるほど、この地名は甲州街道沿いではない。

「変だな」

彼は黒革の鞄を女房に持ってこさせて、中から東京都の区分地図を取出した。杉並のところを開き、新聞の住所と照合してみると、甲州街道からまるきり離れた所でもないが、少し横にズレている。すなわち、甲州街道から岐《わか》れた路が斜め南に走っているが、問題の家はその道の途中であるらしい。

「どうしてこんな所へ来たんだろうな？」

と彼も首をかしげた。

「だって、そこに居眠りと書いてあるでしょ。寝呆《ねぼ》けて運転を間違えたのかもしれないわ」

女房は味噌汁椀の中を箸《はし》で掻《か》きまぜていった。

「とにかく、これで見ると、落度は完全にウチのほうにあるな。やれやれ、厄介な仕事がまた一つ出来た」

と高田京太郎は嘆息をしてみせたが、これは悪い気持で溜息《ためいき》をついたのではなかった。

つまり、これからがおれの腕の見せどころだという誇示が、こんなわざとらしい身ぶりになったのだ。

その辺のところは女房もよく心得ていて、

「まあ、まあ、仕方がないわね。それがあんたの役目だから。やっぱりほかの人では駄目でしょう」

と嗾《けしか》けた。

高田京太郎は、以前保険の勧誘をしていただけに、口のほうは至極滑らかである。弁舌爽《さわや》かになんのかんのと相手をまるめこんだり、ときには軽く威《おど》かしたりして弁償金を負けさせて来るので、会社では重宝がられている。それを高田は家に帰っていちいち自慢げに女房に告げるのであった。

高田京太郎は、神田の会社に出て事務所に入る前に、じろりと車庫を見た。そこにはトラックが三台入っていて、運転手がホースで車体の水洗いをしている最中だった。

「山宮はどうした」

と彼はその中の一人に声をかけた。

「山宮かね」

と一人が振り返った。

「奴は今、R署に呼び出されているよ」

「傷のほうは大丈夫なのか？」

「なに、大したことはなかったよ。擦過傷《かすりきず》だ。腕を少しすり剝《む》いただけでね。胸のほうは奴も要心したとみえて、ちっとも打っていない」

「今朝《けさ》の新聞では全治三日間と書いてあったがな」

「新聞は大げさだからな」

「車は？」

「これだよ」

と、その隣でタイヤを洗っていた男が捩《ねじ》り鉢巻《はちまき》の顔を振り向けた。

高田はその前に行って仔細《しさい》げに前部を中腰になってのぞきながら、

「どこか痛んでるのかい？」

「いや、大したことはねえ。ちょっとバンパーが曲ってる程度だ。……なに、こんな大きなトラックだもの、チャチな家の一軒ぐらい潰《つぶ》しても、装甲車みたいになんともねえよ。それに、荷物は山藤商会の電機部品だからな、重量は申し分ねえ」

高田は、それだけ見極めたうえ事務所に入った。

お早う、と云い交したのが先に出勤している四、五人だった。尤も車輛係は高田京太郎一人だ。

「高田さん、また仕事が出来たね」

と新聞を読んでいた者が笑いかけてきた。

「しようがないですな。また、当分、ひっかかりそうですよ。……まあ、山宮が大した怪我もなかったのは、よかったですがね」

彼は茶を一ぱい喫《の》み、

「どれ、これから先方の家に行って謝《あやま》って来ましょう。こういうことは早いほうがいいからね」

彼は、つづいて出勤してきた会計係に頼んで、千円札二枚を貰《もら》い、事務所を出た。この金で果物籠《かご》など調《とと》のえるつもりだった。

車庫の前を通るとき、彼は、ふと、また足を運転手たちのほうに向けて、

「おい、山宮は甲州街道を行くのに、どうしてあんな所を通ったんだい？」

と訊《き》いた。

車体のうしろにかくれていた男が顔をつき出して、

「さあ、分らねえな。あの路は甲州街道のカーブから真直ぐに伸びた路だがね。路幅も違うし、間違いようのねえはずだが、山宮は居眠りしていたというから、気づかずにそっちのほうへ入ったんだろう」

と推測を述べた。今朝、女房が云ったことと同じである。

高田京太郎は国電に乗り、新宿でいったん降りて、有名なフルーツパーラーで果物籠を買った。中は安ものにしても数多くし、見かけだけを立派に整えさせ、タクシーで甲州街道を走った。

問題のカーブの場所にくる。なるほど、そこからは直線に別な路が岐れているが、路幅の狭さは、現にその入口に一方通行の標識が出ていることでも分る。

「ここでいい」

と、家並みを順々に見て彼はそこで降りた。

表札を見るまでもなく、門が倒壊しているのですぐに分る。のみならず、近所の人らしいのが五、六人、その前に集っていたり、内でも三、四人が壊れた物を取片付けたりしていた。

高田京太郎は恐縮した姿勢になり、果物籠を小脇に持ち抱えて、靴音を忍ばせながら壊れた門を入った。

そこにいる近所の人に、この家の奥さんを訊くと、その人はすぐ奥に駆けこんだ。

玄関に行くと、これまた格子戸《こうしど》も、上《あが》り框《かまち》も壊れているが、幸い、そこで車はストップしたらしく、内はなんのことはなかった。

彼は、この家の妻女が出て来るまでに素早くあたりを見回して、ざっと損害の計算をした。家は古い。構えはかなり大きいが、昔風のもので、建ててから二十年以上とみた。

つまり、戦前のものだ。この辺は戦災に遭《あ》っていないのである。

門はいわゆる冠木門《かぶきもん》だが、木が古いので、少し強い風が吹いても倒れそうなシロモノである。現に柱も門扉《もんぴ》も風雨に曝《さら》されて黒くなり、虫喰いのところさえある。だから、折れ口だけが生白く浮き立っていた。

玄関も同様で、格子戸と上り框を壊したくらいだから、全部を修繕しても、門と両方でざっと一万五千円もあれば十分だろう。それに見舞金として五千円、計二万円と彼は踏んだ。

さりげない風で見回した首を元に戻したとき、正面に三十一、二くらいの婦人が膝をついていた。

色の白い、ふくよかな顔だちで、髪も豊かである。かなり美人といってもいい。真白いエプロン姿は片付けごとの最中とみえた。

「これはどうも」

と高田京太郎は恭々《うやうや》しくお辞儀をした。

「わたくしは協成貨物株式会社の総務課の者でございますが」

こういう場合、彼は決して車輛係までは付けない。

「昨夜は、わたくしのほうの若い者がとんだ粗相をいたしまして、たいへんご迷惑をおかけいたしました。とりあえず今朝は何をおいてもお詫《わ》びに上ったような次第でございます」

彼は抱えていた果物籠をさも重そうに隅に残っている式台の上に載せた。

それからおもむろに名刺を差し出し、

「奥さんでいらっしゃいますか？」

と揉《も》み手《で》をして訊いた。

「はい」

主婦は少し眩《まぶ》しげに眼を伏せた。こちらの挨拶に少々どぎまぎしている様子だった。ははあ、この奥さん、あまり世間に馴れていないな、と思うと高田は好感を持ち、同時にこれは安上りでゆけるかもしれないと思った。

主婦は、真白いエプロンの衿《えり》にハイカラな意匠のセーターをのぞかせている。色は萌《もえ》黄《ぎ》で、それが白いエプロンと対照的に、若草のように映えている感じだった。

高田京太郎が社の事務所の前まで戻ると、恰度《ちょうど》、向うから、頸から下げた繃帯《ほうたい》で手を吊った、当の運転手の山宮健次が歩いて来るのと出遇《であ》った。

「よう」

と彼から声をかけた。

「どうしたい？　えらいことをやったじゃないか」

こういうとき、高田は年の若い運転手でも決してがみがみ云わなかった。叱言《こごと》をいう権利もないが、どことなく、おれはお前たちのためにむずかしい交渉に骨を折っているんだぞ、というところを顕《あらわ》す。それをあらわに出さないで、柔らかく相手に見せるのが彼の巧《うま》いところだった。

つまり、それによって運転手たちの人望が集るのを狙っている。

「すみません」

と山宮は頭を下げた。

顔を見ると、それほど痛そうでもなく、血色もよかった。

「どうだ、傷のほうは?」

「はい、大したことはないです」

山宮は年が若いから言葉遣いも丁寧だ。

「R署に呼ばれたんだって?」

「はあ。いま、その帰りです。事情を聴かれた上、免許証を取上げられました。正式な処罰が決るまで預っておくというんです」

「うむ。いま運転手の払底しているときに、君のような腕のいいのが休むとなると、会社もことだな」

「はあ、すみません」

「居眠り運転だというじゃないか？」

「はあ。自分ではそのつもりではなかったんですが、はっと気がついてみると、えらい路に入っているんです。それであわててブレーキをかけようとしたら、それがいけなくて、かえってスリップしてあの家に飛びこんじゃったんです」

「ブレーキをかけたからよかったんだな。でなかったら、あの古い家は奥までメチャメチャになってるよ」

「高田さんは、あの家に行って来たんですか」

「ああ。今ね、とりあえずお見舞に駆けつけた」

「どうも」

と彼は頭をぺこりと下げた。

「いや。それよりも、君の傷のほうが軽く済んでよかったよ」

「先方の人は怒っていましたか？」

「奥さんが出て来てね、なかなかおとなしい人で、こちらも安心したよ」

「そうですか」

山宮が、そうですか、と云ったとき、ちょっと唇の端を笑わせた。高田はそれを見て、彼も安堵《あんど》したのだと思った。

「主人は会社に行って留守だったが、奥さんがあの調子なら、そう無理も云ってこないだろう。明日でも君もぼくと一緒に謝りに行って貰いたいんだが、そうすると先方の心証がずっとよくなるからね」

「そうします」

と山宮はうつむいて云った。伏せた睫毛《まつげ》にまだ稚《おさな》い名残りがあった。

「まあ、事故を起したんだから仕方がない。帰って今夜はゆっくり静養しろよ。……あ、それから、課長さんには挨拶して来たかい？」

「はあ、して来ました。……さようなら」

山宮は繃帯を吊った頭を下げると、向うへ歩いて行った。

高田京太郎は事務所に戻った。まず、大きな湯呑に熱い茶を汲《く》み、それを啜《すす》って、ちょいと課長席のほうを見ると、折から来客があって、課長はしきりとその人と話しこんでいる。

課長にはどういうふうに報告しようか。こちらは二万円で手を打たせるつもりだが、課長には三万円以上に云っておかないと、はじめから枠《わく》を決めたのでは手柄にならない。三万円以上だと云っておいて二万円にすれば、こっちの手腕が評価されるというものだ。

その胸算用が終ったころ、客が帰ったので、高田は課長席の前に進んだ。

「山宮の事故のことですが……」

「ああ。早速、先方に行ってくれたそうだね」

課長は接待煙草を一本口に咬《くわ》えた。

「はい。早いほうがいいと思って、果物籠を見舞品に、とりあえず挨拶して来ました」

「ご苦労。で、どんなふうだ？」

「主人は平和化繊という会社の監査役でございます。恰度、主人は出勤したあとでしたが、奥さんにお会いすると、それほど気むずかしい人ではなさそうなので、ほっとしました」

「なるほど」

「それから、壊れた門や玄関先をざっと見せてもらいましたが、家はかなり古うございます。だが、修繕代は、いま大工の手間賃その他が騰《あが》っていますので、大体、三万円以上かかると思います。それに、詫料といいますか、見舞金として一万円をつけ、都合四万ちょっとぐらいでカタが付きそうです」

「そのくらいで大丈夫かね？」

と課長は安過ぎるという顔をした。

「はあ。なんとかこの線でまとめてみたいと思います」

「頼むよ」

高田は引《ひ》き退《さが》ったが、四万円くらいでも課長が安過ぎる顔をしているのだから、これは仕事がしやすいと思った。

このとき、向うのほうで電話を聞いていた男が、高田さん、と呼び、

「どうやら、今朝の事故の被害者の宅から電話のようですよ」

と取次いだ。

高田が出ると、受話器から流れる女の声は澄んできれいだった。

「こちらは山西ですが……」

「あ、奥さまですか。私はさきほどお邪魔をした高田でございます」

彼はセーターの萌黄色がよく似合う色の白い細君の顔を眼の前に漂わせた。

「あら。どうも……あの、お願いなんですけれど。事故は仕方がありませんから、あまり運転手さんを責めないでいただきたいんですけれど……」

2

高田京太郎は、山西省三の妻の電話を聞いたあと、ゆっくりと煙草を吸った。

近ごろ珍しい話である。

事故係としての彼は、始終トラックの被害を受けた家を回っている。どこでもまるで罪人のような扱いだった。そんな場合、彼は、最初、ひたすら低頭して聞いていなければならなかった。

はじめから抵抗すると、結局、交渉ごとがもつれて弁償が高いものにつくからだ。なるべく紛争をスピーディに片づけるのが会社に対しての手柄である。事を構えて先方と告訴沙汰《ざた》に発展するような不手際は、彼の最も避けるところだった。安い補償で、早いとこ決めなければならぬ。

相手は、絶対といっていいくらい、実際の被害額の三倍ぐらいの補償を要求する。この辺から彼の腕の振いどころだが、まず、相手の激情が落着くまでは、決してこちらから衝突しない。なかには事故を起した運転手を、ここに呼んで来い、殴らないと気がすまぬ、などと居丈高になる人間もいた。

そういう人が多いなかで、わざわざ先方から電話をかけてきて、

「事故は仕方がありませんから、あまり運転手さんを責めないで下さい」

と頼むのは、稀有《けう》の美談だといっていい。あの事故はどう考えても運転手に弁解の余地のないものだった。走るべきコースを逸《そ》れて別な道に入り、門と玄関を破ったのだ。しかも午前零時という深夜だから、どんなに文句を云われても仕方のないところだ。

高田は恐縮して、その電話に礼を云ったが、この分だと損害賠償のほうも簡単にゆきそうである。

奇特な人もいるものだと思って、その電話の次第を横にいる者に早速伝えた。ほかの者もそれは珍しいと云った顔をしたが、

「もしかすると、はじめはそんな下手に出て、賠償金のほうはガメツイところをみせるんじゃないかな」

と慎重論を云う者もいる。

しかし、高田には、さっき会った妻女の印象からそうは思われなかった。色白の奥さんの顔が萌黄色のセーターと一緒に浮び上ってくる。まだ世間馴《な》れがしてなくて、こちらが丁寧に謝るのに、ちょっと眼のやり場がないといった様子で困っていた。

ただし、奥さんのほうはあれでいいが、問題は旦那のほうだった。重役というから小理屈をこねかねない。まだ見たことはないが、あの奥さんの亭主ならかえって気難しい男のように思える。

電話では奥さんは金のことには少しも触れなかった。ただ、運転手をあまり叱ってくれるな、と云っただけだ。

高田はそれが気持にひっかからないでもなかった。なぜ、そんなに運転手のことを気遣うのだろうか。

高田は、運転手の山宮が当世の言葉でいう、ちょっとイカす男なので、あの奥さんが彼に好意を持ったかもしれないと思った。山宮は二十一歳だが、顔のどこかに少年の稚さを残している。

奥さんはおとなしいようだけど、三十一、二歳くらいだ。とかく、年下の男に同情を持ちたがる年齢だ。

高田はそんなことを考えていたが、口には出さなかった。ほかの者も、こんな小さな事故のことをいつまでも話題にしていない。お互い忙しい仕事を持っている。

高田は、あの山西家を出るとき、ご主人が帰られてから、損害賠償、その他のお話に伺いますと云ったが、奥さんは主人の帰りは遅いので、明日の朝早く来てくれと指定した。

――それから二時間ぐらい経《た》って、当の山西の主人から電話が掛かってきた。ほかの者が取次いだので、高田はすぐ代った。

「あなたが事故のほうの係ですか？」

と渋くて、太い声だった。

「はあ、さようでございます。高田と申します。この度はどうも……」

「高田さんとおっしゃると、わたしの留守にウチにみえた方ですね？」

「はい。早速お詫びに上った者でございます」

察するに、あの奥さんは電話を会社に掛けて、主人に高田のことを伝えたらしい。

「ぼくは昨夜は出張していて、まだ家に帰っていないので見ていませんがね、相当、大きくやられたらしいですな」

高田は、おや、と思った。

この主人は、昨夜は出張で留守をしていたという。奥さんに会ったとき、主人は出勤したあとだと云っていたが、出張の意味だったのか。主人が、まだ家の被害を見ていないというのは、今朝、出張から帰ってそのまま真直ぐに会社に行ったからだろう。

「はい。まことに申し訳ございません。しかし、お帰りになってごらんになると分りますが、ご門と玄関先を壊した程度で、それほど大きな壊れ方ではないと思っておりますが」

早速、駈引がはじまった。

「そうかね」

と相手は疑わしげだった。

「家内からの報《し》らせでは、門も玄関も滅茶滅茶だそうだが……」

しかし、それは建物自体が古いからだと云おうとしたが、電話では、とかく感情を刺《し》戟《げき》しやすいので、高田は今はそれに触れなかった。

高田京太郎は、夕方の六時ごろに杉並の山西宅に向った。主人は六時半ごろに家に来てくれという。奥さんの言葉とは変っている。

行ってみると、門は壊れたままだが、玄関だけは応急の処置をして、雨戸などを立てならべ、縄で括《くく》りつけている。高田は横手の出入口から声をかけた。

「たびたびご苦労さま」

と、奥さんが出て来た。

「どうも、こんな所から」

と彼女のほうで恐縮していた。玄関から入れなくなったのは、高田の会社の責任である。


わりと広い家だった。長い廊下を歩いて突き当りのドアを開けると、そこが洋風の応接間になっている。古い建物なので旧式な感じながら、気持のいい飾りつけがしてあった。


クッションに掛けていると、奥さんが茶を持って入って来た。今朝見た萌黄のセーターでなく、今度は着物だった。これもよく似合っていた。

「どうも、ありがとう存じます」

と、出された茶碗にお辞儀をした。

「いろいろと、ご迷惑ですわね」

と、奥さんはどこまでも丁寧だった。

「いいえ、こちらこそ申し訳ございません。……それに、さきほどはご丁寧なお電話を頂いたりして、ますます恐縮しております」

「いいえ。……でも、運転手さんだって、わざとあんな事故を起したのではないんですから、あんまり会社のほうでお叱りになると気の毒だと思いまして」

「はあ、ありがとうございます。それは課長によく伝えました」

「あの、お怪我のほうはどうですか？」

「はい。こちらの帰りに運転手……山宮という男ですが、彼に遇いましたところ、大したことはないそうです。三日も治療すれば癒《なお》るとか医者に云われたそうでございます」

「それは思ったより軽くて結構でした」

そんな話の途中にドアの把手《とって》が微《かす》かに鳴ったので、奥さんは急いでそこから離れた。途端にドアが開いて、でっぷりとした四十前後の男が入って来た。

高田は勢いよく椅子から起ち上った。

主人というのは、やや頭髪がうすれかかっているが、立派な顔立ちをしている。頸が太く、腹が少し突き出ていた。いかにも会社の重役といった貫禄が窺《うかが》われる。

和服の山西省三はゆっくりと椅子に掛けて、片手に煙草をくゆらせながら、高田に対《むか》った。眉が濃くて、唇が厚い。

「帰って見ておどろきましたよ。家内の電話で想像した以上にひどかったですな」

言葉はゆったりとしているし、微笑も眼もとに漂っていたが、賠償のほうは一歩も退《ひ》けぬといった気構えが感じられた。

「なんとも申し訳ございません。帰って運転手に訊きますと、ちょっと疲れていて錯覚を起し、間違った路を入り、泡《あわ》を喰ったところをスリップしたそうで……」

「なるほどね。ぼくも昨夜は出張でよそに行っていて、今朝会社に出ると、いきなり社の者からお見舞を云われておどろいたんですがね。朝刊の記事もそのとき見せられましたよ。……居眠り運転とあったが、事実、そうなんですか？」

「はあ、どうも……」

事実だから、これは弁解しようがなかった。

「ぼくもすぐに家へ電話しようと思った矢先に家内から掛かって来て、損害の程度を聞かされました。だが、実際見て意外に大きいのにおどろきましたよ」

「まことに申し訳ございません。それで、早速、破壊した部分の修理はわたしのほうで全面的に受持たせていただいても結構ですし、お宅のほうでお出入りの大工さんでもあれば、そのぶんだけの費用を現金にして差し上げてもよろしゅうございますが……」

「いや、うちには出入りの大工なんてありませんがね。だが、あなたのほうでしてもらうと、とかく気詰りだから、やっぱりお金で頂戴《ちょうだい》して、わたしのほうで勝手に修繕させてもらいましょう」

「では、そういうことで……ところで、いくらぐらいお支払いしたらいいか、お気持のほどを聞かしていただきたいんですが」

「それはあなたのほうが馴れていらっしゃるから、修繕費がどの程度かということはお分りになるでしょう。一体、どれほどかかりそうですか」

「はあ、それはいろいろでございまして」

と、高田はこちらからは金額を云わずに、

「その損害程度によって違いますから。こちらさまでは、大体、どのくらいに見積っていらっしゃいますのでしょうか？」

と、相手が金額を出すのを待った。

「そうですね」

と、山西省三は腕組みしていたが、

「まあ、こういうことはぼくにもよく分らないしね。最近、大工の手間賃がどのくらいか、板がどれほどするのか、さっぱり知識が無いんでね。……これはあなたのほうからザックバランに云ってくれないかな。ほかに似たようなケースもあるだろう？」

「左様でございますね、では、よそさまの例を申しますと、この家の程度では、まず、一万五、六千円というところでございましょうか。拝見したところ、少しお家が古いように思われますので」

「そりゃ古い」

と、主人はゆとりをみせて微笑した。

「なにしろ、戦前のものだからね。……そうか、一万五千円ですか」

と考えこんでいる。

高田京太郎は、主人が煙草を咥《くわ》えたまま黙りこんだので、これは法外な計算を考えているのだと思っていた。

奥さんのほうは、お茶を出しただけであとは姿を見せない。もし、彼女が横にいてくれたら、夫の無茶をたしなめてくれるかもしれないと、気持の上では彼女の出現を待っていた。

と、主人が煙草を灰皿にもみ消して、口を開いた。

「一万五千円では、少し安いようだな」

と、果して彼は云い出した。

「はあ、そうしますと？」

「いま、材料も、大工の手間賃も上っているしね、それに、あんたの云った通り、この家は相当に古い。ここで門を造ったり、玄関を修繕したりすると新しさが目立ってチグハグになる。そのバランスをとるため加工もしなければならないしね」

「はあ、ご尤もです」

「どうだろう、あと五千円出してもらって、二万円で折合おうかな」

高田京太郎はおどろいた。先ほどからの様子だと、十万円も吹っかけられるかと思っていたところだ。それが、たった五千円増である。二万円なら高田の胸算用どおりだ。こちらとしては願ってもないことだが、彼は、すぐにそれを顔色には出さなかった。

「さようでございますね」

と、今度はこちらが考え込んで、仔細らしい顔つきをした。

あの門を前の通り新しく造ったら、とても五万円ではあがりそうにない。玄関にしても、それぐらいはかかりそうだ。高田は、二度目に来てから被害の実態が分り、最初の計算が甘いことを知った。先方で、大工その他の見積りをとってそれを押しつけてきたら、課長に大きなことを云ってきた手前、高田は窮地に陥るところだった。

「よろしゅうございます」

と、高田は早いとこ妥結したかった。

「お宅さまにも、こんなご迷惑をかけているのですから、わたしのほうも、あんまり無理はいえません。では、二万円、早速、明日にでもお届けに参ります」

「ああ、そうして下さい」

高田は思わず、有難うございます、と頭を下げ、すぐ帰るつもりで残りの茶を喫んだ。

すると、山西省三は椅子の背にゆっくりと身体を倒して、

「事故を起した運転手は、どうしていますか？」

と訊いた。

「はい、本人もひどく恐縮しておりますので、明日あたり、一緒にお詫びに伴《つ》れて参ります」

「ほう。すると怪我は軽くてすんだのですね？　新聞によると、全治三日間などと書いてあったので、私は、入院でもしているのかと思っていましたよ」

「はい、それがお蔭《かげ》さまで、案外、軽くて済んだようでございます」

「ここに無理に連れてこなくてもいいが、まだ若い運ちゃんらしいですな？」

「はい、二十一歳でございます」

「性格はどうですか？」

「はい。日ごろから真面目な男だし、運転もしっかりしているのですが、それだけに居眠り運転というのが、どうも意外でして」

「そうだね。君のほうの会社を出てからだから、この事故は間もなくだろう？　疲れているというわけもないのに、妙なことだね？」

「やっぱり、若いものですから、いくら睡《ねむ》っても寝足りないのでしょう」

と高田は、婉曲《えんきょく》に山宮を弁護した。これも手加減のいるところで、あんまり自社の従業員を庇《かば》うと、相手の心証を害する。

「旦那は、昨夜、お宅にいらっしゃらなかったそうで？」

「ああ、ちょっと出張があってね」

「では、いきなり新聞記事をごらんになったり、奥さんから電話があったりして、さぞ、びっくりなすったでしょう？」

「そりゃ、おどろいた。人間、自分の留守には何が起るかしれないと思ったね。……しかし、まあ、怪我人が出なくてほっとしたよ」

「そうでございますね。いや、実をいうと、わたしどものほうも、それが何より幸いでございました」

と彼は頭を下げ、それでは、と云って椅子から身体を起した。

高田は、また靴を脱いだ勝手口のほうへ戻ったが、奥さんは最後まで姿を見せなかった。山西省三は、ふところ手をして出口に見送った。

高田は、会社に戻りかけたが、途中で、ちょっと気にかかることを一つ思い出した。

それは、今朝、あの家に駆けつけたとき、奥さんは、主人は出勤したあとです、とはっきり云った。

しかし、主人は出張で昨夜は帰宅していない。

現に、深夜の事故も、今朝、会社に出てから、朝刊と、奥さんの電話とで初めて知ったというのだ。

奥さんが、出張を出勤と云い間違えたのかと一度は思ったが、それにしては妻としておかしなことである。

それから、夫婦とも、事故を起した運転手を気遣ってくれている。親切な夫婦といえばそれまでだが、これも少々珍しい。

それから、損害補償も殆《ほとん》どこちらの云いなりに、安く承知してくれている。ちょっと性根の分らない夫婦だという気がした。

明日、運転手の山宮が来たら、彼に事故の様子を訊いてみよう、と考えた。

3

高田京太郎は、居残りをしていた総務課長の前に出て、被害者側との折衝を報告した。

「それは安く上ったね」

課長は前に高田の言分を聞いてはいたが、やはり結果におどろいている。

「はあ。なにしろ、被害者のほうがえらく理解がありまして」

高田も面目を施してうれしかった。

課長は、早速、明日にでもその金を先方に届けるように云いつけ、やはり君でないと駄目だね、と煽《おだ》てるように笑い、

「運転手の山宮も一緒に連れて行って謝らせたほうがいいな」

と、すすめた。

「はあ、大した怪我ではないようですから、一緒に行ってみましょう」

と、高田は答えた。

その晩、高田は家に帰って女房に自慢した。

「二万円で折合いがついたよ。門も玄関もメチャメチャになっていて、相当ひどかったがね。先方はなんだかんだと云ったが、結局、おれの交渉で、そんな程度に落着いた。課長もひどく喜んでいたよ」

高田は被害の大きさを強調して、自分の腕を吹聴《ふいちょう》した。

「まあ、そうですか。やっぱりあんたでないといけないわね」

女房も機嫌のいい亭主を持ち上げている。

「でも、そんなひどい被害を、よくそのくらいの金で承知しましたね」

「うむ。奥さんがすごくいい人でな。はじめからおとなしく出てくれた。それもおれの誠意を買ってくれたんだと思うが、厄介だったのは旦那のほうだ。なんでも会社の重役をしているとかで、いろいろ理屈をこねたが、そこはおれのほうが馴れてるからね。会社の重役だろうがなんだろうが、こっちの専門にはかなわないわけだ」

翌る朝、会社に出勤した高田は、会計に行って弁償額の現金を貰い、それを奉書に包んで水引を掛けた。

「御見舞」と自分で下手糞《へたくそ》な字をその上に墨で書いたが、下手ながら、いつも書き馴れているので、一つの型が出来ている。

高田は、それを袱紗《ふくさ》に包んでポケットに収める。事務所を出ると、ガレージで車の整備をやっている運転手たちに声をかけられた。

「高田さん、山宮の事故は新聞に派手に出ていたが、相当取られそうかね?」

「いや、先方はいろいろ面倒なことを云ったがね」

と、彼は笑って答えた。

「結局、二つでケリがついたよ」

「二つというと、二十万円かね?」

「違う違う。一桁《ひとけた》下だ」

「へえ。そいつはまたえらく値切ったもんだね。高田さんにあっちゃかなわないな」

「まあ、馴れているからね。君たちが車を上手に運転するようなもんだ」

そんなことを云っているうちに、向うから当の山宮がひょっこり姿を見せた。

山宮はもう繃帯を頸から吊っていなかった。怪我した片手をズボンのポケットに入れ、ぶらぶら歩いて来ている。

「おう」

と、高田はちょっとおどろいて声をかけた。

「君、もういいのかい?」

「はあ。ご心配をかけました」

と、山宮はにこりと笑って軽く頭を下げた。

「痛みはないのかい？」

「はい。もう大丈夫です。医者にも、骨折した模様もないから、痛みがなかったら働いてもいい、と云われました」

「それはよかったな。しかし、無理をするなよ」

「はあ、もう大丈夫です」

「ああ、君とここで遇ったのは恰度いい。今日は仕事のほうは休むんだろう？」

「今から操車主任さんに会って、勤務を訊いてみようと思います」

「今日一日ぐらいは休めよ。大事をとってな。その代り、ぼくと一緒に先方に行って謝ってこないか」

「高田さん、向うとの話はついたんですか？」

「ああ。それは安心してくれ。二万円で折合ったんだ」

「たった二万円ですか？」

と、山宮が意外そうに眼をみはった。

「そこはぼくの交渉でうまく行ったよ」

「しかし、おどろきましたな。相当ぶっ壊していますがね」

「それは、先方の奥さんも君に同情していたので、簡単に済んだんだな」

と云ったが、ここで高田は、山宮の蒼白《あおじろ》い顔を眺めた。髪はきれいにウェーブが立っている。鼻筋が通って、唇が赤い。伏せた睫毛も長かった。あの奥さんが同情したのは、山宮のこういう稚げな顔にあったのかもしれぬ。

そう思うと、高田はあの重役夫人のふくよかな身体つきを思い出し、少しばかり嫉《ねた》ましい気持になった。

山宮を連れて行けば、あの妻女も喜ぶかもしれない。そんな様子も横から観察してみたかった。

「山宮君」

と、高田京太郎は、山西家へ向う途中、話しかけた。

「君があの事故を起したときのことだがね。これから先方に金を届けるのだが、そのときまたとやかく云われると困るので、念のために訊いておきたい。君のトラックがあの家に飛び込んだとき、第一番に飛び出して来たのは誰だね？」

「そうですね」

と、山宮はちらりと高田の顔を上眼づかいに見て、

「奥さんだったと思います」

と低く答えた。

「うむ、奥さんがね。夜中のことだからびっくりして跳び起きたんだろうな？」

「門を破って玄関に突っ込むまで、あっという間でした。ぼくもしばらくぼんやりとしていると、中から電灯がついて、奥さんが寝巻のまま出て来たんです」

「なに、寝巻のまま？」

高田は、彼女のその姿を想像した。

「奥さんは何か云ったのかい？」

「はあ。……なんでも、はじめ、あ、あと叫んだように思います。びっくりして急に声が出なかったんでしょうね」

「そりゃそうだろう。いきなり地震のように家が揺れたんだろうからね。……旦那はどうだった？」

「旦那ですって？　いいえ、そんな人は居ませんでしたよ」

山宮は、首を激しく振った。

「すると、君、出て来たのは奥さんだけかね？」

「そうなんです」

山宮ははっきりうなずいた。

「ぼくがトラックから降りて謝ったときも奥さんだけで、ほかには誰も居ませんでした」

「女中が居るはずだが……」

「ああ、その女中は居ました。ですが、これはあとから寝ぼけ眼で起きてきて、ただうろうろしているばかりでした。そのうち、物音におどろいた近所の人がわっと押し寄せて来たんです」

「なるほどね」

あの狭い所なら、きっとそうだろうと思った。高田はまた、はじめて訪問した日に山西宅に集っていた近所の主婦たちの姿を思い出した。

「君が家をぶっ壊してから近所の人が集って来るまで、どのくらい時間がかかったね？」

「そりゃ瞬《また》く間《ま》でしたよ。ぼくがあの奥さんに謝っている間に押し寄せて来たんですからね。その中の三、四人の男が盛んにぼくに喰ってかかりました。一一〇番を呼んだのも、そういう近所の人たちです。いや、もう、大変な人でして、女子供までぞろぞろと人垣を造りました。あれで三十人以上は来たでしょうね」

「奥さんは最後まで、そんな恰好《かっこう》でいたかね？」

「いいえ、近所の人たちが来るようになって急いで着物を着更えましたが、奥さんもびっくりしてるだけで、どうしていいか分らないような状態でした」

「そうか」

高田は、奥さんがそんな状態のなかで山宮の顔をゆっくりと見るだけの余裕があったのだろうか、と少し妙に思った。

「奥さんは君に何か云わなかったかい」

「はあ、べつに」

「君が謝ったとき、何か返事はしただろう？」

「いいえ、ただ黙っていました」

あんな場合、急には返事が出来なかったのかもしれぬと思った。だのに、あとになって、運転手をあまり責めないでくれという電話をかけた奥さんの心理はどういうことだろうか。

高田は、山宮の云うことに嘘はないと感じた。

山西家に来てみると、門はそのままだが、玄関だけは大工が来て修繕にかかっている。彼は昨夜のように台所口に回った。

茶碗を洗っている十八、九ぐらいの肥ったお手伝いさんに取次いでもらった。

どうぞ、と云って昨夜の応接間に通された。

奥さんはすぐに現れたが、今日は玄関の修繕を手伝っているらしく、この前見た萌黄色のセーターの上に木屑《きくず》がうすく載っていた。

「まあまあ、こんな恰好して」

と、奥さんは自分の肩を軽く叩《たた》いた。

「これは、今回の不調法に対してご迷惑をおかけした分を早速持参して参りました」

彼は奥さんの前に恭々しく奉書の包みを差し出した。

「おや、まあ、ご丁寧に」

と、奥さんは頭を下げた。

「お蔭さまでご理解をいただいてほんとに助かりました。課長も喜んでおりました」

と、高田は出された茶を喫んで云った。

「いいえ、わざとしたわけではないし、それはよく分っております」

と、奥さんも答える。

「つきましては、甚だ恐縮ですが、わたしは使いですから、会計への都合もあり、ちょっと受取を書いて戴《いただ》けませんでしょうか」

彼は、受取の用紙がその包みの中に一緒に入っていると云った。奥さんは包みを開け、二万五千円の現金を見て怪訝《けげん》な顔をした。高田は五千円はお見舞料だと説明したが、これにも奥さんは恐縮する。

受取を書いてもらって見ると、「山西省三代　勝子《かつこ》」と、かなり達筆な字だった。はは あ、この奥さんは山西勝子というのか。

「あの、運転手さん、お怪我はいかがですか？」

と、彼女は顔をあげて山宮に聞いた。

「はい、この通り大したことはありません」

高田は領収書をたたんでポケットに収めながら、奥さんと山宮の様子を窺ってみた。

しかし、若い山宮に眩しそうな表情で話しているものの、普通の奥さんの若者に同情している態度だけで、別段、とりたてて云うほどのことはなかった。

高田もすぐに次の用件を切り出すのも気がひけたし、それに、もう少し彼女の顔を眺めていたかった。つまり、山宮との間をカンぐったのも、高田自身がこの奥さんにかなりの興味を持ったからだともいえる。

「ときに、あの晩は、この山宮の報告によると、事故直後には、ご近所の方がずいぶんと見えていたそうですね？」

「はあ、そうなんです。なにしろ、こういうふうに家がいっぱい詰ってる所ですから」

彼女はほほえんでいた。

「いや、ご尤もです。トラックが家を壊したんだから、ご近所では爆弾でも落ちたんじゃないかと思われたでしょう。その晩は、その騒ぎであまりお睡りになれなかったんじゃないですか？」

と、話の順序でよけいなところまで訊いた。

「ええ。なんですか、とうとう夜明けまで……」

「そうでしょうとも、ご主人がいらっしゃらないから、よけいご心配だったでしょう。……ご出張だったそうですね？」

「そうなんです。まあ、翌る朝すぐに大阪から社に帰ってくれましたから、まだよかったんですけれど」

高田は、ここでもまた奇妙だと思った。大阪出張ということが分っていながら、前に訪問したときには主人が出勤したあとだと云っていた。主人が出勤したあとだと云えば、その晩は家に居たということになるのだ。

だが、ここでも「出張」を「出勤」などと、つい云い間違えたのかもしれないと思った。

「お宅にはお小さいのはいらっしゃらないんですか？」

と、高田は訊く。

「ええ、子供はおりません」

奥さんは眼を伏せて答える。

「ははあ、それはお寂しいですね」

主人も年配だし、この奥さんも若造りはしているが三十は過ぎていると思う。子供が生れない夫婦なのだろう。

「いや、子供さんがおられたら、あの騒ぎではまたよけいに大変だったでしょう」

そんなことを云ったが、高田は、夫の出張の留守に女中と二人でいる子供の無い奥さんの生活を、自分なりの想像でちらりと頭の中に浮べた。

「ところでこの上ご迷惑をかけるのも申し訳ありませんが、一つR署まで私どもとご足労願いまして、山宮の運転免許証を貰い下げるお手伝いをお願いできませんでしょうか」

「と申しますと……」

「実は私どもの会社でもご存じのように人手不足で、この山宮が休むと、ほかの運転手の日程まで狂うことになり、また山宮もまだ若く、ふだんはまじめで、将来があるので、免許に傷をつけたくないのです」

「警察はうんといいますかしら……」

「その点はもう、私も事故係をやっています関係で、お恥しながらその筋には顔がききますし、物件事故で、幸い被害者のお宅にもたいへんご理解あるお許しを頂いていますので、うまくゆくと存じます」

「まあ、そうおっしゃるなら、お伴《とも》しなくてはなりませんわね」

奥さんは、ちょっとイカす若者に同情したのか、R署まで足を運んでくれた。

山宮は翌日から勤務することになり、高田の機敏な処置は、かえって彼の信用を、会社にも、運転手にも増す結果となった。

4

二月十六日の早朝であった。

山梨県北巨摩郡《きたこまぐん》××村の近くの断崖《だんがい》下で、血まみれになって死んでいる若い男が、土地の農婦によって発見された。

この断崖は、高さ約二〇メートルくらいある。地理的にいえば、中央線の鉄道が甲府から北に行くと、韮崎《にらさき》という駅に着く。ここから線路は小淵沢《こぶちざわ》まで次第に急な勾配《こうばい》を上って台地を走るが、西側は釜無川《かまなしがわ》に沿って断崖が構成されている。

届出により所轄署で死体を検視《けんし》したが、男は、一見、二十一、二歳で、ジャンパーにコール天のズボンを穿《は》いていた。死後経過は、大体四時間乃至《ないし》五時間とみられ、頭部に相当な裂傷を負い、全身に数カ所の打撲傷もあるので、断崖上から転落したとみられた。このすぐ上の台地は中央線も走っているし、それに平行して甲府・長野間の国道二十号線も通っている。男は、前夜、足でも踏みすべらして転落死したのかと思われた。この辺には、ときどき、こういう事故が起る。

死体の衣服を探ると、運転免許証と身分証明書とが出てきた。

運転免許証には「山宮健次」とあり、身分証明書には東京の「協成貨物株式会社雇員」としてある。この男はトラックの運転手であった。

死体を甲府の病院に送って解剖したところ、頭の裂傷には転落のときの岩石による傷もあったが、鈍器の攻撃によるもので、右側頭骨に亀裂骨折が見られた。つまり堅い棒のようなもので殴《なぐ》られたのが致命傷で、意識不明のうちに断崖上より下に転落させ、絶命させたということが推定された。ここではじめて、県警では殺人捜査に切り替えた。

県警では、被害者の身許判明によって、東京の協成貨物株式会社に警視庁を通じて連絡すると、すでに会社でも事故の発生を知って、係員を現地に派遣しているということだった。

その係員というのが午後二時ごろに汽車で小淵沢駅に降り、現地に着いてうろうろしているところを、土地の駐在所巡査に連絡された。

係員というのはトラック会社の配車係主任だった。梅村忠平《うめむらちゅうへい》という男は、巡査につれられて所轄署に設置された捜査本部に出頭し、自分がここに来た事情を次のように述べた。

被害者山宮健次は、もう一人の運転手佐々行雄《さっさゆきお》と一緒に、昨十五日午後八時ごろ、松本までの荷物運搬のトラックに乗って東京を出発した。この会社は長距離定期便を扱っている。

荷物は甲府で一部を降ろし、次には松本までの荷物を積み、目的地に直行する。このトラックは、甲府着が十六日午前一時ごろで、約二時間後には、北巨摩郡××村の附近で休憩する習慣だ。ここはちょうど東京・松本間の中間に当り、同時に韮崎を経て、富士見高原に達する坂の入口である。附近には、深夜トラックの運転手たちを相手に終夜営業している飲食店が、三軒あった。

寒い冬には、ここで運転手たちはおでんをつまんだり、熱いコーヒーを喫んだりし、夏にはジュースや握飯をとって一服するのである。

問題の山宮健次と佐々行雄のトラックが着いたのもその場所で、佐々の報告によると、そのとき、ほかのトラックが五、六台ぐらい飲食店の附近に駐車していたという。

彼らも一軒の飲食店で稲荷《いなり》ずしを食べている。そのとき、佐々は同じ飲食店にいる知り合いの他社の運転手と話し込んでいたので、山宮が傍《そば》から居なくなっていたのに気づかなかった。

佐々は二十分ばかりの休憩時間が過ぎたので、そろそろ出発しようとして見回したところ、山宮の姿が無いし、彼の分の稲荷ずしは手がつけられず、そのままになっている。はじめは手洗いにでも行ったかと思って、さらに五、六分待ったが、一向に戻ってこない。佐々は店の者に彼の行方を訊いたが、ちょうど混雑時間だったので、店の者も分っていなかった。

佐々は店を出て、暗がりを懐中電灯で山宮を探したが、どこにも居なかった。

二月十六日というと、夜の寒さはきびしい。夏だと、涼を求めてその辺の草原に仮眠をとることもあるが、それも考えられなかった。佐々は仕方がないので、時間に追われるままトラックを運転することにした。このとき、彼は飲食店の者に山宮があとで現れたら、自分は先に出発したといってくれと、云い置いている。

松本までは佐々ひとりの運転だったが、彼は松本の営業所に着くと、早速、東京の本社にこのことを連絡した。これが大体午前八時ごろであった。本社はまだ当直しか居ないので、この報告は当直の口から、あとで出社した幹部に取次がれた。

本社では、まさか山宮がそこから勝手に行方を晦《くら》ます理由は無いとみて、何らかの事故が起ったと考えた。そこで、調査のために配車係の梅村主任が現地に派遣されたという次第であった。

だから、梅村は山宮の死体が断崖下で見つかったという事情は、ここに来てはじめて知ったのだった。

「その相手の佐々運転手は、今、どうしていますか?」

と本部の係官は訊いた。

「まだ松本に居ると思います。運転手は東京を出発して翌朝に松本に着きますので、その日一日中は営業所で寝かせ、午後八時に向うの荷物を積んで東京に引き返すことになっています。ですから佐々は、まだ向うで寝ていることと思います」

「山宮と佐々との間は、どうなんですか？」

「別にどういうこともありません。同じような年ごろですから、仲はいいようです」

本部では当然のことに佐々を疑っているようだった。

佐々行雄は、山梨県警の連絡で松本から翌朝捜査本部に出頭した。帰りの車は別の運転手が代って東京まで運転した。

佐々の申し立ては、調査に来た配車係主任の言分と変りはなかった。山宮の姿が見えなくなった事情も、その後の処置も話は同じである。

また捜査本部では、その前に山宮たちが休憩したという飲食店について当っている。その結果も供述と符合していた。

「あなたのほうは、山宮君の顔をよく知っていますか？」

と飲食店を調べた捜査員が訊いたとき、先方は、定期便でよく来るので、顔はよく憶《おぼ》えている、と答えた。同様に佐々もよく知っていると云う。げんに、山宮の姿が見えなくなって佐々が騒いだときも、この飲食店の人は一緒に附近を捜している。

「ちょうど忙しいときなので、山宮さんがどうして店を出て行ったか分っていないのです。当時、店に入って握飯やうどんを食べていた他社の運転手も、みんな顔見知りの人たちばかりで、別に変った人は見かけませんでした。なにぶん、午前三時という時間ですから、普通の客は一人も来ていません」

と飲食店側は答えた。

佐々行雄は疑われたが、しかし、これは飲食店側、および他社の運転手の言葉で、彼が山宮の見えなくなった前後も、ずっと店におり、出発する前の五、六分山宮を探していたことが証明された。佐々は一応嫌疑の外にはずしてよいことになる。

なお、捜査員はほかの二軒の飲食店にも当った。しかしここでも、当時店に入っていた客はトラックの運転手ばかりで、別に不審な者は居なかった。山宮が姿を消した時間は、午前三時から三時二十分の間である。

当然のことに、この時間に飲食店を出て行った運転手について調べたが、正確なことは、どの飲食店も忙しい最中なので記憶していない。それでも、その時刻に店にいた運転手の名前と会社名は、捜査員が記録して帰った。

なお、附近に乗用車が停《とま》っていなかったかという点では、確とした証拠は無かった。ほかの民家は全部寝静まっているし、その一帯は真暗なので、もし、灯《ひ》を消して脇道にでも駐車していれば、トラックのライトでも発見が困難なのである。

それでも、それらしい民家に当ってみたが、自動車のエンジンが自分の家のすぐ前に停ったり、また発車したという聞き込みは無かった。

列車はどうだろうか。

この現場に近い駅は、小淵沢である。

そこで、零時一二分に上り小淵沢着があり、下りは二時四八分があるが、犯人がこれを利用したことが考えられる。

現場から小淵沢駅まではほぼ一キロほどあるが、線路は国道より高いので、国道まではずっと下り道である。

捜査本部は念を入れて小淵沢駅員について訊いてみたが、深夜のことで、乗客は上りが四人、下りが六人という極めて少い数であった。ほとんどが土地の者で、別に挙動不審な者は見当らなかったという。

しかし、この駅員の証言はあまり正確とはいえない。なぜなら、上り四人のうち一人は土地の者ではなく、また下り六人のうち二人は見知らない顔だったからだ。その人相、年齢について駅員の記憶を呼び起したが、人相はもとより、年齢の点も記憶は曖昧《あいまい》だった。

さて、山宮運転手はなぜ殺されたのか。もとより、物盗りとは思えないし、現に彼の持っていた財布の中身はそのままだった。兇行の具合からみて、怨恨《えんこん》関係が強いのである。

捜査本部の方針は、山宮の生活について調査を重点的に行うことになった。

ところが、山宮はまだ二十一歳の独身だ。彼は少々お洒落《しやれ》ではあるが、女性関係にはまだ縁が無かったようである。会社の近くのアパートに独りで部屋を借りて自炊をしていたが、若いのに似合わずあまり遊びもせず、どちらかというと貯蓄型であった。

友人関係については、会社の同僚の運転手間にそれほど親しい者がいなかった。評判は可もなく不可もないというところで、いつも仕事上組んで東京・松本間をトラックで往復している佐々行雄とも親密な交際はない。つまり、怨恨関係の生れるほどのつき合いはなかったのである。

要するに、山宮は何のために殺されたのか原因が分らなかった。捜査本部の考えは、佐々の疑いが晴れたあと、次の二点に絞られた。
①当時休息していた他の会社の運転手による犯行か。
②トラックの運転関係以外の人物による兇行か。
そこで、捜査本部は、当時休憩していた他会社の運転手の名前や身許が分ってから、彼らについて当ってみたが、これという収穫は無かった。また、運転手以外の第三者の兇行は、前述のように、附近に駐車していた車が確認できないこと、小淵沢駅から乗った乗客にも、有力な手がかりが摑《つか》めなかったことで、きめ手が出なかった。

だが、ここで最後まで考えられるのは、犯人が山宮と顔見知りの人物ではないかという点である。

なぜなら、山宮が犯人によって強引に現場附近に拉致《らち》されたとすれば、彼は必ず何か叫ぶだろうし、夜のことだから、附近の飲食店に休んでいた運転手の耳にそれが入らないはずはない。つまり、山宮は納得ずくで相手の人物と断崖近くの暗がりまで同行し、そこで不意に襲われたという推測になるのである。

だが、交際範囲の狭い山宮の周囲からは有力な嫌疑者は発見されず、第三者の知らない彼の交際の中に、その人物がいたのではなかろうかということになった。

次は兇器の点である。解剖所見によると、

「右側頭骨に亀裂骨折があり、脳硬膜下に血腫《けっしゅ》が見られる。鈍器様のものによる攻撃と推定される」とある。これは棍棒《こんぼう》か何かでいきなり殴りつけて死に至らしめたのだ。

尤も、この一撃が直ちに即死させたとは判定できないから、前述のように被害者が脳《のう》震盪《しんとう》を起して、しばらくは意識不明になったところを、断崖上から突き落したため、完全に絶命したと推定された。

そこで、まず物証たる兇器を捜査陣は懸命に捜したが、それと思われるものは附近から出てこなかった。これも捜査の進展を、著しく阻害したのである。

こうして、この事件ははじめから、迷宮入りの臭いが強くなった。

高田京太郎は、山宮が殺されたことを早速女房に話した。これはまだ新聞が報道しない前で、東京から現地に調べに行った配車係主任の報告によってであった。会社もそれで大騒ぎをしている。

高田の妻も呼吸《いき》を詰めてその話を聞いていた。

「やっぱり人間、不幸な死の前には、何かの前兆があるもんだな」

と高田は晩酌を傾けながら云った。

「ほら、この前、あいつが甲州街道をはずれた路で、よその家にトラックを突っ込んだだろう。あれだって、日ごろ、そんな路に入るはずはないのに、半分眠っていて車を乗り入れたんだ。山宮は若いけど運転の技術は正確だったよ。そいつがめったにない事故を起したんだから、やっぱり、虫の報らせというのはあるものだね」

「気味が悪いわ」

と女房も云った。

「それに、その迷惑を受けた家も、補償費を安くしてくれたと云ってましたね。あなたの腕もあるかもしれないけれど、滅多にないそんなこともちょっと気にかかることだわね」

「そうだ。実は、おれもあまり向うが素直に出てくれたので意外だったくらいだ。おまえの云う通り、それもあいつの死の前兆の一つかもしれんな」

「一体、山宮さんは誰に殺されたんでしょうか？」

「さあ、分らん。警察では今のところ、トラックに一緒に乗っていた佐々という運転手を疑っているが、佐々もおとなしい男だから、まさか山宮を殺すというようなことは考えられないね」

「土地の不良でしょうか？」

「不良だったら、喧嘩か何かして大声を出すだろう。ところが、今日現地に調べに行った配車係主任の報告だと、そういうことは一切無かったそうだ。つまり、山宮は飲食店からまるで煙のように掻き消えたというんだ。それが今朝になって、断崖の下で死体となって発見されたんだが、どうも、その辺のところが不思議だな」

「そうですね」

「もし、山宮が東京で恨みを買っている人間がいるとすると、その殺人は東京で行われるはずだ。だから、わざわざ、あんな辺鄙《へんぴ》な所に出かけて行くほど執念深い人間がいたわけだが、どうも、おれには分らんね」

「山宮という人はおとなしいんですか？」

「会社では評判がいい。むしろ、人がいいくらいなんだがね」

これが事件を知った当夜の高田夫婦の会話だった。

このとき、高田京太郎は、ふと、例の山西家の奥さんの顔が泛《うか》んだ。というのは、例の事故の件で、奥さんが山宮に同情していたことだ。現にわざわざ電話で、あんまり運転手さんを責めないで下さい、と云って来たくらいである。

あの奥さんは、この事件が明日の朝にでも新聞に出れば、どんな気持でそれを読むだろうか。尤も、運転手の名前は憶えていないだろうし、新聞を読んでも何も気づかないでいるかもしれない。

この事件のことをわざわざ奥さんに報らせに行く必要もないが、そのうち、あの家にもう一度寄って、壊された門や玄関が修繕出来ているかどうか、見舞ってもいいと思った。そのついでに山宮の死を話してみよう。あの奥さんもびっくりするだろうと考えた。

その翌る日から、会社には警察の刑事が来て、いろいろと山宮のことについて運転手などが訊かれた。また会社の首脳部にも事情を聴いて行ったりして、数日間は何となく社内も落着かない空気だった。

高田は、日ごろから山宮とはあまり交渉がない立場なので、刑事は彼には何も訊かなかった。

5

二月十七日の午後三時ごろであった。

山梨県の和田峠にある千代田湖畔の竹藪《たけやぶ》の中から、三十一、二歳の女の絞殺死体が発見された。その女は黒っぽいオーバーの下に、青いセーターと黒のスラックスを穿いていた。

発見者は、折からの日曜で賑わうスケート客であったが、死体は湖畔から離れたちょっと目にふれぬところに置かれていた。

発見者は少女で、グループでスケートに来ており、さんざん遊んだ後、スケート靴を脱いで運動靴にはきかえ、鬼ゴッコで逃げまわったり、ふざけて、竹藪に入ったとき、見つけたものである。

千代田湖は、甲府市の北四キロの和田峠の下に南北一キロにひろがった人造湖で、戦時中、灌漑《かんがい》用水のため造られた丸山貯水池の戦後の名称である。周りは松林に囲まれた美しい海抜六〇〇メートルの湖で、春はヘラ鮒釣り、ボート遊び、冬は結氷してスケートと、甲府市民に愛されている。

和田峠をさらに北へ降ると、有名な昇仙峡に達するが、荒川渓谷を遡《さかのぼ》り、谷間のせばまったところからはじまって、奥の仙娥滝《せんがのたき》から御嶽《みたけ》まで続く名勝とされているが、この二月頃には訪れる人は殆どいない。

現場は、休日こそ賑わい、茶屋もあるが、ふだんは人気なく、人家は遠く離れている。

報らせによって、甲府署が検視を行ったが、被害者の死後経過は三十時間ないし四十時間で、大体二月十五日の夜に殺害された見込みが強かった。

死体の近くからは、当然女性が持っているはずのハンドバッグは発見されなかった。しかし、名刺入れがスラックスのポケットに入っていたので身許はすぐに分った。

――東京都千代田区富士見町××番地、永福興信所員浜口久子《はまぐちひさこ》、とあった。

甲府署では、該当の場所に警視庁からの照会を依頼すると同時に、その日のうちに死体の解剖をした。被害者の頸部には深い索条溝《さくじようこう》があり、紐で締めたと推定された。胃袋の内容物はすでに消化状態であった。内臓所見でも別に手掛りになるような変化はなかった。しかし、被害者がかなり空腹状態であったことは捜査の参考になる。なぜなら、普通、夕食時を六時から八時ごろまでの間として、その時間前に殺害されたという推定があるからである。また、その時刻をもっと遅くすると、夜の寂しい場所に空腹をかかえて来たということに、何らかの事情の伏在を窺うことができそうである。昇仙峡に行くのには、この山道を通らず、湯村という温泉場を通り、迂回《うかい》したバス道があり、まさか東京の女がここを通るはずがない。

翌日、警視庁からは電話で回答があって、たしかに該当の住所に永福興信所というものがあり、浜口久子という所員がいることも確認したと云ってきた。その警視庁の電話では、興信所の所長が現地に急行したということだった。

所長というのが甲府署に現れたのは午後三時ごろだった。所長は名刺を出して、田中《たなか》幸雄《ゆきお》と名乗った。見たところ四十五、六歳で、若いときはスポーツマンであったらしく、背が高く、色が黒かった。

田中幸雄は遺体と対面して、確かに所員の浜口久子に間違いない、と答えた。

ここで捜査課員は、被害者がこの土地に来た事情を訊いている。

「所員は絶えず依頼された事項について調査を行っています。帰ってから調べないと正確なことはお答え出来ませんが、浜口久子は或る土建会社の専務の素行を調査していました。それは同じ会社の別の役員からの依頼ですが、前から、その専務のあとを尾行していて、十五日の晩、湯村温泉に専務が泊ることを確認し、そのあとを尾行して来たと思います」

課員がその土建会社と専務の名前を訊くと、田中所長は辛そうな顔をしたが、

「どうしてもそれを云わなければいけませんか?」

と訊き返した。

「こういう事件が発生したので、捜査に協力を願いたいのです。あなたの立場はよく分るが、絶対に口外しないから、どうか話して下さい」

課員は頼んだ。

「われわれは警察と違って、依頼されたことは絶対に秘密にするのが建前となっていて、これがわれわれの信用を得ているところです。つまり、われわれのような所に依頼される方は、さまざまな事情を持っておられるので、その秘密確保は絶対の条件になっています。どうも、これはお話し出来ないのですが」

と田中所長は渋っていた。

課員は、ほかのことではなく、現にあなたの所の所員が殺害されているので、業務の秘密性は分るが、ぜひ関係事情だけは打ち明けてほしい、と重ねて頼んだ。

所長は手帖を出して、ようやくその名前を告げた。それによると「光輪建設株式会社専務高橋太郎《たかはしたろう》」というのが、浜口久子の尾行していた相手であった。依頼者は同建設会社の常務S氏になっている。

よくあることで、会社内の勢力争いが競争相手の私行を暴《あば》いて蹴落す手段の一つとみえた。

「この高橋という人の素行は、浜口久子さんからあなたに中間報告されていますか？」

課員は訊いた。

「彼女にその仕事を命じて二週間になりますが、その間、一回だけ報告を受けています」

そんなふうにして田中所長の語ったところによると、高橋専務は同社の女事務員と秘かに妙な関係になっている。ところが、この女事務員というのが、また社長の思われ者であるので、むしろ二人の仲を探るのは社長の意志で、別な役員が調査を依頼したともいえるのだ。

「十五日の晩も」

と田中所長は云った。

「その専務が女を伴《つ》れて湯村の旅館に行くというので、浜口君は尾行に行くから旅費の前借りをしたいと云って、わたしの所にその朝来ました。わたしは会計から三万円を出すようにしました」

「その金は、ハンドバッグか、何かに仕舞ったのでしょうね？」

と訊いたのは、現場にそれが見つからなかったからである。

「ええ、わたしの眼の前で金を入れていました。ハンドバッグは黒のかなり大型の手提げです。そうですね、その三万円のほかに、二万円くらいは持っていたのではないでしょうか」

「浜口久子さんは三十二歳となっていますが、独身ですか？」

課員は訊いた。

「七年前に一度結婚したと聞いていますが、詳しいことは知りません」

と田中所長は答えた。

「彼女は私の社に入社してから三年になりますが、仕事は非常によくやってくれていました。私のほうの調査員は、ときとして女性のほうが効果を挙げることがあり、ほかに三、四人の男女所員を使っていますが、特に浜口君は優秀でした」

「浜口さんに恋人といった男性はいたでしょうか？」

「さあ、なるべくプライベートのことは訊かないことにしていますが、わたしの知る限りでは、そんな噂《うわさ》はなかったようです」

ここで課員が浜口久子の住所を訊くと、都内高円寺にある或るアパートの名前を所長は教えた。

「ああ、そうですか」

と課員はメモの鉛筆を置いて、

「しかし、なんですな。被害者が寂しい和田峠で殺されたことについて、あなたの考えはどうでしょうか？　多分、兇行は夜のように思いますが」

「そうですね」

田中所長は考えて、

「これは、わたしの推察でしてね。なんら証拠はないのですが、もし、彼女が夜の寂しい和田峠に行ったとすれば、相手の専務が女を伴れてその辺に行ったのを尾行《つけ》ていたのではないでしょうか？」

と答えた。

「なるほどね。そうしますと、あなたの見込みでは、その専務が自分のスキャンダルを握った浜口さんを殺害したという仮説ですか？」

「いや、そうとは決して云えませんが、一つの想像を申し上げただけです。つまりそんな夜更けに、女ひとりがあの現場へ行くということは、考えられないからです」

「分りました。では、湯村の温泉に当の専務が女伴れで泊っていたということは、たしかでしょうね？」

「わたしが実際に確めたのではなく、彼女の報告がそんなふうであったのです。だから、当夜、専務は湯村のどこかの旅館に泊っていたと思います。彼女の報告は正確ですから、所長としてのわたしは、その報告を信じているわけです」

「浜口さんは、殺されたときは、非常に腹を空《す》かせていたようですよ」

「尾行の仕事は、食事がとれないことも、よくあります」

「二人連れで尾行して、交代するということはありませんか？」

「それは、ありますが、簡単な尾行だと一人でやります。この場合がそうです」

「そうですか。分りました」

遺体は田中所長がここで荼毘《だび》にふして持ち帰ることになった。

このとき田中所長は、

「ご参考になるかどうか分りませんが、浜口君がわたしに出した中間報告を、東京に帰ってからお送りしましょう。単純なメモ程度ですが」

と申し出た。警察側は喜んでそれをうけ入れた。

捜査陣は田中所長の云ったことを基礎にして、湯村一帯に高橋専務と女の泊った旅館を探した。二月十五日の晩に、泊った該当の年齢の客はないか、どうせ偽名だから、宿帳の名前は当てにならないとして、人相その他の方面で調べた。

湯村温泉は甲府から車でわずか十分くらいで行ける温泉郷だけに、利用客もかなり多い。しかし、旅館数はそれほど多くないから、調査は手間取らなかった。

該当年齢の客は幾組かあったが、その名前の身許を確めるまでには、数日を要する。東京や関西方面の客もいるからだ。

ところで、これで山梨県では同じ夜に二つの殺人事件が起ったことになる。

一つは、北巨摩郡××村近くの断崖下に死体となって発見されたトラックの運転手・山宮健次だ。兇行の時刻はどちらが先か分らないにしても、大体こっちが遅いようであった。犯人はまだ挙《あ》がらない。

この二つの殺人事件に関連性があるとは思えない。同じ夜、同じ県下に偶然起ったというだけである。

これを距離的にいえば、山宮健次の死体のあった現場と、浜口久子の殺された和田峠とは、五十キロぐらい離れている。方角もかなり違っている。

甲府署では、念のために山宮健次殺しの捜査模様を聞いている。

県警捜査課の話では、犯人の目星もまだつかない状態だといった。

山宮健次が殺されたのは、十五日の真夜中というよりも、十六日の午前三時ごろで、浜口久子が殺されたのは、それより前らしいが、やはり十五日の夜らしい。

同じ署で、いくつもの殺しを抱えていることも珍しくないので、同じ日に殺人事件が発生したからといって、両者を関係づける必要はなかった。

その翌日の夕刻、帰京した田中所長からの速達が甲府署の捜査課に届いた。

それには、このたびお世話になったことの礼を述べて、同封のものは浜口君の中間報告のメモだとしてある。それはカードのようなものに簡単に書かれているにすぎなかったが、読んでみると、次のようなことだった。

「×日(金)午後五時前ヨリ田村町ノ光輪建設本社前デ、張リ込ミヲスル。午後五時十分、専務出テ来ル。スグアトヲタクシーデ尾《つ》ケル。専務ハ目黒ノM料亭ニ入リ、会社ノ用談ヲナス模様。九時ゴロ、専務ハ車デ大森ノ自宅ニ帰ッタノデ、尾行ヲ引キアゲル」

「×日(土)高橋専務ハ午後五時二十分ニ退社、四谷《よつや》ニ行キ、或ル喫茶店ニ入リ、社用ノ車ヲ返ス。三十分後、タクシーデ女事務員K女来リテ喫茶店ニ入ル。ソコデ自分モ内ニ入リ、片隅ニ席ヲ取ルト、両人ハシキリト相談シテイル。先ニ出テ待ツト、五分後ニ両人ガ出テ来テ、タクシーヲ拾イ、大宮方面ニ行ク。尾行スルト、大宮公園近クノ旅館ニテ三時間バカリヲ過ス。両人ハ手ヲ組ンデ出テ来ルト、タクシーデ東京ニ帰ル」

このような尾行状態が三枚ばかりのカードに書き連ねてある。これを見ても、浜口久子が熱心にその土建会社の専務の情事を追っていたことが分る。警察では浜口久子が殺された晩に、高橋専務が湯村温泉に来ていたかどうかが、重大になってきた。もし、そのことがあれば高橋は浜口久子殺しの重要参考人となる。

甲府から東京に出張した捜査員は光輪建設の本社で高橋専務に会った。

「私事にわたって恐縮ですが、これはある重大な事件が発生したので、それに関連して専務さんの行動を伺いたいのですが」

捜査員がそう切り出すと高橋専務の顔色がさっと変った。

「何ですか？」

「その前に、これからお訊《たず》ねすることや、お答えをいただいたことは、一切、外部には秘密を守りますから、そのつもりで、捜査にご協力を願いたいのです。……二月十五日の晩、専務さんはどこにおられましたでしょうか？」

専務はびっくりしたような眼で刑事を見ていたが、その表情が次第に困惑に変った。

「……ええと、その晩は、たしか家に早く帰って寝たと思いますが」

「ははあ、すると、全然どこにもお出掛けにならなかったわけですね？」

「……そうです。家内が証明してくれます」

「専務さんは、Kさんという女《ひと》をご存じですか？」

「知っています。わたしのほうの社の事務員をしております」

「まことに申しにくいことをお訊ねしますが、専務さんは、そのKさんと特別な交渉をお持ちではないでしょうか？」

高橋専務は蒼白い顔で唇を嚙んでいたが、決してそんなことはありません、と否定した。

しかし、その表情から、高橋専務の行動は浜口久子の調査の通りだと刑事は確信したので、このことを一応甲府署に帰って報告した。興信所の名前を専務の前に出せなかったのは、同所の信用を警察が顧慮したからである。

一方、湯村の旅館で調査をした該当の客について裏づけを行った結果が出揃った。有力なのは、偽名で泊った千葉市の男女ということになった。これを係の女中に訊いてみると、まさに男は高橋専務の人相にぴたりだった。

「お客さまは二月十四日の夜十時半ごろにお入りになりました」

と係の女中は云った。

「帰られたのが十六日の朝です。このお客さまはお連れさまと、一カ月に一度ぐらいおいでになるので、お顔はよく知っております」

そこで、警察が手に入れた高橋専務の写真を見せると、この人に間違いない、と女中は証言した。

ここでちょっと奇妙なのは、高橋専務が旅館に入ったのは二月十四日になっていることだ。すると、興信所員の浜口久子が専務のあとを尾けて甲府に来たのは、実際は一日あとということになる。

これは所長が云った言葉とちょっと違っている。浜口久子は十五日の朝、専務のあとを尾けて甲府に行くから、旅費の前借りをさせてくれと云っている。その日は、すでに専務は湯村に泊っているわけだ。尤も、一日あとから追って湯村に行ったという意味もあるから、あながち田中所長の云い間違いでもない。

捜査員は旅館の女中になおも訊いた。

「十五日の晩に、その男女のお客さんはどこかに外出しませんでしたか？」

「そうですね。夕方の六時ごろ食事をなすったあと、あまり退屈だから映画を見に行くとおっしゃって、ハイヤーでお出掛けになりました」

そのハイヤーもすぐに分った。湯村の中に営業所があるのだ。たしかに両人を甲府市内の映画館の表まで送ったと運転手は証言した。宿に再び帰ってきたのは夜の十時半ごろで、このときは、市内のタクシーであったとは女中の証言だった。

捜査側にこれだけの裏付けができたので、高橋専務の言葉が全くの虚偽であることが分った。家にいたことを家内に証明させるといったのは、苦しまぎれであろう。

ハイヤーの運転手は両人を映画館の前までたしかに送っているが、それで両人が映画を見たということにはならない。そう見せかけてハイヤーを帰し、そのあとで高橋専務が尾行の浜口久子を誘い寄せ、三人で夜の和田峠まで行き、ここで殺害したという疑いも起る。ハンドバッグは被害者の身許が分らないように持ち去ったのだろう。中の金が目的ではない。スラックスのポケットに名刺があったとは、気がつかなかったのだ。

市内から和田峠までは普通は自動車でないと行けないので、この方面の乗用車を探したが、これは手がかりがなかった。甲府署の捜査員は再び東京に行き、高橋専務と秘かに会った。

専務は旅館側の証言を捜査員に突きつけられて、首をうなだれた。

「たしかに、わたしは体面を考えて嘘を云っておりました。ただ、それだけです。何か、私が途方もない事件にまき込まれているのでしょうか？」

と怯《おび》えた眼で専務は捜査員を見上げた。

6

高橋専務は、自分の情事が露顕《ばれ》たのは仕方がないとして、なぜ、警察がそんなことを執拗《しつよう》に訊くのか疑問を起している。これはとんでもない事件に巻き込まれているのではないかという危惧《きぐ》が、ようやく専務にも起ったようだった。

「あなたは浜口久子という人を知りませんか？」

と捜査本部の係官は訊いた。高橋専務が、和田峠で殺されていた浜口に関連があるかどうか、まだ半信半疑だった。

「浜口久子というのは誰ですか？」

と高橋専務はきょとんとしている。その表情から、係官は高橋がとぼけているのではないことを察した。

「あなたの素行を調べていた人ですよ」

「わたしを？」

高橋は眼をまるくした。

係官は、浜口久子の働いていた永福興信所の田中幸雄から、業務の性質上名前は出してくれるなと云われたが、ある程度参考人に匂わすのはやむを得ない。

「それは何のためです？」

と高橋は口を尖《とが》らした。

「浜口久子というのは、そういう素行調査を専門とする場所に働いていたのです」

「私立探偵社ですね」

高橋は口を曲げて、

「そうですか。……それでやっと分りましたよ。ぼくの伴れて歩いている女がよく云っていました。どうも見馴れない女が自分を尾《つ》け回しているようだと云ってましたが、やっぱり間違いなかったんですな。……非常に卑劣な手段です。誰がそんなことを頼んで、ぼくのことを調べさせたか、およそ見当はつきますがね」

その依頼主が自社のライバルだと察しがついたようだった。

「しかし、それなら、警察がなにもこんなことに介入することはないと思いますがね」

「いや、高橋さん。実は、その、あなた方を尾行していた浜口久子が二月十五日に殺されたのですよ」

「えっ」

と高橋専務は眼をむいたが、

「だが、そんなことは、ぼくには無関係ですよ」

と横を向いた。

「高橋さん。あなたは山梨県の甲府の近くの和田峠をご存じですか？」

「いいえ、知りません」

「二月十五日の晩、あなたは湯村に泊って、甲府の街に映画見物に行かれましたが、その間、映画を見ずにどこかへ行ったということはないでしょうね？」

「とんでもありません。今までは女のことを匿《かく》していましたが、彼女を伴れて甲府の映画館に入ったのは間違いないです。なぜ、どこかへ行ったと聞くのですか？」

「甲府の近くで、浜口久子の死体が出たからです」

高橋専務は黙っていた。その沈黙は、あまりいろいろなことを云うと、どこかで言葉尻を捉えられ、警察にどのような疑いを起させるか分らないという要心のようだった。

捜査員は、高橋専務が浜口久子殺しには、大体シロだという印象を持ちはじめたが、それでも最後に訊いた。

「あなたは、名前はわからなくとも、妙な女に尾行されていることは全然気づかなかったんですね？」

「そうです。それは、ぼくの伴れの女が、ぼんやりと気づいたと云えば気づいた程度です」

「あなたは……」

と係官は永福興信所から送って来た浜口久子の「調査報告」に眼を落した。

「×日、この日は金曜日ですが、午後五時過ぎに会社を出て、目黒のM料亭に入りましたね？」

「ええ、その通りです」

と高橋専務は云ったが、少しおどろいていた。

「あなたは九時過ぎにそこを出てお宅に帰られた……」

「その晩は、仕事のことで大阪から上京して来ていた取引先と、飯を食ったのです」

「なるほど。……×日、これは土曜日ですが、あなたは午後五時二十分に退社、四谷に行き、ある喫茶店に入り、そこまで乗って来た社用の車を返しましたね。三十分後、あなたのお気に入りの女子社員が入って来ました。あなた方はそこで十分ばかり話し合い、外に出ると、タクシーを拾って埼玉の大宮方面に行きました。そして、大宮公園の近くの或る旅館で三時間ばかり過されましたね？」

すると、高橋専務は顔を赧《あか》らめていたが、

「待ってください。それは×日ですね。土曜日ですね？」

と問い返した。

「そうです」

「いや、その日は、そんな所には行きませんよ」

「………」

「×日の土曜日だと、記憶がはっきりしています。当夜は、取引先の若い社員とマージャンを囲む約束があり、丸ノ内の行きつけのマージャン屋で十一時ごろまで牌《パイ》を打っていました。埼玉の大宮なんてとんでもありません」

「あなたの思い違いではありませんか？」

「全然思い違いではありません。……それはぼくのあとを調べたという、その浜口久子さんの調査ですか？」

係官は返事をしなかった。そうだとも違うとも云わない。

「マージャン屋を調べてもらえば分ります。大宮なんてとんでもありませんよ」

高橋専務の言葉に嘘はないようだった。あとで裏づけを取れば分ることだが、もし、専務の主張通りだとすれば、久子は事実を報告書に書かなかったことになる。

捜査本部からはもう一度捜査員が東京に出張して永福興信所に行った。そこは九段の裏で、坂道に沿った町なかにある小さな洋館まがいの建物だった。看板だけがいやに大きい。

内では、三人の社員が机で仕事をしていた。

「所長はいま仕事に出て、おりませんが、帰りは、多分遅くなるだろうと思います」

面会した年配の社員が云った。

「それは困りましたね。実は」

と捜査員が頼んだのは、浜口久子が報告した高橋専務の素行調査がまだ他に浜口久子のメモになって残っていないかということだった。

「所長さんから、速達で一部は送ってもらいましたがね。もし他にもあれば、それを見せていただきたいんです」

「そうですね。ご存じのように、ああいう書類は、絶対に外部の方には極秘となっていますが……待って下さい。もしあれば、警察の方ならお見せ致します」

捜査員は別室の応接間で十分ばかり待たせられた。年配の社員は整理係主任という肩書を持っていたが、やがて彼は薄い綴り込みを捜査員の前に置いた。

「所長が報告したのは、やはり一部のようですな。ほかにはこんなものがあります」

それをめくると、内容は所長から送られた尾行報告と大同小異であった。高橋専務とその愛人とがどこで媾曳《あいびき》したかを、日付、時間、場所、行動とそれぞれ明細に書き入れられてある。

「これはメモですが、依頼者に報告するときは、整理をしてタイプに打って持参するんです」

整理係主任は説明した。

捜査員は浜口久子の尾行が五日間連日行われたことを知った。つまり火水木金土である。このうち金曜と土曜のぶんだけが所長の写しとなって捜査本部に送られてきたのだ。

捜査員は全部を手帖に写した。

彼はその足で田村町の光輪建設本社に高橋専務を訪ねた。

専務は彼を応接間に通した。

「どうも、この度はいろいろとご迷惑をかけます」

と捜査員は頭を下げて、

「あなたを尾行した浜口久子の報告書の写しをここに持って来ました。というのは、土曜日にはあなたが東京にいるのにもかかわらず、尾行書には埼玉県の大宮に行ったことになっておりました。それで、ほかの三日間の報告も、そういう間違いがないかどうか、一応見ていただきたいんです」

自分の情事を逐一尾行されているので、高橋専務は甚だ不愉快な顔をしていた。だが事が殺人事件に関して、危うく被疑者の立場に置かれそうになっているので、専務は捜査員から見せられた写しに見入った。

「ほう」

と彼は自分で嘆声を発し、

「悪いことはできないもんですな。よくもこんなに調べたもんですね」

と呆れ顔だった。

しかし、彼は抗議をした。

「この水曜日に、ぼくが大宮のほうに女と一緒に行ったように書いてありますが、とんでもないことです」

「間違っていますか？」

「間違いもいいとこですよ。デタラメです。その日は、ぼくは一日中千葉のほうに会社の工事があるので、それを監督に行っていました。だから、その晩は千葉市内の旅館に泊っています。旅館の名前をいいますと」

と専務は詳細に告げた。

「なるほどね」

捜査員は専務の言葉に嘘はないと直感した。

「どうして、浜口久子はそんな嘘の報告を書いたんでしょうね?」

「それは、ぼくのほうから訊きたいくらいです」

と専務は腹立たしげに云った。

「私立探偵社や興信所の報告がどんなにデタラメであるかということが、これで分りましたよ。多分、依頼者の機嫌をとるため、こんな作りごとを書いて、謝礼金をうんとふんだくろうとしたんでしょうな」

「もし、そうだとすると、ひどい話ですね」

と捜査員も相槌《あいづち》を打った。

だが、彼はそんなことは信じられなかった。調査員によっては事実が確め得られなかったり、足りなかったりする場合はあるだろうが、依頼者の機嫌を取るために、でっち上げをするとはとうてい考えられない。

では、なぜ、浜口久子は嘘を書いたのだろうか。

捜査員は、これはもしかすると、浜口久子がずるけて、実際には尾行しないのに、尾行したかのように見せかけたのではないかと思った。

そう思ってよく見ると、高橋専務がそんな事実は無いと云う日に限って、報告書には高橋と愛人との行先が旅館だったり、ホテルだったり、大宮だったりしている。いかにも両人の関係から想像できそうな尤もらしい尾行報告だった。

捜査員は、まだ不安そうな面持をしている高橋専務に玄関まで見送られた。その会社を出るとき、大勢の社員が働いている事務室に眼をやったが、その奥のほうに、この専務を陥れるため素行調査を依頼したS氏がいるような気がした。捜査員は、もう一度富士見町に引き返した。

「お忙しいところをたびたびお邪魔します」

と、再び整理係主任に捜査員は詫びた。

「浜口久子さんのことについて、もう少しお訊ねしたいのですが……」

浜口久子は仕事に熱心であったか、と捜査員は訊いた。

「それは太鼓判を捺《お》せます。あれくらい仕事のよく出来る人はありません」

相手は答えた。

「彼女には恋人といったような人はいませんか？」

このことは捜査本部でも調べて、そういう人間がいないことは分っていたが、捜査員はとぼけて念を押したのだ。

「いいえ、堅いこと無類ですよ」

「報告書には、ずるけて、実際に尾行しなかったものを、尾行したように見せかけることはないでしょうね？」

「とんでもないです」

と整理係主任は色をなした。

「わが社は、その点を確実にやっています。むしろ堅すぎるくらいですよ。だから、依頼者に信用を得たり、感謝されているんです。わが社の調査員は、受持を実に誠心誠意やっていますからね。浜口君もその一人です」

すると、彼女が高橋の尾行に嘘を交えたのはどういうことだろうか。だが、この疑問を整理係主任に話しても無駄だった。所長がいれば、その意見が叩《たた》けるのだが、あいにく仕事に出ているという。

「云ってみれば、殺された浜口さんは仕事も熱心だし、素行も正しかったというわけですね？」

「そうです、そうです。だから、浜口君が甲府で殺されたのは合点がいかないんですよ」

「甲府に行ったのは高橋専務のあとを尾けるためということですが……」

「そうです。そのために彼女は十五日に旅費の前借をしています」

「女ひとりで行ったのが間違いでしたね。詮無《せんな》いことですが、もう一人だれかが付いていると、あんな間違いはなかったでしょうね」

「その点、所長もわれわれも責任を感じています。今までも女ひとりを相当遠くまで派遣したことはありますが、間違いが無かったので、安心していたのがいけなかったのですな」

相手はそう云って、

「刑事さん、高橋という人を調べてくれましたか？」

と訊いた。彼も浜口久子を殺したのが尾行された相手、高橋専務ではないかと疑っているらしい。

「いや、おっしゃるまでもなく、高橋さんにもいろいろ訊いています。どういう返事だったかということは、捜査の内容にふれますから云いませんが、要するに浜口さんとは無関係だと主張しているのです」

「はじめは無関係だったということは、ぼくにも分りますよ」

と相手はうなずいた。

「だが、それは最初のころで、もし、浜口君の尾行が先方に気取られて懐柔されたり、威《おど》かされたりすることは無かったかと思ったんです。よくあることですからね。尾行は相手に察知されないのが最上ですが、気づかれることもあるんです。そういう場合、よく先方がそんな態度を取りますからね」

「なるほど」

だが、高橋の様子や口吻《くちぶり》からみて、そんな事実は無いように思われた。第一、彼に尾行が付いていたことなど、捜査員が話して初めて仰天したくらいだ。

捜査員は礼を云って起ち上ったが、玄関を出るとき、ふいと思いついたことがある。彼は急いで整理係主任を振り向いた。

「ところで、ちょっと伺いますが、高橋専務が甲府の湯村温泉に行ったということは、やはり彼女のキャッチですか？」

と訊いた。

「いや、それはですね。彼女のキャッチもありますが、先方が依頼されるとき、はじめからそういう注意があったのです。つまり、高橋さんは一カ月に一度は甲府に出張する。そこでは光輪建設が或る会社から山梨県にグラウンドの建設を頼まれているので、それが完成するまで、出張がつづくということでした」

「ああ、そうですか」

捜査員は初めて、湯村温泉に高橋が毎月一回来ているという旅館側の証言に合点した。実は、今ふいと疑問が起ったのもその点だった。

「あなたのほうは、調査員が事件を担当するのに、一人で数件を受持つことがありますか？」

「いや、殆どないです。その調査がすむまで別なことを同時にやることはありません。

そうしないと、どうしても調査がおろそかになりますからね。第一、人の行動を秘密に調査するのですから、始終そっちを見張っていなければなりません」

「そうでしょうね」

捜査員は自分も同じような職業だけにその理論は分った。

「仕事の担当は、所長さんが命じるんですか？」

「そうです」

「しかし、依頼者が来た場合、所長さんが留守のことはあるでしょう？」

「それはございますが、所長の留守があんまり長引けば、ぼくから振り当てることはあります」

捜査員は憂鬱《ゆううつ》な顔をして、飯田橋駅へ歩いた。

7

山宮殺しの捜査本部の捜査員は、神田駅で降りた。

協成貨物に行くと、ガレージにはトラックが二、三台置いてあって、運転手らしいのが一台の車を整備している。

捜査員が運転手のほうに近づこうとすると、向うから、風采《ふうさい》の上らない中年男が黒革の鞄を持って歩いて来た。

捜査員がガレージのほうに行こうとするのを、不審そうな眼で見ていたが、

「もしもし」

と、彼は呼び止めた。

「何か御用ですか？」

中年男は、捜査員を咎《とが》めたのだ。

「やあ、あなたは、この会社の方ですか？」

捜査員は、この会社の者なら誰でもよかったのだ。早速、身分証明書の黒革手帖を出した。

「ああ、そうですか」

と、中年男はにわかに丁寧になった。

「ぼくは、この会社の総務課車輛係をやっている高田京太郎といいます」

高田はお辞儀をして名乗った。

「ああ、そうですか。実は、運転手の佐々君に会いに来たのですが、いま、おりますか？」

捜査員は、車輛係というので、恰度《ちょうど》いい相手に当ったと思った。

「佐々は、今日は非番です。……何か？」

「ええ、ちょっと、今度の事件のことで、もう一度彼から話を聞きたいと思いましてね。

佐々君の住所はどこですか？」

「佐々なら、つい、この近所の安アパートにごろごろしています。ぼくも恰度道順ですから、ご案内しましょう」

「それは有難いですな」

捜査員は、高田京太郎と一緒になって路地を歩いた。

「山宮殺しの犯人は、まだ見つからないんですか」

高田は興味深そうに訊いた。

「ええ。まあ、だんだんに捜査も絞られていますから、そのうちホシは挙がるでしょう」

捜査員は、当りさわりのないことを云った。

「ぜひ、そう願いたいものですな。山宮はいい男でしたからね」

「なるほど、あなたは運転手諸君の性質をみんな知っておられるわけですね。大体、山宮君のことは前の捜査のときに聞いていますが、そんな善良な人でしたか？」

「まだ若いだけに悪ずれはしてなかったと思いますね。ちょっとお洒落でしたが、気のいい男でしたよ。あいつが何で殺されたか、さっぱり見当がつきません」

「あのとき同じトラックに乗っていた、佐々君のほうはどうですか？」

「佐々は山宮より一つ年上ですが、まあ、どちらかというと、こっちのほうが大分スレているようですね。酒は飲むし、手慰《てなぐさ》みはするし、新宿あたりのコールガールとも遊んでいたようでしたね。山宮の代りに佐々が殺されたのなら、まだ何となく納得がいきますがね」

「そんなふうなら、佐々君はいつも金に困っていたでしょう？」

「そりゃひどいもんです。給料なんか前借前借で、いつも月末の給料袋の中は伝票ばかりという状態でした。しかし、根が楽天的な奴だから苦にならないと見えて、鼻唄交りに、仕事をしていましたよ」

そんな話をつづけていて、あ、ここです、と高田という車輌係は一軒の二階建を教えた。

「どうも有難う」

「佐々にお会いになるなら、ぼくがいま云ったことは黙っていて下さいね」

「もちろん、そんなことは云いません。どうも有難う」

高田京太郎は、捜査員のほうを振り向きながら、背の低い姿を向うに運んで行った。

そのアパートは木造の安もので、漆喰《しっくい》などはところどころ剝《は》げて、下地の板壁が見えている。中に入ると、煮物の醬油臭い匂いが両側から漂って来た。

佐々行雄は、汚ない部屋に大の字になって睡っていた。

「やあ、起してすみませんね」

と、捜査員は、眼をこすって起き上った佐々に笑いかけた。

「こういう者です」

佐々は、身分証明の手帖を見て、不承不承に捜査員に座蒲団を差し出した。ついでに灰皿代りの罐詰の空罐など持ってくる。

「今夜が勤務でしてね。いまのうちによく睡っておかなければと思って、横になっていたところです」

「そりゃ折角のところをお邪魔しました。すぐに退散しますから、ごく短い質問にだけ答えて下さい」

「山宮のことですか？」

「そうです」

「そいつは、前に捜査本部でさんざん話をさせられましたがね」

今さら何を訊きに来たのだ、と云いたげな仏頂面《ぶっちょうづら》だった。

「あなたが、あの晩、山宮君と組んで現場まで行ったいきさつですね。それをもう一度、話してくれませんか。トラックに乗ってからの様子で結構ですよ」

「べつに大したことはありませんでしたよ」

と、佐々は吸いかけの短い煙草に火を点《つ》けた。

「本社を出てから、甲州街道をまっしぐらに行き、甲府の中継地で荷物の積み下しなどをしただけですからね。途中の話も他愛のないもので、取立てて云うほどではありません。また、そのときの山宮の様子が別段変ってもいなかったことは、前にも警察に云ってあるはずです」

佐々は、寝ばなを起されたせいか、不機嫌に煙草を吐きつづけた。

「なるほど、そうすると……」

捜査員は手帖のメモを見ながら訊いた。

「この神田の本社を出発したとき、山宮君が運転して、あなたは助手台にいたわけですね。そして、それは約一時間ぐらいの交代だったそうですね」

「そうです」

「本部であなたの話を聞いたときには、その交代の場所がどこだったか聞き忘れているようですが、最初の交代地点はどこですか？」

「山宮が八王子までで、それから大月まではぼくが運転して行きました」

「八王子の交代のとき、飲食店などによって休んだというようなことはなかったですか？」

「それはありません」

「すると、あなたが大月に行く間、全然ノンストップということですな？」

「そうです……いや、ただ途中で、山宮がどうも後ろの荷物がおかしいようだといって、その点検に五分ばかり降りたことはあります」

「ほう、それはどこですか？」

「与瀬《よせ》の少し向うだと思いますがね。寂しいところでしたよ。ぼくも一緒に降りようかと云ったら、山宮は一人でいいと云って、自分で点検していました」

「それから？」

「間もなく戻ってきて助手台に坐り、少しロープがゆるんでいるようだが、まあ、甲府までは大丈夫だろうと云うものだから、ぼくもそのまま運転したんです」

「で、大月では？」

「大月からは山宮と交代したんですよ」

「その大月のときに、あなたは荷物のロープのゆるみを見に降りなかったんですか？」

「ぼくもそのつもりでいたところ、山宮が、大丈夫だ、大丈夫だ、と云うものだからそのままにしていたんです。それから、少し睡くなったので、甲府の手前の石和《いさわ》というところまでは、ぼくは睡っていたのです」

「で、その甲府の中継所に降りたときは、荷物の積み下しがあるから、二人でその作業をしたわけですね。ロープのゆるみ具合はどうでした？」

「別に変りはなかったようですな。尤も、逸早《いちはや》く山宮がロープの一本をほどいていたから、よく分りませんでしたがね」

「大月から甲府に入るまでは、何も異常はなかったのですね」

「そういえば、石和で山宮が車をちょっと停めましたね。ぼくが眼を醒《さ》ましたのは、そのためでしたよ」

佐々は思い出すように、天井に煙を吐きつづけていた。

「それはどういうわけで？」

「エンジンの調子がちょっと悪いといって、彼が運転台を降りて、前部をのぞいていましたがね。けど、大したことはないとつぶやきながら戻って、またハンドルを握りました」

「すると、五分ばかり停車したわけですね？」

「そうですな。そのくらいだったと思います」

「甲府からは、あなたの運転ということですね？」

「そうです。いつも韮崎を通って富士見への登りの手前の××村で一憩《ひとやす》みするのが習慣になっていますのでね」

「そのとき、二人がそのトラックから降りて一緒に茶店に入り、稲荷ずしを注文したんですね。そして、あなたが他社《よそ》の運転手と話し込んでいるうちに、山宮君が姿を消したということになったわけですね？」

「そうです、そうです。ぼくは奴がその辺で立小便でもしているのかと思って、気にもとめませんでしたがね。あまり帰ってくるのが遅いので、今度は、先ほどのロープのことを気にしていたので、また点検しているのかと思っていたんです……そのうち、いつまで待ってもこないものですから、あの騒ぎとなったんです」

「なるほどね。君と山宮君とが途中で話をしてきたと云うが、その中に、彼が誰かに恨みを買っているとか、いま仲違《なかたが》いをしている人間がいるとかいう話はなかったかね」

「それも繰り返し警察で訊かれましたが、なんにも聞いていていません」

「山宮君は力の強いほうかね？」

「まあこういう商売をしているから、自然と力はつきますよ。普通の事務をやっている連中よりも力はあるんじゃないですか」

佐々は、自分の腕まで撫《な》でたげに云った。彼は盛上った両肩を持っている。

「ところで、山宮君は、運転の腕はたしかなほうかね？」

捜査員は、質問の矛先《ほこさき》を変えた。

「そりゃたしかです。ぼくよりも巧いかも分りませんね」

「そいじゃ、事故などもめったに起したことはないだろうな？」

「ありませんね。ぼくなんかは始終ですがね。なにしろ、近ごろは警察の道路取締がえらくやかましくなりましたからね。罰金なんかぼくらのような薄給にはこたえますよ」

「おやおや、それはお気の毒だな」

「だが、山宮だって人間ですからね」

と、佐々は、自分の名誉回復をはかるように云った。

「ついこの前、とんだ事故を起しましてね」

「ほう」

「甲州街道からちょっと外れた道路を突っ走って、よそさまの門と玄関の軒先にトラックを乗り入れ、メチャメチャにしてしまいました」

「そりゃひどいな。どうしたんです」

「なんでも、居睡りしていたところへ、道路が凍っていたものだから、ブレーキをかけたところスリップをして、そんな事故になったといいます。めったに無いことですがね。それも示談で済みました」

「居睡りをしていたのなら、多分、昼間遊び回っていたんだろうね」

捜査員は、惜しいところで質問の重点を外してしまった。

山宮殺し事件の捜査員は佐々行雄のアパートを出た。彼の話から格別なものは拾えなかった。ほとんど捜査本部に参考人として喚《よ》ばれたときの供述と変りはない。

ただ目新しいことといえば、神田の本社から甲府に行くまで交代で運転していたが、特に山宮が後ろの荷台のロープを気にしていたこと。そのために、彼だけが暗い地面に降りて点検をしていたこと。

次に、甲府に入る手前で一時停車し、エンジンの調子が悪いといって見に降りた。このときは山宮が運転の番だった。

だが、これは別に意味がありそうには思えない。甲州街道は与瀬を過ぎると、舗装が未完成で、道路が粗悪だから荷台のロープがゆるむことはあり得る。

エンジンの調子が少し悪いと気づいてその点検に手間をかけるのもよくあることで、これも別に不思議ではない。殊に、当の山宮は韮崎を過ぎたところで殺されたのだから、そこまでは問題はないのである。

捜査員は神田の賑やかな町に出て、少しくたびれたので喫茶店に入った。

その喫茶店はかなり混み合っていた。捜査員は、レジの横の電話に真赤なオーバーをきた若い女が長々と電話しているのをぼんやり眺めていた。ようやくその電話が済んだ。すると、待っていたように、つとその前に現れた男がある。彼は受話器を取り、ダイヤルを回している。その男の横顔を見て、捜査員はおやと思った。

甲府署の刑事だった。同じ地域だから顔は知っている。そこで、運転手殺し担当の県警の刑事は、ははあと思った。甲府署管内でも目下殺人事件が起り、しかも、その殺害推定時日が自分の受持の事件と同日になっている。但し、甲府署のほうは和田峠で若い女の死体が発見されたという、ちょっと色っぽいものだった。

どこに電話をしているのだろう。あれが済んだら、ちょっと話し合ってみようという気持になった。一緒に東京くんだりまで来ていることだ。自分の仕事の成果が上らず、退屈なときでもあった。

甲府署の刑事は実は永福興信所に電話しているのであった。

「あなたのほうの所長さんは、いま、どこに仕事に出ていられるんですか？」

甲府署の捜査員は、これも今日の収穫が無かったので、今度は所長から直接聞いてみたいと、この喫茶店に入ってから思い立ったのだった。夕方までに所長が帰れば、改めて出直してもいい。

今日会った整理係主任は所長代理とはいえ、やはり彼の話だけでは頼りない。責任者と会っていないことが、どこか手落ちだという気がするのだ。所長だと、また別な話が聞けるかもしれない。

「あいにくと」

と、電話に出た先ほどの男は答えた。

「所長は、ある事件を担当して箱根に行っています」

「ほう、所長さんも自らそういう張込みをするんですか？」

「先ほどご説明した通り、やはり大事なことになると、どうしても所長が動かないといけませんでな。それに、前からのお得意だと、どうしても名指しということになりますから」

「なるほど。……箱根というと、ホテルか何かに張込んでいらっしゃるんですか？」

「はあ、まあ、そういうことです」

相手は言葉を濁した。

「今夜はお帰りということはないですか？」

「今夜は駄目でしょうね。明日なら分りませんが、なにしろ、こういうことは先方の都合次第でして」

「なるほどね。それはいつから行ってらっしゃるんですか？」

「昨日からです。その前は、あなたのほうに呼ばれて仕事が出来なくなりましたから、中断されました」

「中断？　では、その前から、今の依頼事項をやってらっしゃるんですね？」

「そうなんです」

「すると、あなたのほうの婦人所員の浜口久子さんが殺されたときも、所長さんは箱根出張ですか？」

「ええ、そうです。尤も、そのときは日帰りでしたけれどね。今では事態が大事なところに来ているらしく、箱根の或るホテルに泊り込みですよ」

捜査員は、明日確実にその所長が帰京すれば、今晩一晩ぐらい東京に泊ってもいいと思った。それをたしかめると、相手は確実なことは云えないと答える。捜査員は迷ったが、決断がつけば、またあとで連絡することにして、一応、その電話を切った。

席に戻ると、やあ、と云って横に突っ立っている男がいる。顔見知りの県警の刑事だ。やあ、と二人は笑顔を向け合った。

「あなたもこちらで？」

「歩き回って疲れたとこですよ。いま、あなたが電話をしているところをちらりと見たんでね」

「いいところでお遇《あ》いしました。まあ、お茶でも一緒に喫みましょうか」

くたびれた二人の刑事は、なんとなくそこに元気を取戻した。

8

「どうも、東京くんだりまで汗をかきに来たが、思わしくないもんですな」

と、甲府署のほうが云った。

「いや、ご同様ですよ。われわれのほうも行詰りといった状態です」

と、県警も同じようなことを答えた。

「どうですか、死体の発見されたのは一日違うだけだから、この二つの事件がうまく結び合うと面白いんですがね」

と、県警は冗談交りに云った。

「そうですね。そうすると、一挙に解決がつくかもしれませんがね」

甲府署は答えた。彼が捜査している女興信所員殺しの条件からは、運転手殺しのほうに接着するものが何も発見できないのだ。もともと、二つの捜査本部では、これを全然別個の事件として見ているのである。

県警のテーブルにおしる粉が運ばれて来たので、甲府署が笑い出した。

「おや、あなたは甘党ですか？」

「必ずしもそうではないですがね。今日は一日じゅう歩き回ったので、糖分が不足しているんです。これをもりもり食ったら、疲れが癒《なお》ると思いましてね。いい年齢《とし》をして、おしる粉を啜《すす》るようじゃ、人間もお終いです」

そのくせ甲府署もあん蜜か何かをとっている。両人《ふたり》は顔を見合せて大笑いをした。しかし、その笑いの底には陽気になれないひっかかりがある。仕事は徒労だった。この笑いは暗い中から起っていた。

「ぼくは、こう思うんですよ」

と、県警が云った。

「運転手を殺した犯人が、あなたのほうの担当になっている女興信所員も一緒に殺したとね。こうすれば、お互い、合同捜査で能率的にいけるかもしれないんですがね」

「そうですな。そう巧くいくと、都合がいいんですがね」

だが、ここまでの捜査では、二つの事件は完全に平行している。もはや、両方の線が交り合うということは考えられなかった。どこまで掘り下げても、事件は別々の性格しか出てこないのだ。

「あなたは何時の汽車でお帰りになりますか？」

と、甲府署が同行して帰りたそうな顔をした。

「そうですな、もう調べて歩く所はないし、いつ帰ってもいいんですが、あんまり早く帰って、調べがおろそかなように思われてもつまりません。こちらを六時半ごろに発《た》とうと思います」

「ああ、準急ですね。ぼくもそうしましょう」

喫茶店の窓から夕方に移行する前の陽が明るく射し込んでいた。表の道は、のんびりとした通行人がそぞろ歩きをしていた。いや、忙しいのかもしれないが、両刑事の眼にはそう映った。

「で、あなたのほうのガイシャ（被害者）は、素行は良かったんですか？」

と、県警は訊いた。これは、仕事上から訊いたというよりも、すでに世間話と同じになっている。

「ええ、それがすごく評判がいいんですね。ご存じのように、興信所のことですから、始終、調査事項を追っていたわけですね。仕事は男の社員に負けぬぐらいに頑張っていたそうですよ。まあ、われわれとしては初め、ガイシャが女性ですから、痴情関係の線を本命だと思って追っていましたがね。これはアテ外れでした。あなたのほうはどうです？」

「うちのはまだ若い男ですがね。深夜定期便の運ちゃんですから、運転手同士の縺《もつ》れということを考えたわけですよ。ところが、そのほうは全然出てこない。当人は、どちらかというと、おとなしい性格でしてね。ほかに女関係も一向に出てこないので、なんのために殺《や》られたのか、さっぱり見当がつかないでいます」

「兇器は出てきたのですか。たしか棍棒のようなもので殴られたという推定でしたね？」

「そうなんです。が、それも現場からは出てこずじまいです。おそらく、犯人が持ち去ったのではないかという推測ですがね」

「なるほどね」

二人の刑事は、なんとなく、そのあと口重くなった。もう捜査の話にはうんざりとなっていた。

そのうち、甲府署が腕時計を見た。

「ああ、四時半ですね。ぼくはこれから捜査本部にこちらの状況を報告しなければならないんですが、どうも気が重いですね。獲物が一つも無いんですからな」

「いや、ご同様ですよ。ぼくも報告することになってるんだが、お互い、こんな場合はいやになりますね」

と、県警がわがことに引いて同情した。

——山梨県における二つの殺人事件の捜査本部は、それぞれが別個に努力したが、遂に捜査の進展が見られなかった。本部は三十五日ほど経ってから遂に解散することになった。

甲府署の女興信所員殺しの捜査本部には署長が現れて、捜査員全部にねぎらいの言葉を贈った。解散式といっても、犯人を首尾よく挙げたときと違い、迷宮入りだから、まるでお通夜のように一座はしゅんと静まり返っている。湯呑の酒と、肴《さかな》のスルメにも陽気に手が出ない。

「みなさんの努力にもかかわらず、不運にしてこのような結果になったのは、まことに残念である。しかしながら、本部は解散したといっても、今後捜査を全く打ち切ったのではなく、任意捜査に切り替えて、有力な聞き込みがあり次第、いつでもまた活動を開始するようにしたい。この結果に落胆しないで奮起してほしい」

県警のほうも刑事部長が捜査本部に姿を見せた。ここでも同じような訓示が、お通夜の読経代りになった。

永福興信所長田中幸雄は、毎日の調査依頼事項を捌《さば》いていた。

依頼者はこの興信所に入ってくると、別室の個室に入って待つ。それは応接室とは別に局外者を遮断した部屋だった。つまり、応接室は一般のお客を一先ず通すところで、その客が特に他聞を憚《はばか》る事情がある際はこの個室に入れる。いうなれば、ここは教会での懺《ざん》悔《げ》室であり、警察の取調室にも似ていた。

こういうところに持ち込まれる依頼の多くは、ほとんど夫の浮気についての調査が多かった。次には新入社員に対する身上調査で、これはコネのある会社側から注文がくる。たまには財産争いに絡《から》んだ家庭の事情といったのもやってくる。

いま現れているのは、二十五、六くらいの人妻で、主人はどこかの会社の課長補佐をしている。出張が度重なって外泊が多い。どうもその点が曖昧だから女でも出来たのではないかと思われる節《ふし》がある。その調査をしてくれというのだが、くどくどとその話をつづけていた。

こういう調査事項は、所長の田中がほとんど事情を聞いて、これを各所員の分担にふり当てることにしている。尤も、彼自身も調査を担当するから、その留守の際は主任の男に委《まか》せている。

田中幸雄がここまで自分の興信所を育てるのに、五、六年ほどかかった。彼も以前はある大きな興信所の所員をしていたが、そこから独立したのである。今では男女の所員八人を抱えて、まず成功している。尤も、この前まで女所員だった浜口久子が、死亡のために脱けている。

田中幸雄は、いま、課長補佐夫人のくどい話を聞きながら、その浜口久子のことを考えていた。

それに関連してだが、彼はこの個室に昨年の秋はじめて現れた山西省三の妻、勝子の鮮やかな印象も同時に浮べている。

山西勝子は、色白のふっくらとした女で、どちらかというと肉感的な印象を受けた。彼女は、いま、しゃべっている課長補佐夫人のように、夫の不審を愬《うった》えたが、そのとき田中は、

「奥さんのような美人を持っていても、旦那さんは浮気をするもんですかね」

と、冗談まじりに笑ったものだった。

化繊会社の監査役をしている山西省三は相当な収入があるから、勝子は生活的には苦労はない。省三は働き手とみえて、四十二歳で監査役に抜擢《ばってき》されている。仕事は非常にできるほうだと勝子も話した。

勝子は夫の行跡の不審についていろいろな事実を挙げた。こういうことは似たり寄っ

たりで、どこの奥さんの愬えも同じである。それは、いま田中の前で話をしている課長補佐の妻と違わなかった。ただ違うのは、眼の前の婦人に田中幸雄がなんの魅力も感じなかったのに、山西勝子には興味がひどく動いたことだった。

彼女の話によると、夫の省三は、一カ月のうちに一週間ぐらい出張がある。外泊は、その出張の距離によって違うが、三日から四日にわたる。

心配して夫の会社の人にもそれとなく当ってみるが、どうも確証が摑《つか》めない。思い余ってここに駆け込んで来たのだと云った。

「それはご心配ですね」

田中幸雄は同情をこめて云った。

「それでは奥さんもほかの者には知られたくないでしょうから、ぼく自身が当ってみますよ」

「あら、そうですか」

と、依頼者はうれしそうな顔をした。その笑顔になんとも云えないくらい色気がある。

「責任者の方がご自分でやって下さるほど心強いことはありませんわ」

「一体、こういうようなご用件は」

と、そのとき、田中は少し恩被《おんき》せがましく云った。

「うちの若い社員に当らせていますがね。それでもぼくが十分に責任を持っていますから、効果はあるのです。ですが、恰度、いま、ぼくもむずかしい事件から解放された直後ですから、これに当ってみることにします。ところで、奥さんのご住所とぼくの所は、そう遠くないのですよ」

「あら、どちらですか？」

「ぼくは中野の鳴子坂《なるこざか》の近くに住んでいます」

「あら、それはご近所と云ってもいいくらいですわ」

「ですから、連絡は始終取れると思います」

「費用のほうは、どれくらいかかるでしょうか？」

と、そこはほとんどの女性が一ばん気遣うところだ。

「なに、こんなものは、そうかかるとは思いません。尤も、旦那さまの出張が本当に遠い所でしたら、そこまでこっそりお供をするので、往復の旅費は頂戴しますがね。つまり、実費と、わたしのほうの手数料と、はっきり清算してお目にかけますから、その点はご安心下さい」

「そうですか。では、よろしくお願いします」

田中幸雄の活動がその翌日からはじまった。

山西省三のいる平和化織というのは、それほど大きくはないが、なかなか充実した会社であることが分った。山西は、その妻も云っているように、社員から監査役に抜擢されたくらいの有能家だけに、社内の評判は非常によかった。

酒は日本酒なら五合程度である。学歴はT大卒。出身は神奈川県で、その実家は土地では素封家《そほうか》といわれている。兄弟は三人いるが、兄一人、妹一人は相当なところに片づいている。要するに、山西省三の環境は理想的といえる。

収入はサラリーマン重役だから、給料だけということになるが、期末の役員手当が大きい。

一方、勝子のほうは同じ神奈川県で、F市の商家に生れている。両人は恋愛から発展して結婚に入っているが、子供はいない。彼女は、東京の或る高名な私立の女子大を出ている。夫婦仲は、会社の評判では睦まじいということになっている。

さて、山西省三の肝心の出張だが、これは田中幸雄が商売気を離れて、熱心に追及したものだった。

山西省三の愛人は、キャバレーの女だった。そこは平和化織が接客用として使っている店で、銀座裏にあった。

山西省三は、そこでよく客を接待したことから、その女との交渉ができた。しかし、山西はそれが会社の者に分る以前に、逸早くその女を別の店に移している。

山西は、それまで貧弱なアパートにいた女を、麻布飯倉《いいぐら》の高級アパートに移している。

そこは、家賃四万円に、敷金五十万円の法外な値段だが、これは山西が支払っていた。

山西の出張は、半分は事実で、半分は擬装だった。彼は出張先にその女を伴れて行くこともあれば、出張先で落合うこともあった。それは、女の実体をつき止めに、田中幸雄が女の勤めているキャバレーに当ってみて、休みの日をチェックしたから、はっきりしている。

相手の女は二十三歳で、その身許も田中は全部調べ上げた。

彼女は四国の生れで、高等学校を出ていない。顔は、田中幸雄などが全然興味の持てないような不美人だった。ただ若いというだけで、どうして、こんな女に山西省三が迷ったかと、不思議に思えるくらいである。

こういうことが分ってから、田中幸雄は依頼者の勝子に会った。

彼は事務所の帰りに寄ったのだが、そこは甲州街道から南に入った通りの途中にあった。かなり古い家だが、門もあるし、建物は広い。

田中幸雄が直接にその家を訪れたのは、その日、夫の省三が留守だと見当をつけたからだ。

「まあ、そうでしたの」

勝子は、応接間に田中と対い合って溜息をついた。と同時に彼女の顔が俄《にわ》かに紅潮したかと思うと、泪《なみだ》が頬を一時に流れ落ちた。

こういう場面にも田中幸雄は馴れている。依頼者は被害者でもある。彼は、勝子が泣きやむのを、顔をうつむけて待っていた。

「どうしたらいいでしょうか？」

と、勝子は彼に相談したが、泪に濡れた瞳《め》はキラキラ光っていた。頬の化粧が泪に洗い流されたところなど、田中幸雄にはかえって肉感的に感じられた。

山西勝子は、それからもつづけて調査を頼んだ。

ところが、ある日、田中の所に勝子が電話をかけて来て、ちょっと会いたいと云った。

それは近くの喫茶店だったが、彼女はこんなふうに云った。

「あなたから聞いた話を主人に云って、問い詰めたんです。そうすると、なんと図々しいんでしょう。主人は全部を否定するんです。ですから、わたくしは、その女の居るアパートまで行ってみたんです」

「ほう、直接に女の人に会いましたか？」

すると、勝子は気弱げに顔を振った。

「まだ、とてもそんな勇気が出ませんでしたわ。それに、相手の女の人が水商売の人でしょ。なんだか、こちらが云い負かされそうな気がして、アパートの前で脚が竦《すく》みました。ああいう種類の女の人は、とても怕《こわ》いんですってね」

田中幸雄は、勝子の育ちの良さといったものを感じた。

「で、わたしのほうの調査を、ご主人にそっくり打ち明けられましたか？」

「いいえ、それも云えなかったんです」

「ほう、どうしてですか？」

「だって、わたくしが私立探偵社みたいなところに素行調査を頼んだと分れば、夫はどんなに暴れるか分りませんわ。それに、そこまで徹底的に洗ったと知ると、主人は居直るかもしれないんです。わたくし、それが怕いんですの」

「そうですか」

田中幸雄は苦笑していた。それなら夫の不行跡には眼を閉じていればいいのに、それもこの女は出来ないのだ。

「夫はわたくしに、それはやさしくしてくれるんですの。でも、彼の裏側を知っているから、それが策略ということはすぐ分りますわ。この上は、どうしたらいいでしょう？」

「そうですね……要するに、奥さんがそんな気持では思い切ったことは出来ないでしょうね。ひとつ、さらに勇気を出して、女のアパートに乗り込んでみられたらどうですか」

「とてもとても」

と、勝子は怖気《おじけ》た顔になった。

「わたくしなんか、そんなことを云いに行っても、先方に云い負かされるに決っていますわ。それに、証拠を押えたわけでもなし、そんな人は知りません、と云われたら、すごすご引き退るほかはないでしょ」

「つまり、現場を押えないという弱みですな」

田中幸雄は考えていたが、

「そうだ。では、奥さん、こうしたらどうですか。今度、ご主人がどこかの出張先で、その女と待ち合せたとします。それは、ぼくがご主人のあとを尾行しますから、宿泊先が分れば、すぐに電報を打ちます。列車で間に合う所でしたら、思い切っておいでになりませんか？」

「ええ」

山西勝子は、その忠告にはかなり気持が動いたようだった。

田中幸雄は、その機会を摑んだ。十一月の末である。勝子から電話が掛かって来て、主人は明日から大阪に出張すると云っていますが、本当かどうか調べていただけますか、と云った。田中は、その出発の時間など訊き、尾行を決心した。

「その代り、奥さん。ご主人が大阪でなくてよその土地だったら、すぐに電話なり電報なりで連絡しますからね。そのときこそ勇気を出して下さい」

田中幸雄は、勝子をそう激励した。

9

田中幸雄は、午後四時前から山西省三の勤めている平和化繊の本社近くに張込んだ。四時半ごろ、山西省三が玄関から出て来た。彼は手提鞄一つ持ち、通りがかりの流しのタクシーを呼びとめた。

田中は雇っておいたタクシーでその後を追うと、山西のタクシーはそのまま新宿方面に直行した。そこで彼が大阪に出張でないことは分ってしまった。

新宿駅前で車をおりた山西のあとから田中が尾《つ》けて歩くと、山西は小田急のホームに出て、発車前の電車に乗り込んだ。

山西省三は、車内の中央あたりに立っていた。田中は山西の女を眼で探したが、それらしい姿は見当らなかった。車内は勤め人の帰りで混み合っている。まさか、山西がひとりで行くはずはなかった。

田中幸雄は、買い込んだ週刊誌二冊を読みながら、絶えず眼の隅に山西省三の姿を入れておいた。その山西は吊り革にぶら下って夕刊を読んでいる。発車まで彼の傍《そば》にくる女はいなかった。そのまま成城学園駅あたりを過ぎたが、多摩川の鉄橋を渡っても、彼はまだひとりであった。

そのうち、混雑していた車内も、駅々に停るたびに次第に乗客が減って、かなり空いてきた。若い女の乗客も一目で見渡せたが、山西の女はいなかった。田中は、前の調査のとき、キャバレーに行ってそれとなくその女の顔も見ているからよく知っている。相模大野駅では乗客の半分ぐらいが降りて、電車も後ろの二輛が切りはなされた。

乗客が少くなればなるほど、田中は山西と視線が合いそうなので、いったんホームに降りて後の車輛に入った。しかし、前部の端に坐って、ガラス戸越しに山西の姿が見える位置に、身を置くことには変りなかった。

要心のために女は相模大野あたりから乗り込んでくるのかと思ったが、そこを発車しても山西省三はやはりぽつんとひとりで坐っている。このぶんでは小田原か、終点の箱根湯本駅あたりで女が待っているものと見当をつけた。

小田原駅では何事もなく、終着駅の湯本に来て、はじめて田中は予想通りの場面を見た。ホームに佇《たたず》んでいたのは、まさにあの女であった。今夜は黒っぽいスーツに、同じ帽子をかぶっている。小柄な体格だ。田中は、その女が眼が大きく、ちょっとエキゾチックな顔をしていることを、前に見て知っていた。

山西とは年齢が二十ちかくも違う。サラリーマンも重役となれば本望だし、それに似つかわしい浮気もしたくなるだろう。これは男の虚栄でもある。

田中はホームの二人の横を知らぬ顔ですり抜けて、先に改札口を出て、駅前に駐車しているタクシーをとらえた。こうしておかないと、相手に車に乗られてはお手あげである。

女は山西省三の腕に手をかけて、愉《たの》しそうに話しながら駅の階段を降りている。駐車している運転手が車から出て彼らに誘いかけた。二人はそのまま車の中に入った。

「運転手さん、あの車を追ってくれ」

前のタクシーのあとに尾いたが、この辺はタクシーやハイヤーだけでなく、自家用車も次々と走っているから、追跡を気づかれることはない。ヘッドライトが前の車のうしろ窓を照らしたとき、女は山西の肩にしなだれかかっていた。

こういうような素行調査の仕事をしていると、大体、同じような場面ばかりを見せつけられる。いちいち感情を湧き立たしてはいられない。絶えず客観的な冷静さが必要である。

車は宮ノ下のジグザグの坂を登って行く。この分だと、強羅《ごうら》か小涌谷《こわくだに》になるが、それを進めば元箱根に出るのだ。もとより、相手は途中で下車するだろうが、これからは油断ができない。この道はトラックも通るので、ときどき追跡が邪魔された。

しかし、結局、順調に行って、先行車の停った先を見届けることができた。小涌谷のKホテルだった。五、六年前に出来た豪華な建物で、建物の前には壮大なプールがある。

山西省三は車を降りて料金を払うと、女を伴れてホテルの玄関に入った。田中幸雄はそのあとにすぐつづいた。

山西はフロントの前に立って事務員に何か云うと、カウンターの上で記帳をはじめた。このとき、田中は二人のすぐうしろに立った。これは、彼らがどの部屋に泊るか見極めるためだ。事務員が渡した鍵《キー》には大きな番号札が付いていて、それには５０３という数字があった。これだけ知っておけばいい。

二人はボーイに先導されてエレベーターのほうへ行く。

事務員があとに残った田中幸雄に眼をあげた。

「何かご用でしょうか？」

「………」

田中は咄嗟《とっさ》にデタラメな名前を云って、そういう客が今夜ここに泊るはずだが、まだ来ていないかどうかを訊《たず》ねた。事務員は帳面を見ていたが、

「いいえ、まだお着きになっていらっしゃいません。ご予約も承っておりませんが」

と答えた。

「ああ、そう」

あとの接穂《つぎほ》がない。

「いま、部屋は空いていますか？」

「はあ、なにしろシーズンですからいっぱいですが、ただ、キャンセルされた部屋が一つだけございます。あまり場所がよろしくございませんが」

「そこでもいいですよ」

二階の端だった。とにかく、山西の妻を呼び寄せるまでは、なんとかここに居なければならない。東京から車で駆けつけるにしても、三時間はたっぷりとかかるだろう。その間、外をぶらぶらしてもいられなかった。すでに八時十分になっているのだ。

なるほど、部屋は小さかった。展望も利かない。彼はすぐ電話機を取った。山西省三の自宅の電話番号を云うと、そのままちょっと待たされてから山西勝子の声が聞えた。

「奥さんですか」

と、田中幸雄は云った。

「ご主人は、いま、箱根のKホテルに女性と一緒に泊っていらっしゃいます。わたしは、ここまでそっとお供をして来たのです。いかがなさいますか？」

「………」

「もしもし、奥さん、どうなさいますか？」

田中幸雄は、向うの声が途切れたので重ねて訊いた。山西の妻は、彼から事実を報らされて動顚《どうてん》しているのだ。これも田中幸雄がその職業上馴れている場面だった。こんな場合、極めて事務的な調子で云うのが、最も相手の気持を救うことだと心得ている。

「奥さんのご命令で、ぼくだけがここにずっといろとおっしゃれば、その通りにします。しかし、せっかくご主人がここにこられたのですから、奥さんもすぐにここに駆けつけられて、相手の女の正体を直接ごらんになったほうがいいんじゃないですか？」

それも、すぐには返事がなかったが、

「参ります」

と、勝子の激しい声が短く聞えた。

「では、お待ちしています。大体、ここまで三時間ぐらいかかるとして、ぼくはKホテルの表にぶらぶらしてお着きをお待ちしていますから……では、のちほど」

田中は電話を終ってほっとすると、煙草をゆっくりとふかした。

実は、こういう場合には依頼者によって二つの方法がとられている。一つは、全部あなたに任せます、という気の弱い型と、一つは、すぐに自分が見届けに行くから、逃さないように番をしていて下さいという強気型とがある。田中幸雄は、おとなしい山西勝子を何となくあとの方法に誘い込んだのだ。彼は、ここで勝子と会いたい気持があったのである。

彼は食事をとってゆっくりと食べたが、それでもまだ時間が余っていた。あれから仕度をして車を呼んで駆けつけるのだから、勝子の到着は三時間後だろう。すると、十一時ごろとみていい。今は九時前だった。

田中は、その間の時間つぶしに地下室に降りた。エレベーターの脇に掲示板で、階下《した》に遊技場や、スナックバーがあるのを知ったからだ。

遊技場は、ボール投げや、スマートボール、ピンポンなどがひと通り揃っていた。田中は、その一つ一つをやったが、調子が出ない。どうも、相手の来るのを待つというのは心が落着かないものだ。仕方がないので、スナックバーに行ってハイボールを呑んだ。折から映写されている、チャチな外国の観光映画か何かを漫然と見ていた。

やっと一時間が過ぎた。彼の脳裡《のうり》には、ときどき、503号室に入った山西とその女との姿が浮ぶ。次に、やがて現れる勝子の抑えた色気のある顔が出る。

田中が酒を飲んだり、遊技に手を出したりして時間を潰《つぶ》しているうち、ようやく十時四十分になった。彼はホテルの玄関に出て、噴水の横に立った。ぶらぶらしながら国道のほうを見ると、車のヘッドライトの列が、次々と流れている。

それから二十分も待っただろうか。そのヘッドライトの列から、一台だけすうっとこちらに離れて来た車がある。その車は凝視をつづけている田中の前に停った。

山西勝子が慌《あわただ》しく車から降りて来た。田中は急いで近づいた。心が弾んでいた。

「奥さんですか」

山西勝子はちらりと田中を見上げたが、悲しそうに眼を伏せた。

「どうなさいます？　ご主人の入られた部屋の番号も分っていますが」

ハイヤーが去ってからも、勝子は暗い所で立ったままだった。

彼女は、それでも慌しく着更えをして、化粧も仕直して来ていた。その白い、ふっくらとした顔がホテルの前庭にある蛍光灯に青白く浮び上っていた。

「まだ、決心がつきませんわ」

と、勝子は震え声で云った。

「とりあえず来てみたんですけれど、わたくし、女を連れ込んでいる主人の部屋に真直ぐに行く気がしませんわ。ねえ、田中さん、何とか主人をここに呼び出してもらえる方法はないでしょうか？」

「それは結局無駄でしょうね」

と、田中は微笑して云った。

「階下《した》から電話を掛けると、ご主人はすぐに女の人を逃してしまいますよ。そうなれば、何とでも口実がつきます。わざわざ証拠を逃すようなものですから、それは少し拙《まず》いでしょう」

「そう？」

勝子はまだ躊躇《ちゅうちょ》している。

「まあ、こんな所で立話も出来ませんから、一応、ロビーに行って落着きましょう」

彼は勝子をホテルの玄関の中に誘った。ロビーはフロントから離れた一隅にあるが、西洋人の夫婦がふたり腰掛けているだけで、あとはがらんとしている。その隅に田中は勝子と一緒に腰を下ろした。

勝子は溜息ばかりをついていた。おそらく、心臓が破れそうなくらい速く動いているに違いない。——こういう場面も田中幸雄には職業的な印象を出ていないはずだったが、今度だけは彼も勝子に気分がひきずられていた。

「田中さん」

と、彼女は思いあまったように訊いた。

「主人はここに泊ってゆくのでしょうか？」

「そりゃ当然でしょう」

と、田中は彼女の迷いに歯がゆそうに云った。

「もう何時だと思います？　十一時半ですよ」

「相手の女の人は、やっぱり水商売の人ですか？」

「ぼくが奥さんにお報らせした通りの女です。キャバレーの女ですよ」

勝子はまた深い溜息をついた。彼女は家を飛び出して来たものの、ここに来たのをかえって後悔しはじめているようだった。

田中は、勝子がそこにうずくまって、顔を蔽《おお》って泣いているのをしばらく見ていた。

山西勝子は何を悲しんで泣いているのであろうか。夫がこの建物のすぐ上で愛人と一緒に居ることを悲しんでいるのか、それともそこまで踏み込んで行けない自分の勇気のなさを嘆いているのであろうか。或いは、こういうめぐり合せになった不運を悲しんでいるのかもしれない。

田中は、勝子が泣き止むまで、静かに煙草を吸って待っていた。

「ねえ、田中さん、教えて下さい。わたくし、どうすればいいでしょう？」

彼女はハンカチで鼻をかんで云った。

「そうですね、もう時間も遅いし、いっそ、このホテルに泊られたらどうですか？……そして、明日の朝、ご主人と、その連れの女とが出て来るのを待っているのです。それだったら、あなたがあの部屋に入って行くよりも、ずっと気が楽でしょう。それに、今晩一晩寝《やす》んでいらしたら、またあなたの気持も落着きますよ」

勝子は小さくうなずいた。

「でも、このホテルに空いた部屋があるでしょうか？」

「一つだけは確保しておきましたよ」

と、田中は答えた。

「いま、ぼくが入っていますがね。奥さんがそこに泊られるのでしたら、ぼくは無理を云って別な部屋を頼みます」

「そうですか」

勝子もやっとその気になったようだった。田中はふしぎに膨《ふく》らんだ気持になり、フロントに歩いた。

「ひとり婦人がふえたんだがね。どこか部屋はないかね？　何とか無理を願いたいのだが」

「さあ」

眠たげな顔つきの事務員は不承不承に部屋の割当表を見ていたが、

「ご事情がおありのようですから、従業員の宿直部屋だったら、どうにかなりますがね」

「宿直部屋？」

「といっても、それは現在は空いているのです。普通の客室より粗末ですが、ベッドなどはちゃんとありますから」

「君、ぜひ、それを頼む」

田中は勝子のところに戻った。

「ようやく、うまい具合に部屋の都合ができましたよ。ですから、奥さんはぼくのとった部屋に入って下さい」

勝子は田中に促されて階段を上ったが、折から遅く帰って来た外人客の賑やかな群《むれ》と一緒になった。

田中は部屋に勝子と一緒に入ると、彼女は窓際の椅子に力なく腰掛けて、溜息をついている。その様子を見て、田中はその前の椅子にかけた。

「奥さん、そう考え込んでも仕方がありませんよ。今晩は何も思わないで睡って下さい」

「いえ、とても」

と、彼女は喘《あえ》いで云った。

「とても、そんな気分になれませんわ。今夜は寝就かれないで、夜明けを迎えそうです。でも、こうなったらここに来るんじゃなかったと思いますわ。ねえ、田中さん、あなたはほかの事件もたびたび調査されて、こういう場面にも遭遇されたでしょうが、そんなとき、奥さま方はどうなさってるかしら？」

「そりゃいろいろです。その部屋に飛び込んで、ご主人と相手の女とを縄で縛りあげたという勇敢な奥さまもありますよ」

彼女は嘆息した。

「わたくし、とても、そんな勇気はありませんわ。かえって苦しいんですの。なんだか自分のほうが悪いことをしてるみたいで、主人の眼から逃《のが》れたくなりましたわ」

「いや、その気持はよく分りますよ。……しかし、奥さんがそういうやさしい方だけに、ぼくは同情しますよ」

田中は、そう云って勝子のほうに静かに煙草の煙を吐きかけていた。

時間はすでに十二時を過ぎている。窓には重いカーテンが深々と垂れていた。ホテル中は物音一つ聞えない。建物全体が完全に寝息を立てていた。

勝子はうなだれている。その姿勢に田中は心を躍らせた。おそらく彼女の胸は名状しがたい混乱で塞《ふさ》がっているに違いなかった。夫の情事が、すぐ上の階の部屋で行われている。知り尽した夫の身体が、ほかの女の上にうつ伏せとなっているのだ。が、その悲哀と混乱の底から、彼女の昂奮《こうふん》がもの静かに起りつつあるのを、田中幸雄は凝視していた。

彼は、轟《とどろ》く胸を抑えて椅子から起《た》った。このままだと彼は部屋のドアに歩いて行かねばならない。彼は、その通りに足を運んだ。ドアに手をかけた。心に一瞬の混迷が嵐のように駆け去った。彼はドアを開かずに、指が錠を下ろした。

カチリと錠の音が鳴った。山西勝子は、顔をあげて、眼をいっぱいに見開いていた。

10

田中幸雄は回想をつづけている。それは昨日のように、みんなはっきりしている。

田中幸雄が、箱根に山西勝子を呼び寄せてから二カ月経ったころである。

寒い日、永福興信所を訪ねてきた依頼者があった。事務員の手で運ばれてきた名刺を見て、田中幸雄は色を失った。「平和化繊株式会社監査役　山西省三」の活字が眼を刺した。

田中幸雄はあたりが昏《くら》むのを覚えた。山西省三がいかなる用事でここに来たかは分っている。田中は瞑目《めいもく》して、これから山西と対決する態度を考えた。

彼は五分間ばかり所長の椅子にじっとしていた。茶を喫《の》み、無理に心を静めて、山西省三の待っている応接間に歩いた。荒れ狂う波濤《はとう》の中に船出して行くような気持だった。

ドアを開くと、見知っている山西省三の顔が正面に坐っていた。尤《もっと》も、山西はこちらの顔を知らないはずである。田中の一方的な面識なのだ。この顔なら、路上、車中、ホテルの入り口、あらゆるところで偸《ぬす》み見している。しかし、正面から彼と対《むか》い合うのはこれが初めてであった。

山西省三は田中が入ってくるのを見ると、椅子から腰を上げかけた。それを逸早く田中は手ぶりで抑えた。

「山西さん、ここではちょっとお話を承りにくいですから、近くの喫茶店にでもお供しましょうか」

田中は、この事務所で山西省三に喚《わめ》かれては、自分の面目が失墜することを惧《おそ》れたのだ。所長の不行跡を社員に知らせてはならなかった。それに、この山西の前で、土下座してでも謝らなければならぬ羽目になるかもしれない自分の惨《みじ》めな姿を、部下に見られたくなかった。

山西省三は一瞬怪訝《けげん》な顔をしたが、それでも傍のオーバーを手に取った。

田中はその山西と一緒に事務所を出た。

外には冷たい風が強く吹いている。しかし、オーバーも被《き》てない田中は身体が熱くなっていた。

（山西は、勝子とおれとの関係を嗅《か》ぎつけてきたのだ。きっと呶鳴《どな》りにやって来たに違いない。おれはずいぶん慎重にやったつもりだが、どうしてこの男は知ったのだろうか？）

歩いている山西は、

「ずいぶん、寒いですね」

と田中に挨拶した。柔らかい声だった。

（山西はどんな条件を切り出すだろうか。慰謝料の請求か、それとも二人の間を何かの週刊誌にでも暴《ば》らすというのだろうか。そうなれば、おれが折角ここまで築いてきた興信所の信用がゼロになる。安定した生活が根底から崩れる。それに、興信所長が依頼者の女と関係ができたと分れば、世間のもの笑いになる。これからは面《かお》を上げて道も歩けない。……できることなら、山西と妥協したいが）

田中幸雄は、あまり行きつけない喫茶店に山西を伴って入った。幸い店の内は客が少かった。それでも、彼は山西が大きな声を出す場合を予想して、なるべく隅のほうに席をとった。

「どうも、初めまして」

田中幸雄は山西の顔色を窺《うかが》いながら云った。自分ながら妙な挨拶だと思った。

さぞかし、山西の顔は怒気を顕《あらわ》しているだろうと窺ったが、髪の毛の薄くなった山西は、至極なごやかな顔をしている。が、それが、かえって田中に気味が悪い思いをさせた。

「名刺を差し上げた山西という者ですが……」

山西は、ちょっと戸惑った面持で云った。

「実は、少し、お願いごとがありまして」

「はあ」

いよいよ切り出すなと田中が緊張すると、

「調査をお願いしたいんですが、すぐにやっていただけますでしょうか？」

と相手は云い出した。

田中幸雄はどぎまぎした。何ということだ。山西は女房とおれとのことを知って文句を云いに来たのではなかったのか。

田中幸雄は、内心安心すると同時に、自分が先回りして狼狽《ろうばい》したのをおかしく思った。道理で、山西の表情が怒りを持ってないばかりか、ひどく落着いている。

調査を依頼に来て、いきなり喫茶店に連れ込まれたものだから、山西はさっき怪訝な顔をしたのだ、とも分った。

「どうも、こういうことは慣れていないので、どう申し上げていいか分りませんが……」

と山西は先を云いよどんでいる。これまでよそながら見ていた女伴れの山西とは打って変った元気のなさだった。

「どうぞ、なんでもおっしゃって下さい」

と、ようやく田中も平静な気持で応対できるようになった。しかし、今度は、一体山西が何を云い出すだろうかと、そのほうの神経が強くなった。

「まことにお恥しい話ですが、実は、女房の素行調査をお願いしたいのですが」

山西はちらりと田中の顔を上目遣いに見て、すぐに眼を伏せた。

あっ、と思ったのは田中のほうだ。ここでも彼は、山西が万事を知っていて、皮肉にそう切り出してきたのかと要心深く疑ってみたが、山西の顔色を見るとそうとも思われない。実際に、山西の言葉通りに、妻の素行調査を依頼に来たらしいのだ。

そう分ると、今度は田中に別な狼狽が走った。彼は自分を落着かせるように、折から運ばれてきたコーヒー茶碗に口をつけた。

「事情を申し上げますと、どうも、この二カ月前くらいから妻の様子がおかしいのです。わたしは、名刺にもありますように、こういう会社に勤めているので昼間は居ないし、また、出張もよくございます。今までは、家に帰りましても、別段、気がつかなかったんですが、どうも、最近は、妻の素振りが妙で仕方がないのです。妻には陰に男がいるような気がしてなりません……」

その話し方は切実であった。

山西省三は、妻に男のいるような気がするが、別に証拠を握ったわけではないと話した。たとえば、今までは自分に女がいると思って、妻は嫉妬《しっと》して喰ってかかって来たものだが、近ごろはそれをいうこともなく平然としている。その態度は、夫のことを諦《あきら》めたというのではなく、あんたはあんたで勝手なことをしなさい、わたしはわたしで別なことをする、といった様子が見受けられる。いわば無関心である。それは彼女のほうに何かがあっての急変のように思われる。

それに、自分の出張を妻は以前ひどく嫌ったものだが、このごろはむしろ歓迎するふうである。よく、その予定を訊く。ときたま、夜早く帰ってみると、妻が家に居ないこともある。十時ごろに帰って来るので、訊いてみると、友だちに誘われて映画に行ったとか、よその家で引き止められたとか云っている。そのほか、そのつもりになって考えると、いろいろと不審な点が多い。

「まあ、ざっと、こんな次第で」

山西省三は、額に滲《にじ》み出たうすい汗を拭いた。

「もし、こんなことを放って置くと、わたしは世間からどんな笑いものになるかもしれません。それに、妻にそういう男でもいたら、いつ、新聞ダネになるような事故が起らないとも限りません。まあ、わたしも勝手なことはしていますから、仕方がないと云えばそれまでですが、やはり一家の主人として、そういうことは見逃せないのです。ついては、妻の素行を調べていただくことはできるでしょうね」

田中幸雄は聞いていたが、なんという皮肉だろうと思った。彼の女房の相手が、ちゃんと本人の眼の前に坐っているのだ。それに、山西が云う勝子の不審な点というのは、いちいち田中に憶えのあることだった。

彼は最初の怖《おそ》れが消えたあと、今度は多少おかしくなってきた。それに妻の素行調査をわざわざ自分のところに頼みに来たというのも、因果なめぐりあわせである。世の中は不思議な糸でつながっていると、つくづく思わないわけにはいかなかった。

しかし、問題は、この調査を引き受けるかどうかである。山西省三は弱りきった顔をして静かにコーヒーを啜《すす》っているが、ここまでうち明けるのには、彼も相当恥を忍ぶ決心になったに違いない。

田中幸雄は、この調査を断ろうかと思った。いや、断らざるをえないのだ。いくら何でも、こればかりは引き受けられない。

が、すぐに、そうなると山西はほかの興信所か、私立探偵社に回るだろうと気がついた。もし、他の興信所に行けば、そこでは徹底的な素行調査が行われ、今度は田中幸雄自身の行動が表面に浮び上ってくる。ここでの拒絶はやさしいが、次の段階が新しい恐怖であった。

田中は困惑したが、とにかく、この調査をほかの興信所で行われないように、阻止しなければならなかった。

「お話はよく分りました」

と、田中は依頼者に云った。

「そういうご事情なら、早速ご調査にかからせていただきましょう」

「そうですか。わたしはこういうことは初めてだが、妻に裏切られた亭主があなたのような所に駈けこむのは、めったにないでしょうね？」

と、山西は案外気弱なことを云った。

「いやいや、そうでもありませんよ」

と、田中はわざと笑ってみせた。

「近ごろは戦前と違って、そういうケースが実に多いんです。まあ、戦後の風潮でしょうな。そういう点では日本もアメリカ並みになったものですよ」

「そうですか。そんなに多いですか」

と、山西省三はほっとした顔をしている。仲間が多いと知って、いくらか気を安んじたようだった。

「では、どういう申し込みの書式にしたらいいでしょうか？」

「そうですな……」

こんなことなら、なにもわざわざ山西をこの喫茶店に連れて来ることもなかった。彼の女房との間を詰問されると思ったから、わざと事務所を避けたのだ。こちらが脛《すね》に疵《きず》を持っているだけに、よけいな気の回し方をしたものだ。

「では、一応、事務所のほうに戻りましょう。そこにそういう書類が備えてありますから」

「はあ、では」

と、おとなしく山西も起ち上った。

二人は再び表へ出たが、道々、山西はこう云った。

「さすがにあなたのほうは、個人的な秘密を守って下さることに感心しましたよ。わざわざわたしを人気のない喫茶店に連れて行って下さって、事情を聴かれたのですからね。いや、周到なご用意ですよ」

これには田中も苦笑した。

事務所に帰って、山西は所定の書式に事項を書いた。

「ところで、調査の費用はどうなりましょうか？」

と、山西は訊いた。

「はあ、それは、まず、実費と調査費用との両建で戴くことになっています。実費のほうは、たとえば、奥さんが遠くにいらっしゃれば、そのあとを尾行する者の旅費といったものです。これには汽車賃、旅館代、都内ならばタクシー代とかいうものが含まれます。調査費用のほうは、担当者の調査日数を勘案しまして頂戴することになっています。いずれ明細なことは、調査報告書を出すと同時に、請求書を差し上げますから、それによってお支払いいただくことになっています」

田中は事務的に述べた。

「分りました。……で、この調査は所長さんがやっていただけるでしょうか？」

と訊く。

田中はぎくりとなったが、すぐに平気な顔で、

「まあ、その点はこちらにお任せ願います。なにしろ、わたしのほうも前々からの調査をいろいろと抱え込んでいますので、誰があなたのほうの調査にかかるかは、今のところ申し上げられません。まあ、われわれの所は、ひとりがそれに当るというのではなく、総合的にみんなで調査することがありますから、その点はお任せいただきたいと思います」

「よく分りました。いつごろ、その調査報告が出来ましょうか？」

「そうですな、こういうことは、必ずしも毎日奥さんが相手の男性に逢われるということはないでしょうから、まず、一カ月ぐらいは見ておかないと、はっきりした状態は分らないと思います」

「一カ月ね」

山西は、ちょっと長い、というような顔をしたが、結局、承諾して帰って行った。

田中幸雄はあとでいろいろ考えた。まさか、この調査を自分の手でいい加減に作るわけにはいかない。いや、作っても構わないが、それではどこかに作為があって、山西省三に真実を見抜かれそうな気がする。やはりそれだけの弱点が彼にあるからだった。

結局、田中は女子社員の浜口久子を使うことにした。浜口は入社して三年になるが、それほど優秀ではないにしても、こつこつと真面目にやるほうである。取柄《とりえ》といえばその点であった。

浜口にやらせれば、その手の内は分るから、田中もその裏をかく成算は十分にあった。それに、部下に自分たちの素行調査をさせるというのは、ちょっとスリルがある。

「浜口君」

と田中は久子を呼んだ。

「ここに、こういう調査依頼があるんだがね。君、一つやってくれないか?」

今でもそのときの場面がはっきりと浮ぶ。殺された浜口久子の顔だ。

浜口久子は鈍《にぶ》そうな表情で、山西省三の書いた依頼事項に眼を走らせていた。

「君、いま何か仕事を持っているかい？」

「はあ。でも、もう少しでいまのほうは片づきますから」

「そうか。では、すぐにこれを頼む。大体、一カ月くらいの調査期間をもらっているからね」

「分りました。で、依頼者は、どういうことを云ったでしょうか？」

そこで、田中幸雄は山西から聞いたことをざっと述べた。別段、これは隠す必要のない、つまり、自分と勝子との間に阻害を来すようなデータではなかった。

「分りました」

浜口久子はメモして一礼すると、田中の前を退《さが》った。

「君、五日間に一度くらいは、中間報告してくれたまえ」

田中は浜口の活動が明後日ごろから始まるとみて、その晩、山西勝子を呼び出した。

連絡はいつも電話でしている。

「実は、今日おもしろいことがありましたよ」

と彼は云った。

「ご主人があんたの行跡を調べてくれといって、ぼくのところに来たんです」

「まあ」

山西勝子は顔色を変えた。

「いや、しかし、心配することはありません……一度は断ろうと思ったが、それでは、他の私立探偵社みたいなところにご主人が行くに決っているから、ぼくの手で引き受けることにしました。調査員は女性ですがね。なに、糞真面目《くそまじめ》ですが、のろまの女ですから、こっちの尻尾《しっぽ》を摑まえられることはありません」

「でも、これからは気をつけなくてはいけないわ」

彼女は少し唇を震わせて云った。

「それは、十分に警戒の必要がありますが、なにしろ、うちの社員の調査だから、こちらの対策はいくらでもあるわけです。それに、その女性は丹念に相手の後を尾行するという性質《たち》で、別にカンがいいというわけではないんです。だから、中間報告が出来るまでは、逢わないことにしましょう。あなたも、なるべく家にいるようにして下さい」

しかし、それでは女が満足するはずがなかった。最初のころこそ、二人は慎重にしていたが、次第にその要心深さがゆるみかけてきた。田中も勝子も燃え上っている。それには警戒心のほうが負けた。

ただし、浜口久子の尾行の目があるので、勝子には待ち合せ場所にくるまで、何度もタクシーを途中で乗り換えたり、降りてからも小さな路を走って、またタクシーを拾うというような技術を教えた。

こうして一週間経った。

浜口久子が、田中のところに中間報告にきた。

「所長さん、山西省三さんからご依頼の調査のことですが……」

「うむ？」

田中は、久子の口もとを見つめて、生唾《なまつば》を呑んだ。

「あの奥さんには、たしかに愛人がありそうです。けど、尾行を警戒して、要心深くタクシーを乗りかえて会いに行っています。苦労しましたが、昨夜、やっとその行先を見届けました……」

「ほう」

田中幸雄は、表情を強《こわ》ばらせた。

11

浜口久子が、山西の細君に愛人がいて、昨夜ふたりで逢っている行先を見届けたと報告したので、田中幸雄ははっとなった。

「ほう。それはどこだい？」

動揺を抑えて、浜口の顔を見ると、彼女は努力を報告することだけに一心になっている。別に田中を意識しているところは見えなかった。

「それは本郷のほうのGホテルです」

まさにその通り、田中幸雄は、昨夜、そこで山西勝子と逢っていた。

「それで、相手の男を見届けたのかい？」

彼は唾をごくりと呑んで訊いた。

「いいえ、それがどうしても分らないんです。相手の男のほうが先に行って待っていたのか、山西の奥さんが入ってから、それらしい人物はこないのです」

それも、その通りだった。田中幸雄は、四十分も前に、そのホテルに行って勝子を待っていた。

「しかし、君はずっと張込んでいたんだろう。帰りはどうだった？」

「帰りも奥さんだけです。わたしはそのあと一時間もそこにいたんですが、やはり出て来ません」

それは浜口久子のうかつだった。彼女に尾行をやらせて以来、田中は媾曳《あいびき》に気を配っている。だからGホテルでは、勝子は表から出させて、自分は裏から脱け出たのだ。

「一時間も待って奥さんの相手が出てこないはずはないので、わたしは思い切ってホテルの帳場に行って訊ねました」

「へえ、よく先方で教えてくれたね？」

彼は、また、どきりとした。

「それはいつもの口実を使いました。つまり、奥さんのほうはわたしの親戚の人で、いま愛人が出来たらしくて困っている。幸い、まだ主人のほうにはそれが知れていないが、もし分ると、とんだ騒動が起きそうだから、いまのうちに自分たちで善処したいので、どうか相手の人の正体を教えてくれ、と云ったんです」

浜口久子は一息に云った。

「ふむ。そしたら、先方はどう云っていた?」

「はじめは渋っていましたが、ホテルの人はわたしの言葉を信用して、とうとう、その男性の特徴を云いましたわ。なんでも、はじめて来た人だから、素性はよく分らないが、人相だけはこういう人だと、うち明けてくれました。……年齢は四十五、六くらいで、面長な顔に、背が高く、全体ががっちりした体格の人だそうです」

その描写は、まさに田中幸雄自身だったが、浜口久子は何の抵抗もなしに、それをすらすらと述べている。その様子からすると、現在眼の前にいる田中が当の本人だとは気がついていないのだ。田中は一先ず安心した。

危ない、危ない。こんなバカ正直な女に尾行されていては、いつ、ボロが出るかしれない。

「しかし、なんだね、その奥さんがひとりでホテルに来たとは思えないから、どうせ、相手もいたことは分っている。まあ、今後も注意して尾行をつづけてくれたまえ」

田中はわざと彼女を激励した。しかし、浜口久子にこの事件だけを担当させていては、朝から晩まで勝子の周囲から眼を放さないことになりそうだ。そこで、田中は、ちょうどそのころ持ち込まれた別の事件――光輪建設の専務の行跡を調べる仕事を兼任でさせることにした。こうすれば、両方かけ持ちになるから、浜口の眼が山西勝子から半分は逸《そ》れてくる。

「浜口君」

と、田中は、そのあとで彼女を呼んだ。

「山西さんのほうの調査は、どうやら、単純のようだから、君、もう一つ受持ってくれないか」

「はあ。どういう……」

「これは専務の素行調査だが、山西さんの場合と違って、社内の勢力争いだろうね。こちらとしては、そんなことはどっちでもいい。依頼者の調査事項を確実にやればいいんだからね。どうだ、やってくれるか？」

「でも、所長さん、山西さんのほうは簡単なようですけれど、なかなか骨が折れそうですわ。あの奥さんには、たしかに愛人がいます。けれど、とても要心深くて、手がかりを与えないようにしています。いま、二つの調査をやるのは無理ですわ」

「そうかな？」

田中は少し考えて、

「そいじゃ、山西さんのほうはぼくが少し手伝ってもいいよ。君が光輪建設のほうにかかっているときは、ぼくが山西さんのほうをやってみようじゃないか」

「まあ、そうですか。それなら助かります」

浜口久子は、いったんはそう云ったが、

「でも、山西さんという方は気の毒ですわ。奥さんが、そんな不行跡なことをしていても、相手の男が相当巧妙に操《あやつ》っているようですから、早く調査の結果を報らせてあげたくなりました。所長さん、わたくし、いま云われた光輪建設のほうもやりますけれど、山西さんのほうは誰にも渡さないで下さいね」

「よしよし」

と、田中はうなずいた。

「君は、山西さんの調査をやっていることを、社内の誰にも云ってはいないだろうね？」

「ええ、云ってません」

永福興信所のシステムとしては、所員の誰が何を担当しているかは、互いに連絡しあわないようにさせていた。それは所長の彼だけが全部を知っていることにしている。これはいくら所員でも、ことが他人の秘密にわたるので、横の連絡を禁じているのだった。また、調査は一件だけと所員には云ってあるが、浜口に兼任させることは所長の特権であった。

この制度が、今度は図らずも彼の危機を救っていたのだった。

田中幸雄は、早速、電話で山西勝子と話した。

「そんなわけで、これから外で逢うというのは大変に危険です。当の調査員には、他の調査を兼任させることにして注意を逸らせるようにしましたが、当人はなかなか粘《ねば》る性質《たち》なので危険は去ったとはいえません……当分は要心して逢わないことにしましょう」

勝子はそれに不承知だった。

「そんなことを云っていたら、いつまでたってもお逢いできませんし、きりがありませんわ。それよりも、あなたが、わたしの家に来て下さいませんか?」

夫に突き放された彼女は、初めて夫以外の男性を知って燃え立っている。

「そりゃ、もっと危険ですね」

田中は、勝子の大胆さに驚いた。

「いいえ、そうじゃないんです。実は、主人は、社内異動で担当が代ったのです。今度は、本当に大阪支店の経理を兼務することになりました。ですから、これまでは主人の口実だった大阪出張が、今度は、本当に頻繁になったのです」

「なるほどね」

皮肉なものだった。

「それで、主人が大阪に出張する日が確実に分るんです。大阪に行ったら三、四日は向うの滞在になるし、月に二度は行くそうですわ」

「それで、ぼくに家に来いというわけですね？」

「そのほうが無難でいいでしょう」

その相談があってから、田中幸雄は山西勝子の家に直接に忍び込むようになった。

ここで、山西家の環境をいうと、附近は小住宅の密集で、道路は表のほうに一本通っているだけであった。この道は、甲州街道から分れて入っている。

浜口久子の監視をくぐって、田中が勝子の家に入ることはかなり困難だが、そこは浜口久子の仕事の進行状態が分っているだけに隙はあった。久子が光輪建設の調査に取りかかっている裏を狙えばいい。田中は、さすがに表からは入らなかった。山西家には女中が一人いるが、これは十八、九ぐらいの肥った少女で勝子の計らいで八時になると、女中部屋に引き取らせることになっている。裏口は狭い路地になっていて、ここは大きな男だと身体を斜めにしなければならないくらいに狭い。その路地を突き当ると山西家の裏側の塀《へい》に当る。その塀に沿って曲ると、横の木戸口に出るようになって、木戸口は勝子が内側から錠を外している。

両隣は一寸の余裕もなく、境界の塀が接している。それで、浜口久子が表に立って監視していても、田中が狭い裏の路地から来れば、彼女の眼には触れないわけだ。今のところ、浜口はその裏側の細い路地のことには気がついていないようだが、熱心な彼女のことだから、いずれはそれを発見するかもしれない。

田中が勝子の家で逢うようになってから、初めての浜口久子の中間報告が出されたが、それにはこう書いてあった。

「山西勝子氏は、ほとんど外出をしなくなった。彼女は終日家に引《ひ》き籠《こも》っていて、外に出るといえば買物程度である。だが直感として、彼女が愛人と手を切ったとは考えられない。どこかで彼と媾曳をつづけているようであるが、調査未了のためにまだ確認できないでいる。私は、火、木、土にわたって午後一時から十時ごろまで山西家の前に張り込んだが、手がかりはなかった。なお、近所の噂をそれとなく訊いてみると、勝子氏の行状に気がついている者は、ひとりもいない様子である」

山西省三と約束した勝子の調査期間が二十日ぐらいすぎた。

「所長さん、ほんとに今度はむずかしゅうございますわ」

と、浜口久子は田中の前に来て嘆いた。

「たしかに、あの奥さんには恋人があると思うんですけれど、どうしても摑めませんわ」

「まあ、根気よくやってくれ」

と、田中幸雄は慰めた。

「そう焦《あせ》っても仕方がないよ。持久戦のつもりでゆくんだな」

「それについてお願いがあるんです。山西さんのほうが目鼻がつかないままに約束の一カ月が来そうで、わたくしも気が気じゃありません。つきましては、光輪建設のほうをわたくしの受持から外していただけませんでしょうか」

田中は、それを柔らかく拒絶した。

「まあ、そんなに焦ることはないよ。それに、光輪建設のほうも大事だからね、君、君の担当は社内の誰にも教えていないが、主任のS君には君に光輪建設だけをやらせているように云ってある。山西さんの調査は特に極秘だから、S君にも云っていないような状態だ。いいかね。だから、君がすぐ実績を上げなくとも、長期戦でいいから、やっぱり両方やってほしいね。君に光輪建設のほうを持たせたのも、実は山西さんの調査をみなに勘づかせたくなかったからだよ。君が何も受持たないで、ぶらぶらしていると思われても困るからね」

「所長さんのほうは、少しは調査が進みましたか？」

「いや、あのときはあんなふうに云ったが、ぼくもなかなか暇がない。この前から二、三度、山西さんの家の前のほうに立ったが、やっぱり、これは君に任すよ」

「そうですか」

浜口久子はしばらく黙っていたが、

「所長さん、あの奥さんは全然外に出ませんから、きっと恋人を家に引き入れているんだと思いますわ」

と云い出した。


「浜口にも困ったものだ」

と、田中幸雄は山西勝子に云った。彼女の家に潜《もぐ》りこんで二人きりで蒲団の中にいるときである。女中は、とうに階下《した》の女中部屋に入っていた。夫の省三は、昨夜から関西出張で、これは確実に三日しないと帰ってこない。

「君の身辺を狙うのに、なんだか執念みたいになっているよ」

「まあ、どうしたらいいの」

勝子は男の胸に手をかけたまま、心配そうに眉をひそめた。

「大丈夫だとは思うがね。あの調子では、これから期限の一カ月が経っても、まだまだ、この辺をうろうろしかねないな」

「山西もつまらない調査を頼みに行ったものね」

「なに、そう心配したものでもない。そのうち、あの女は、この担当から外すからね。一カ月経ったら、山西さんのほうにも、奥さんについては何も無かったように報告をしよう。完全に納得するようにね」

「そんなことを、あの人がほんとうに聞くかしら？」

「そこは巧く報告書に書いておくよ。ところで、昨日だったか、浜口久子が来て、どうしても奥さんの愛人が突き止められないから、ひとつ方法を考えてみる、と云っていたよ」

「方法、どんなことです？」

「知らない。あんまり訊くと、こっちの肚《はら》が見破られそうなので、そうかね、万事、君に任せる、と云っておいたがね。あの愚直な女のことだから、大した知恵もでないだろう」

その翌晩だった。田中幸雄は、ほかに仕事があったので遅くなったが、その帰りにまた勝子のところに寄った。例によって身体を斜めにしなければ通れない、裏の路地から入って行った。夜も十一時を過ぎると、近所は寝静まっている。夕方から霰《あられ》が降ったりして、冷え込む晩だった。地面は凍《い》てている。

「寒いな。明日の朝は山西さんが大阪から帰ってくるんだね？」

「ええ、そうよ」

「もう、そろそろ約束の一ヵ月が近くなったから、明日あたり社に電話が掛かるかも分らないね」

「山西はまだ諦めないのかしら？」

「大丈夫、諦めさせるようにするよ。でないと、ぼくのほうの調査が駄目だということになれば、ほかの興信所に変えられても困るからね」

そんな話をしていたのが午前零時二十分ごろだった。それは、田中がぼつぼつ帰ろうと思って枕元に置いた腕時計を手にとって見たからよく分っている。

そのとき、大きな音響と同時に家がゆらいだ。田中は、咄嗟《とっさ》に傍《そば》のタンスにしがみ付いた。

勝子が仰天して跳ね上った。

——田中幸雄は、そのときのことを生々しい記憶で持っている。

音響のあとに、今度は別なざわめきがこの家を包囲した。階下《した》に降りた勝子の声で、トラックが門と玄関を破壊したことを知って、田中も思わず階段から駆け降りかけた。このとき、音響におどろいた近所の人が、すでに突っ込んだトラックの両側から、家の中をのぞきこんでいた。

田中はうろたえて、二階に上ったが、自分の咄嗟の行動を後悔した。いままで誰にも知られないようにしていたのに、不用意に飛び出したため、近所の二、三人の人に姿を見られたような気がする。しかも、彼はかなり無様《ぶざま》な恰好《かっこう》でいたのだ。勝子に山西の寝巻を着せられていたのである。

田中はあわてて、二階裏の窓から物干台に移って下に降りようとすると、そこからも近所の人の姿がうろうろしているのが見えた。

時間が経つにしたがって、玄関前の群衆は数を増すばかりだった。田中幸雄は、二時間ばかりの間、その二階から身動きができなかった。

トラックが去ったあとでも、近所の人がじろじろと中をのぞきこんでいる。

「大変なことになった」

と、田中幸雄は頭を抱えた。

「これじゃ、まるでここに閉じこめられたようなものだ。さっき、ぼくは玄関に出たが、近所の人に姿を見られたように思うよ」

「そんなに気にすることはないわ」

階下で事故の後始末をして、ようやく上ってきた勝子が云った。

「この辺は物見高い人が多いので、寒いのにわざわざ夜中に起きて来てのぞいているんです。でも、もう大丈夫だわ。誰もいません」

「どうして、こんな家にトラックが飛び込んだのだろう？」

田中は運の悪さに憤慨した。

「なんだか、居眠り運転らしく、道を間違えて入り、あわててブレーキをかけたところ、路が凍っていたためスリップして、こっちに飛び込んで来たんだそうです。まだ若い運転手さんだったけれど、ぺこぺこ頭を下げて謝ってたわ。いずれ会社から係が来てお詫びする、と云ってました」

「そうか。しようのない運転手だな。深夜トラックは、相当無理な条件で運転手を働かせているので、こんな事故を起すんだ」

田中は、そのあと、補償はあんまり頑張らないほうがいいだろう、と勝子に云っておいた。問題が縺《もつ》れてくると、向うだって調査を進めるだろうから、いつ、こっちのボロが出ないとも限らない。それで適当なところで折合ったほうがいい、と云ったのだ。

彼はほうほうのていで山西の家を遁《に》げ出したが、その朝、明けてから出勤すると、浜口久子が睡《ねむ》たげな眼つきをして入って来た。

「所長さん、山西さんの調査は、わたくし、止めさせていただきます」

彼女は切口上で云った。

「ほう、どうしたんだね？」

「山西さんのほうはイヤになりました。光輪建設のほうだけやらせて下さい」

浜口久子は下をむいて顔を硬《こわ》ばらせていた。

12

田中幸雄は、浜口久子が山西夫人の調査を辞《や》めさせてくれと云い出したので胸を突かれたが、さりげない表情で、その理由を訊《たず》ねた。

「困ったね。ただ山西さんの調査がいやというだけでは理由にならないね。そりゃ光輪建設のほうもやってもらうさ。だが、片方の仕事をおっぽり出すのは、君らしくもないじゃないか。君は頑張り屋で通っているんだからな。それには何か理由があるのかい？」

口では責任者らしく云ったが、心は動揺していた。

浜口久子が山西夫人の調査を辞めたいという裏には、何かを嗅《か》ぎつけたのだと直感した。

あるいは、勝子の相手がこのおれだと分って、辞退したいと云い出したのではあるまいか。

彼女はうつむいたままで眼を閉じ、唇の端を嚙んでいる。色も蒼褪《あおざ》めて、頰のあたりが細かく震えているようでもあった。これは緊張のあまりだろう。

「え、どうだね？」

と、返事をしない彼女に田中はわざと催促した。

あるいは自分の思い違いかもしれないという考えもどこかにあった。あれほど要心深く勝子と逢っているのだから、この女に分りようはないという自負心も残っている。いずれにしても、彼女の返事から、もっと確定的なことを探り得たかった。もちろん、その他には所長らしい虚勢もあった。

「理由は云えません。ある事情で、どうしても山西夫人のほうは、自分の手に負えないことが分りました。……申し訳ありません」

伏せた眼の端に軽い痙攣《けいれん》さえ起っている。彼女はよほどひどいショックを受けたらしい。

田中幸雄は、その表情から、もはや、浜口久子に自分の弱点が握られたとはっきり感じた。しかし、それは、一体、どこで分ったのだろうか。

ふたりの間に短い沈黙が流れた。

「そうか。……いやだというものを押しつけるのもなんだね。じゃ、ほかの人に替ってもらおうか」

「申し訳ございません」

久子は微かに頭を下げた。

「では、君の希望の通りに光輪建設のほうだけ頼む。ご苦労だった」

「あの……」

と、久子は初めて眩《まぶ》しげな眼をあげた。

「山西さんの報告は、これまでのものをまとめて、一応、お出ししておきましょうか？」

普通、こんなことを改めて訊くこともないのだ。つまり、分りきったことを彼女がそう質問するのは、目の前の本人に関連があると彼女が考えているからであろう。いわば、田中に対する遠慮だった。

「そりゃ当然だよ」

と、田中は無愛想に云った。

「君の出したこれまでの報告に基づいて、あとの人に仕事をひき継がせるからね」

「はい」

久子は、また眼を下に向けて、

「わがままを云って申し訳ございません」

と、頭を垂れて田中の前を退《さが》った。そのどことなくぎごちない彼女の歩き方を見送ったあと、田中は煙草を、二、三本たてつづけに吸った。

今でも、そのときの情景は憶えている。……傍の窓から明るい陽が射して、その中に小さなゴミが光って舞っていた。それが無数の黴菌《ばいきん》のようにみえる。所長の居る所は、この建物の中で一ばん明るい場所であった。

——あののろまな女が、一体、どこでおれを見つけたのだろうか。

田中幸雄は、作戦の齟齬《そご》を検討する将校のように、または、負けた棋士が盤上でもう一度駒を並べ直すように、自分の行動をあれこれと考えてみた。浜口久子の尾行、張込みなどが、こちらには手にとるように分っていたので、ことごとく、その裏をかいたつもりだ。どこに、その手落ちがあったのだろうか。

あっと思ったのは、その三本目の煙草が半分灰になったころだった。

事故だ。——トラックが飛び込んだ、あの事故である。

(あのとき、勝子の声で、おれは思わず跳び起きて階下に降りようとした。いきなりトラックの大きな図体が玄関先に乗り上げていたのには肝《きも》を潰したが、それからすぐに近所の人の姿を知って、あわてて二階に駆け戻ったものだ。それからあとは、裏から逃げようにも、この深夜のただならぬ音におどろいた近所の人たちに見られそうで、二時間余りも、あの二階に封じ込められた。

あの事故のとき、久子も前から張込んでいておれの姿を見たのではなかろうか。いや、きっとそうだ)

悪いときにトラックが飛び込んだものだと思った。

おそらく、浜口久子は、二階から駆け降りた男が寝巻のままでいる田中所長と知って、ひどいショックを受けたに違いなかった。それが彼女の調査辞退の理由となっているのではないか。

(それはそうだろう。調査の依頼を受けた人妻の不行跡の相手が、自分を使っている興信所の所長では、彼女も戸惑ったに違いない)

田中幸雄は、今度は彼女の眼から見た、己れのあられもない滑稽な姿を想像した。田中は勝子が出した彼女の亭主の浴衣《ゆかた》を着ていたから、これは弁解のしようがない。洋服だったら、調査のために自分も事情を聴きに来たという云いわけも成り立つのだが、あの恰好ではどう強弁のしようもなかった。

あののろまな運転手め、と彼はトラックを呪《のろ》った。あいつの運転が下手なばかりに、とんでもない目に遭った。勝子に補償のことを、運送会社にそうやかましく云うなと云ったのも、補償問題がこじれたとき、こちらのボロが出そうなのを警戒したからだが、その要心も無駄で、最も悪い人物に彼の姿は目撃されたのである。

――また、浜口久子が入って来た。今度は書類を握っている。

田中はどきりとなって、彼女を机の前に迎えた。

「所長さん。これが今までの調査報告です……中途半端で申し訳ございませんが」

と下書きの報告文を差し出した。

依頼者に出す調査報告は、メモを整理して文章に直し、それをタイプに打って提出するのだが、原稿になる前には所長の田中が下書きをざっと見ることになっている。浜口久子は社用の罫紙《けいし》にペンで書き流していた。顔は魅力がないが、文字はきれいだった。

「ありがとう、そこに置いといてくれ」

田中はわざと興味のない顔をして浜口を退らせると、すぐにその書類を手にとって文字を追った。

それは、浜口久子が山西勝子の調査に取りかかった日から始まっていたが、内容は久子が前に田中に報告したのとほとんど変っていなかった。山西勝子が何日の何時からどこに行ったか、どこでタクシーを降りたか、どの旅館に何時間いたかというようなことが列記されてある。彼女の張込みは、たいてい夜の十一時で切り上げられていた。

 報告は途中から調査の日付が抜けている。これは田中が危ないと気づいて光輪建設の調査を彼女に負担させたからである。だが、この簡単な報告を見ても、浜口久子がいかに几帳面《きちょうめん》で、丹念な仕事をしているかが分った。

むろん、ここには田中幸雄の名前は出てこない。また、田中がひそかに危惧《きぐ》していた昨夜のトラック事故のことも書かれていない。当日の日付を見ると、光輪建設の調査に従事していたことになっている。

(どうもこれは臭いぞ。やっぱり、昨夜は久子は事故の現場に来ていたのではなかろうか。それを隠すために、わざと光輪建設の調査を詳しく書いているのではないか)

田中幸雄はその文面を検討して考えた。光輪建設の調査とは次のような報告だった。

「光輪建設専務高橋太郎氏は、同社庶務課勤務K嬢と都内で逢うほか、月に一回くらい山梨県甲府市湯村温泉に行くとの情報を得た。高橋氏が甲府市に行くのは、同地で目下建設中の某社のグラウンド工事視察のためであるが、このときは高橋氏が昼間その業務をなし、かねて打ち合せていた旅館にK嬢を置き、夜間、氏がそこに共に宿泊するとのことである。これは、同社の反主流派の社員の一人が、秘かに本調査員に洩《も》らしたことであるが、確実と思料される」

よくある手だった。

田中幸雄は、実は長野県の生れである。だから山梨県にはわりと詳しい。この湯村温泉というのも彼はよく知っている。甲府市内だが、温泉街は市の中心から外れた田圃《たんぼ》の中に建っている。そこから御嶽《みたけ》昇仙峡が近い。

この報告文を読んだときは、ただそれだけの感慨しか田中幸雄に起らなかった。

だが、あとになって、ふいと田中に疑問が湧いた。

浜口久子の持ってきた報告をみると、彼女はたいてい夜十一時で張込みを切り上げている。これは女性だから、田中の指示で、なるべくその時間を限度とさせているのだが、この前のトラックの事故は午前零時二十分だった。

すると、仮りに光輪建設の調査にかかっていたというのが嘘だとしても、やっぱり彼女はあのとき張込んではいなかったのか。

（いやいや、そうではない。山西勝子の調査を打ち切らせてくれと云ったのは、昨夜の事故のあとだし、顔色が変っていた。あの表情はおれの姿を見た表情だ）

では、この矛盾はどうなのか。

ここで、もしや、という考えが彼に起った。彼は、もう一度、浜口久子の中間報告に急いで眼を通した。それによると、勝子には情人があるが、まだ突き止められない、一度は、二人で入ったらしい旅館まで分っていたが相手の正体が見えなかったとある。以後は勝子がずっと家に居るので、尾行の方法がない。張込んでいても男の正体は知れぬ。——つまり、山西勝子が自宅という殻の中に閉じ籠ったので、浜口久子の調査は、手も足も出なくなったのであった。

こういう場合、調査員としてはどのような方法をとるか。調査員には、近所の噂だけでは弱い、というふうに田中自身が教えている。必ず自身の眼で確認し、実証を摑めとかねて云い聞かせてある。

もしや、という田中の疑問は、逆に浜口久子が事故のトラックの運ちゃんを買収して、山西の家に深夜トラックを突入させたのではないかということだ。つまり、近所の者が事故の物音におどろいて、わっと集って来る。その晩、勝子の情人が来ていれば、騒ぎに驚いて飛び出すところが見られるかも分らない。また近所の者に取巻かれたら、相手はしばらくは逃げ出せないで家の中に屈《かが》んでいるだろう。そこを辛抱強く待っていれば、あわてて遁げてゆく男が確認できる、と浜口久子は考えたのかもしれぬ。——

……昔、武田信玄は啄木鳥《きつつき》の戦法というのを考えた。田中幸雄は長野県の生れだから、中学校のときに歴史の先生にそれを教わった。川中島の戦いのときに、上杉謙信は妻女山《さいじょさん》に入ったまま動かなかった。信玄は、謙信を何とかして外におびき出すため、麾下《きか》の別働隊をして妻女山の背後を襲わせる作戦をとった。

こうすると、謙信はうしろから襲撃されて、その戦いに勝っても負けても妻女山から下りてくる。そこを前面に流れている千曲川《ちくまがわ》の河畔に待ち受けた信玄の本隊が、謙信に襲いかかって殲滅《せんめつ》するという工夫である。啄木鳥は木の洞《ほら》の虫を取るとき、その長い嘴《くちばし》で背面の幹を叩き、中の虫がその音におどろいて飛び出すところを嘴で捕える。あの方法を真似たのだ。

田中幸雄は、浜口久子のやり方に、そんな巧妙な作為を感じた。

あのぼんやりした女に、果してそれだけの知恵が働いたのだろうか。田中幸雄は、一応、そう疑ってみた。

彼の性分として、疑ったことは必ず突き止めてみなければ済まなかった。永年の職業的な影響かもしれない。今度はさらにそれが身に降りかかっていることなので、そのままでは済まされなかった。

では、どうすれば、それが分るか。田中は、事故を起したトラックの運転手に当ってみることを考えた。その名前を調べるのは造作はない。当日の新聞記事を見ると、運転手の名は、協成貨物株式会社の山宮健次（二一）と出ている。

この記事によると、山宮は深夜トラックの運転手だが、当夜は半分居睡りしていて、いつも通っている甲州街道から道を間違え、山西家の前に来てそれに気がつき、ブレーキを掛けようとしたときに凍った地面でスリップした、という。

たしかにあの晩は寒かった。地面が凍《い》てついていたのは嘘ではあるまい。しかし、居睡り半分で道を間違えたというのはどうであろうか。普通、大きな通りから細い通りに間違えて入ったのに居睡りしていたというのはおかしい。居睡りしていたのなら、道幅の広い甲州街道を真直ぐに行くべきではなかろうか。これは、わざと道を間違えたための口実としか思えない。

田中は、浜口久子が事前に山宮という運転手にその工作を頼んだとすれば、久子と山宮との間は前からの知り合いであろうと見当をつけた。こんなことを頼むのに、見ず知らずの人間には云えないからである。

田中は浜口久子の身許を自分で単独に調べ始めた。一応、履歴書などは出ているが、それには両親と兄弟は九州におり、身許引受人は東京にいる叔父になっている。

身上調書には会社員と記入されているが、この際調べてみると、叔父は五十四歳で、現在、A興信所に勤めている。ただし調査員でなく、会計係だった。しかし、この事実を発見して、田中は愕然《がくぜん》となった。

A興信所は田中の社とは当面の競争相手だった。一体、私立探偵社とか、興信所などというのは公認制でないため、勝手に設立できる。現在では、この種の会社が都内に夥《おびただ》しく存在している。尤も、一時期は乱立時代であったが、それがかなり淘汰《とうた》されてもまだ相当な数である。

そのなかでも、同クラスの間には競争相手というのは必然と生じるもので、田中の場合はA社がそうであった。浜口久子がなぜ叔父の興信所に勤めなかったのか不思議だが、多分、身内のいるところを嫌ったのかもしれない。だが、この場合も、田中には浜口久子が何だかこっちの内情を探る敵のスパイのように見えてきた。

たぐると、運転手の山宮健次との関係もすぐに分った。何と、これは浜口久子が前に住んでいた家の近所にいた男ではないか。それだから、久子と山宮とは顔馴染《なじみ》だったのだ。尤も、山宮は今は実家を出て、トラック会社の近くのアパートに住んでいる。家に居ないのは、若い者には気詰りだからだろう。

田中はこれだけのことを一日で知ると、早急に次の手を打たなければならないと焦った。なぜなら、こういうことになった以上、浜口久子は田中のところを辞めて、彼のことをA社に筒抜けに知らせるかもしれないからだ。

尤も、現在でもそれは浜口久子の口から叔父に話されて、A社が知っているかもしれないので、これも調べると、その叔父は郷里の不幸で三日前に田舎に帰っていることが分った。

久子は口の重い女だから他人にはしゃべらないと信じた。しかし、叔父が二、三日後に帰ってくれれば、彼女の口からそれが告げられるだろう。

もしこのことが叔父の口から洩れると、田中は同業者から嗤《わら》い者《もの》になる。興信所で禁忌になっているのは、依頼者に対して同じ興信所員が二つに分れて衝突することである。のみならず、田中の場合は、依頼者の夫人との関係がある。田中にとってはこれが苦痛だった。信用がなくなれば、この仕事をしている間、同業者に小さくなっていなければならない。

それに、浜口久子が知り合いの運転手をかたらって、自分をペテンにかけたのが憎い。日ごろからそれほど有能でないと思っていた女だけに、余計に腹が立った。そんな腹黒い女だとは知らなかった。殊に、彼女が自分の屈辱的な姿を見たと思うと、余計に憎悪が湧いた。

まだ、叔父は田舎から帰京していない。彼女の口を封じるなら今の間だった。

すると、ちょうど彼の考えを裏書きしたように、二日目の夕方、浜口久子が辞表を書いてきた。

「たいへんお世話になりましたけれど、今度、辞めさせていただきとう存じます」

彼女は思い詰めたような調子で云った。

「ほう、急にどうしたんだね？」

「少し疲れましたからこの仕事を止《よ》そうと思います」

「叔父さんに相談したかね？」

「いえ、叔父は九州の郷里に行ってますから、当分帰ってきません。わたくしは洋裁やその他のことを習いたいと思っています」

「なるほど、君には結婚の問題もあるしな」

そう云ったが、三十二歳の浜口久子は顔も赧《あか》らめずに表情を硬くしている。

「その代り、いま受持っている光輪建設の調査が完了するまでここに通わせていただきます。あと五日もあれば済むと思いますから」

「うむ」

「明日の朝、光輪建設の専務さんは山梨県のグラウンド建設の現場に行くことになったと聞き込んでおります。わたくし、明日、その尾行に行きたいと思います。……会計から旅費を出して頂きとう存じますが」

13

田中幸雄は、浜口久子が、明日の朝、光輪建設の高橋専務が愛人を伴れて甲府の湯村に行く公算が大きいので、その旅費をくれと云い出したとき、

「ちょっと待ちなさい」

と止めた。なぜ止めたか、そのときはよく分らなかったが、あとで考えると、防禦《ぼうぎょ》の直感というのだろうか、とにかくその場は一応彼女を止めなければ、気が済まないように思えた。

「光輪建設のほうは、ぼくも少し首を突っ込んでいるので、尾行のほうは慎重にしたほうがいい。甲府行きは、もう一日考えてからにしなさい」

と止めた。

浜口久子は不満そうだったが、すでに辞職を申し出ていることでもあり、逆らわずに席に帰った。

田中は、浜口の甲府行きが、自分にとって一つのチャンスのように思えた。彼は山梨県はかなりよく知っている。あの辺に浜口を誘い出して殺す方法はないだろうかと考えてみた。彼の頭に、甲府市を中心にさまざまな地形がひろがった。

甲府は四方を山に囲まれた盆地である。東京から行くと、八王子を越したあたりから

山岳地帯となり、笹子峠《ささごとうげ》をすぎて盆地に下りる。これを西に行くと、韮崎《にらさき》から再び山岳地帯にかかり、そのまま諏訪《すわ》までは高原地帯である。南北もまた山だが、ここは浜口久子を誘う場所としては時間的に窮屈のようだ。やはり中央沿線ということになろう。

韮崎を過ぎると、中央線は塩川、釜無川《かまなしがわ》の二つの谿谷《けいこく》に挟まれた台地を走る。釜無川のほうは断崖絶望となって、台状になっている。田中は、ここを一つの候補としてあげた。

次に、夜、人気《ひとけ》のない所だと、中央線では名所となっている相模湖か、昇仙峡であろう。行楽シーズンは賑わうが、冬は殆ど訪れる者がいない。田中は、ここも一つの候補とした。

田中の頭は物凄《ものすご》い回転で働いた。浜口久子の甲府行きを一日延ばしたことでちょっと余裕ができたが、しかし、明後日というと、一日の余裕しかないのだ。

彼は、その日の夕方、自分の机の上で、その計画ばかりを練っていた。

六時に事務所を出て、街の公衆電話のボックスに入ったときは、大体の計画図が彼の頭に出来上っていた。

「勝子さんか。ちょっと三十分ほど抜けて出られないかな？　非常に重大な相談があるんだが」

勝子の夫の山西省三は、東京に居ても帰りが遅い。大体、八時ごろまでに電話すれば、勝子が居ることは分っていた。女中が出た場合はいつも偽名を使った。

勝子は、田中の待っている場所にタクシーで駆けつけて来た。ふたりは目立たない喫茶店に入った。そこで、田中は自分の計画をこまごまと話した。

勝子はひどく動揺したが、結局、田中の云う通りに協力することを約束した。

「恰度いいわ。明日の朝から、山西はまた大阪に出張するの。一日ぐらいわたしが居なくても大丈夫です」

勝子は云った。

「そこで、君はすぐ山宮という運転手に連絡を取って、彼と会う必要がある。さっき、あの運送会社に電話をしたら、山宮は今日はアパートに居るそうだ。ほら、これを持って、ぼくが話した通りに彼に云いなさい」

田中はそう云って、鞄の中から用意して来た二万円のうち半分を渡した。

「内金として一万円を渡すんだ。いいかね?」

「はい」

「君が彼を待っている場所はここだ」

と、田中は山梨県の地図とは別に石和《いさわ》附近の略図を書いて見せて、そこに×印を入れた。

「この辺は葡萄畑になっている。人家は遠い。ここが国道だからね。いいかね。角に葡萄の収穫期に泊り込む番人小屋がある。現在は人が居ないはずだ。この物蔭に立っていてくれ。山宮にこの小屋を目標に車を停めさせるようにする。そのとき、山宮は君にあとの金を要求するだろうが、それはぼくが云った通りに云うんだ」

詳細な打ち合せがそこで出来た。勝子は顔を白くして震えながらうなずいていた。

二人は、それから山宮の住んでいるアパートの前まで行ったが、田中だけは表に待っていた。四十分ぐらいして勝子がアパートから出て来た。

「どうだった?」

田中は、くわえた煙草を地面に落して踏み消した。

「うまく行ったわ。山宮さんは承知してくれました。この前の事故で自分に弱味があるものだから、こちらのことを頼むと、わけなく承知しました。その荷物の便乗に二万円渡すと云ったら、喜んでました」

「妙に思わなかったかい?」

「そこはうまく話しました。ただ、そんな途中の内密輸送だけで二万円の金は多すぎるので、怪しまれないかと思いましたが、今の若い人は割り切ったものね。にこにこしてましたわ」

「それはよかった」

田中は勝子と一緒に路地を歩いて、タクシーの走っている往還に出た。

ふたりは別々の車で帰った。

翌日、田中幸雄は浜口を呼んだ。彼はにこにこして云った。

「浜口君、どうだね、君、辞めると云っていたが、もう少し辛抱できないかね？」

浜口久子はうつむいたが、決心は固かった。

「そうか。それじゃ仕方がないね。最後の光輪建設のほうを仕上げてもらおうか？」

「はい、それはそのつもりにしていますから」

「その件だが、ぼくが昨夜探ったところでは、やっぱり高橋専務と愛人とは今夜も湯村温泉に居るそうだ。だから、君は夕方甲府に着くような汽車で行ってくれないか。旅費は会計から取ってくれたまえ」

浜口久子は、その通り会計から旅費を貰った。

田中幸雄は、彼女が乗る汽車を知っていた。夕方甲府到着というと、新宿発十四時五十分の準急列車に決っている。事実、田中は、新宿のホームで、すでに車輛《はこ》の中に乗っている浜口久子の姿を見出した。しかし、すぐではまずい。別の車輛に乗った田中は、発車後しばらくして、浜口の席に近づいた。

浜口久子は、田中が自分の座席の傍に来たので、びっくりした。

「大急ぎで君に連絡しに来たんだ」

と、田中は云った。

「光輪建設の高橋専務と女とは、もう湯村温泉を引き揚げた。今夜は相模湖畔の旅館に一泊するらしい。たった今入った情報で、やっとこの汽車に飛びのったのだ。多分、これで行くとは思ったが、随分、探したよ。ついでに、ぼくも君と一緒にそこに行くよ。どうせ今晩はぼくも手があいているから、一人よりは二人のほうがいいからね」

よく考えてみると、この話には不自然なところがあるはずだった。相模湖には準急は停《とま》らないし、第一、そんな情報がどこから田中の耳に入ったのか。が、田中自身が光輪建設のほうを手伝っているということから、浜口久子は疑問を起さなかった。また、彼女に疑惑を起させないだけの真実的な云い方を田中はした。

浜口久子は、八王子で次の松本行普通列車に乗りかえ、甲府行の切符のまま相模湖駅に降りた。田中もそれにつづいた。これまでの間、浜口は、本に目を落して、必要以上に喋《しゃべ》ろうとしなかったし、田中もうっかり藪蛇《やぶへび》になってはつまらないので黙っていた。

湖畔に出たときがすでに五時だった。あたりはうす暗くなりかけている。田中は、光輪建設の高橋専務がその愛人と居る旅館はあそこだと、いい加減なことを云って、湖畔に並んでいる旅館の一つを指した。

ウィークデーだし、時間が遅いので、湖の周辺には人影もまばらだった。

「ぼくが先に様子を見てくるからね。君はここにいて、相手が通るかもしれないから、見張っていてくれ」

田中はそう云って、彼女を待たせ、いい加減な旅館の方角に行き、その蔭に消えた。

こうしていると、浜口久子は、指定の場所から動けないことになる。

田中は、久子には分らない所で、湖面を眺めながら時間を費した。彼はあたりが完全に暗くなるまで待っていなければならなかった。

ようやく二時間近くもかかって彼は前の場所に引き返した。浜口久子はまだ忠実にそこに立っていた。

「失敬失敬」

と、彼は云った。

「どうも遅くなってすまん。やっと今、二人が旅館の裏口から出て向うのほうへ歩いて行ったのだ。これからすぐあとを追おう」

冬の寒い夜だが、夕食を済ませたアベックが、差し向いで飲んだ酒のほてりをさましに、散歩に出ることは珍しくない。浜口久子は長いこと待たされても不平顔をみせなかった。ここにも彼女の仕事に対する強靭《きょうじん》な意志といったものが顕《あらわ》れていた。

田中は彼女を伴《つ》れて、駅から来た方角とは反対の路を上った。甲州街道の国道はずっと高い所にある。ふたりは斜面の路を上ったが、このあたりは人家も遠く、人の歩きもなかった。上の国道にときどき車のヘッドライトが走り通うだけだった。その灯は暗くなった湖面の向う側にも映っていた。

田中は腕時計を見た。今日は特に夜光時計に替えて来ていたが、七時を過ぎている。山宮健次の運転するトラックがここを通りかかるまであと五時間くらい待たねばならなかった。

いよいよ人気《ひとけ》の無い暗い場所に来た。そこは国道の下で、さらに下のほうには、暗い相模湖の一部が樹木と草むらの間に見えていた。さすがに浜口久子も不審と不安を起した。

「所長さん、ほんとに二人はこっちのほうに行ったんですか？」

彼女は詰問調になった。田中は猶予はできないと思って、浜口久子に跳びかかり、口を塞《ふさ》ぎ、草むらに蹴倒して、用意して来た紐を上から首に捲《ま》きつけた。十分後に久子は痙攣《けいれん》を起して息を引いた。

田中は、その地形をよく憶えておいて、再び元の方角へ引き返した。脚ががくがくしたが、勇気をふるい起した。

八時すぎ彼は再び国道のほうへ上って、四つ角で待った。予定より二十分遅れて、東のほうからタクシーが来て停った。勝子は、座席から毛布に包んだ柳行李《やなぎごうり》を引きずり出し、料金を払った。タクシーはそのまま東京方面に引き返した。

「ご苦労だったな」

と田中は勝子をいたわった。勝子はウールのスラックスに、キルティング・コートと、スポーティな服装で、冬の相模湖に来ても、怪しまれない恰好であった。別にボストンバッグを提げていた。彼はその空行李《からこうり》を担いで、勝子と湖畔のほうに下りた。表通りは択《えら》ばず裏から入ったが、たとえ他人《ひと》に見られても、夫婦者が荷物を担いで歩いているとしか思うまい。

田中は暗い路に入って、見定めていた浜口久子の死体のある所に行った。勝子は震えながら従《つ》いて来た。二月の夜は寒かった。

浜口久子の死体は、田中の手であけられた空行李の中に移された。勝子は恐怖して傍に寄りつかなかった。ただ、行李の蓋をして細引《ほそびき》で締めたり、その上に毛布を捲いたりする荷造りのときだけは、手伝った。

勝子は、暗い中でしくしく泣き出した。

「泣くことはない」

と、田中は叱った。

「いま、こういう処置をしないと、ぼくたちは破滅するんだ。元気を出してくれ。二人で一緒に力を合さないと、二人とも追いつめられる」

彼は、勝子を叱ったりなだめたりしながら、勝子が持って来た防寒ジャンパーに着更えて、目立たぬ服装になり、あとの任務の実行を云い聞かせた。

「いいかい、君は汽車で先に行って、昨夜、教えた場所に必ず待っているんだよ」

勝子は暗い中を歩いて、灯が明るい相模湖駅の方角へ行った。甲府行の普通列車に乗るためだった。

田中幸雄は、重くなった行李を国道のすぐ下の草むらに曳《ひ》きずり上げた。彼は、その傍に坐って煙草を吸いながら、長いこと闇《やみ》の湖面を眺めていた。寒さが身に沁《し》みた。湖岸から高い甲州街道の遠い方角に、ライトが人魂のように尾を曳いて消えていた。

列車の長い灯が通過した。山西勝子の乗っている汽車だった。

田中はポケットから新聞紙を出して甲州街道の端にそれを拡げた。風にとられないように小石を四隅に置いた。これがトラックを運転してくる山宮への合図だった。すべては、昨夜、勝子と山宮とで打ち合せずみになっている。

八王子からは山宮の同僚が運転して過ぎるはずだった。次の大月で山宮が同僚と運転を交代することも田中には分っていた。計画は、勝子が山宮から聞いたその話で立てられていた。

予定の十時より十五分ぐらいおくれて、一台のトラックが道ばたの新聞紙から二十メートル過ぎて停止した。田中は重い行李を国道の上まで引きずった。

トラックから若い男が出て来た。彼は後部の荷物の具合を見ている。それも勝子と山宮の打ち合せずみだった。

「山宮君ですか?」

と、田中は暗い中から低く訊いた。

「はあ」

と云ったが、山宮は勝子でないので、ちょっと意外そうな顔だった。

「話は、昨夜、山西の奥さんが行って決めたはずですね。ぼくは奥さんの使いです。これですよ」

山宮運転手は、黙って重量のある毛布包みの行李を両手に抱え上げた。力は強い。田中は付け加えた。

「あとの半金の一万円は石和《いさわ》でその荷物を下ろすときに奥さんが渡すそうです」

運転手はうなずき、馴れた動作で行李を他の荷物の上に積み上げた。そのとき田中は下から手伝った。山宮は荷物が落ちないようにロープをくりつけて飛び下りた。

「石和で停る場所は分っているでしょうね?」

田中が念を押すと、山宮はうなずいて小走りに運転台のほうに行って乗った。その間、わずか五、六分だった。

ほかに自動車もトラックも通っていなかった。田中幸雄は、トラックの赤い尾灯《テイル》が次第に闇の中に細くなって行くのを見送った。

田中は、元の道をこっそりと駅のほうに帰った。

二十三時二十四分発大月行の最終列車を調べておいたのだ。服装は変えたが、出来るだけ駅員の目を避け、大月まで切符を買った。目的地まで買うと深夜だけに、あとで怪しまれそうである。

大月着二十四時、二十三分後に出る長野行準急に乗り換えた。切符はいったん改札を出て、買った。

田中は小淵沢駅で降りた。五、六人の客が一緒に降りたが、彼は駅員の印象に残らないように苦心した。しかし、睡そうな顔をした駅員は、彼のほうを見向きもしなかった。

田中は、駅を出ると、国道のほうへ歩いた。下りだから、相当早く歩ける。

山宮の運転するトラックは、まだここに来ない筈《はず》だった。列車のほうが早いし、それに山宮のほうは、甲府の中継場で荷物の積み下ろしがあるから、時間がかかる。

今ごろはすでに石和の葡萄畑では、山西勝子が山宮から重い行李を受取って、番人小屋の蔭にかくれているに違いない。

トラックは大月から甲府までは山宮の運転だから、行李を下ろすときは、山宮がエンジンの調子が悪いといって、いったん道に下りることになっている。その間は同僚の運転手をその席から動かさないようにも、勝子は山宮にさせているはずだった。

山宮は、その行李の内容物が人間の死体だとは気づいていない。しかし、二万円ももらって輸送の便乗を頼まれることに多少の不審は起したであろう。だが、割り切った彼の考えは、金になることでその役を簡単に引き受けたのだった。

(今ごろは、勝子が山宮から受取った行李を葡萄畑の中に曳きずりこんで、おれの来るのをじっと待っているだろうな)

田中はそんなことを思いながら、××村の飲食店の裏手に出た。南側のすぐ下が断崖だから昼間は景色のいいところだ。そういう地点を択んで、深夜トラックの運転手たちのための休憩地になっている。飲食店が運転手目当てに夜通し店を出していた。この辺に詳しい田中は、そのことも知っていた。

彼は飲食店の人に見咎《みとが》められないように、裏側の田圃道を迂回《うかい》して甲州街道の反対側に出た。そこで、山宮のトラックが到着するのを待っていた。

やがて、それらしいトラックが飲食店の前に着いた。その辺は、他のトラックも何台か休憩していたが、運転手たちは三軒の飲食店に入っていて一人も残っていなかった。

着いたトラックからは、山宮ともう一人とが降りた。彼らの姿は飲食店の明りにくっきりと浮き出されていた。

山宮も一度、連れの運転手と一緒に店にはいったが、すぐに彼だけ出てきた。ちょっとあたりを見まわしていたが、まもなく田中の待っている暗がりに歩いてきた。これは、勝子が石和で「荷物」を受けとったとき、山宮に云いきかせているはずだからである。

(あとの一万円は、わたしが家に忘れてきたので、この荷物をあんたに頼んだ男の人が

××村の休憩地で、あんたに渡すことになっているの。その人が、さっきここにタクシーで来たので頼んであるわ。実は、その人もここでは金の持ち合せがなかったので、甲府の知り合いで借りて、先に行って待っていると云ったわ。暗いところで渡すそうよ。あんたの友だちに気づかれないように注意してね)
田中は、暗がりで、山宮に近づいた。

14

田中幸雄は、暗がりに待っている山宮運転手を低い声で呼んだ。

「やあ、あんたでしたか」

と、山宮は田中の顔を見透かして云った。

「頼んだ荷物を、石和で、山西の奥さんに渡してくれましたね？　有難う」

田中は礼を云った。

「その女の人が君に渡す約束の金を持っていないので、ぼくから上げるようにと聞いてるだろう？」

「ええ」

山宮はうなずいた。

「そいじゃ、残りの一万円を上げるからね。君、ちょっと、こちらのほうに来てくれんか」

田中は山宮を誘うようにして、場所を断崖のほうへ移した。山宮はうしろを振り返り、時間を気にしている。相棒が飲食店から出て来るまでに金を貰って戻りたいのだ。

「ねえ、山宮君」

と、田中はゆっくり云った。

「君にあの荷物を頼んだことは、絶対に秘密にしてくれたまえ」

「はあ、そりゃいいです」

山宮は田中に従《つ》いて歩いている。彼も早く一万円を貰いたいのだ。そのへんで渡されるものと思い、別に警戒はしていなかった。やがて断崖の端が近づくと、はるか下のほうに村落の灯《ひ》が見えてきた。

「夜はいい所だな」

田中は、下から吹き上げてくる寒い風に顔をそむけながら云った。

「昼間でも、この辺は景色がいいそうだね？」

「ええ」

山宮は時間を気にしていて、早いとこ金を貰いたそうだった。

「君、与瀬のあたりから積んだ荷物を石和で降ろしただけで二万円もの礼になることに、別に疑問はないかね？」

「何のことですか？」

「いやね、つまり、その、なんだ、僅かな距離を運んだだけで二万円という金になるのは、あの荷物が何か秘密を持っているとは思わないかね？」

「……別に」

と、山宮は云ったが、ごくりと咽喉《のど》に唾を呑んだ。彼も怪しいとは思っているのである。

「そうか。それならいいんだがね。君、相棒の運転手に、あの荷物を運搬したことを、気づかれてはいないだろうな？」

「大丈夫です。奴は何も知っていません。荷物を載せるときも、降ろしたときも、適当な口実でぼくが車を降りてやりましたから」

「それは有難う……。じゃ、約束の一万円だが、数えてみてくれ」

田中はそう云って、千円札十一枚を山宮の手に握らせた。

「はあ、数えんでもいいです」

と、山宮はそのまま千円札の束をポケットに捻《ね》じ込もうとした。

「まあ、そう云わないで調べてくれ。ぼくもかぞえたんだが、一枚足りなくても気持が悪いからね」

「そうですか」

山宮は田中があまりしつこく云うので、暗がりでかぞえはじめた。実は、それは一枚よけいに渡してある。山宮が二度かぞえ直すようにするためだった。

実際、その通りに山宮は札を十一枚目までかぞえて、自分の指先の間違いではないかと思い、はじめからまたやり直した。暗がりなので指先だけの感触に頼っているから、かぞえるのに暇がかかる。

田中はその隙に、かねてから持っていた金槌《かなづち》を彼のうしろから脳天めがけて振り下ろした。

暗がりなので手もとの狂いを予想したが、案外、山宮は一声唸《うな》って前に崩折《くずお》れた。田中は素早く彼の手から千円札を取上げて数えた。八枚しかなかった。今度は、そっと懐中電灯をつけて、地面に散っている三枚を回収した。ついでに山宮の顔に光を当てると、彼は鼻血を出して虫の息になっていた。低い呻《うめ》きが口の端から洩れている。顔は泥だらけになっていた。

田中は、山宮の身体を引きずって断崖の縁まで持って行った。この場所も前から彼の頭にあることで、釜無川に臨んだ台地では、最も急峻《きゅうしゅん》な断崖になっている。下までは岩角が少からず突出していて、誰でも転落すれば即死する可能性が十分にあった。

田中は、運転手の横たわっている身体に両手を当てて、樽《たる》を転がすように断崖の縁から突き落した。暗い中から落石の音が聞えた。

田中は、山宮を引きずった跡を消し、血が飛び散っていないのを確めると、血の付いた金槌の先をハンカチで巻いた。それを片手に提げて、トラックの通る街道を避けて裏路を歩いた。誰も今の出来事を見ている者はなかった。

しばらく下りたころ、うしろのほうで、山宮、山宮、と呼ぶ相棒の運転手の声が聞えはじめた。

その山宮は、今は崖下にひっそりと横たわっているはずだった。断崖に飛び出た岩角で彼の身体には無数の疵《きず》がついているだろう。脳天の疵も岩角でできたと思われるにちがいない。倒れたときはまだ虫の息だったから、出血も多量だ。運よくいけば、警察では山宮が足をすべらせて転落したと推定するかもしれぬ。死体を落したのでは、傷からの出血が少いのだ。

田中は甲州街道に沿った裏道を、韮崎に向って急いだ。彼にはこれからすべきことがまだ大そう残っていた。夜明けまでに、それを片づけなければならぬ。

田中は二十分ばかり歩いて、初めて裏道から甲州街道に出た。そこは長坂の近くだった。彼は、ポケットにたたんで入れた登山帽を出してかぶり、眼鏡をかけた。そこから甲府に向ってくるトラックの一つを停めた。なるべく定期便でないほうがいいと思ったが、偶然にもそれは白ナンバーで、どこかの会社のものだった。

「すみません」

と彼は運転台に近づくと、

「汽車がなくなって困っているんです。もし、東京方面に行かれるのでしたら、石和まで乗せてくれませんか？」

運転台は助手と二人だったが、快く彼を便乗させてくれた。

田中の初めの計算は、この甲州街道ならいくらでも自動車が夜通し通るので、その便乗は出来ると思ったが、あとの捜査のことを考えて、なるべく営業車でないトラックを択びたかったのだ。これだと営業車よりも捜査が困難だからである。まず運は彼に幸いした。

「山をうろついていたら、こんなに遅くなりましてね。おかげで助かりました」

田中は乗せてくれた運転手に云った。

石和に着いて、例の葡萄畑の小屋がヘッドライトに光ったとき、

「ここで結構です」

と、トラックを停めてもらった。

時計を見ると、もう五時近くだった。冬の夜が白むころだ。葡萄畑には、山西勝子が死体入りの行李を置いて寒そうに番をしていた。

「待たせてすまなかったな」

田中は、勝子の肩を抱いて労《いたわ》った。その肩は顫《ふる》えていた。寒さと不安とで、勝子は生

きた心地もないようだった。

「さあ、しっかりして。もう、あと一息だ」

田中はまたその辺を歩き回って、百姓家の納屋の壁に荷車が置いてあるのを引っ張り出して来た。古い荷車は果物の運搬用のもので、縄でしばりつけられていたが、それを登山ナイフで切って、勝子のところにひいて来た。この荷車が、この近所のどの小屋にも置いてあることも彼の計算に入っていた。

「さあ、これに載せるから、そっちを手伝いなさい」

彼は勝子にいって、浜口久子の死体の入った重い行李を荷車の上にのせた。

「ぼくが牽《ひ》いて行くからね。君、後から随《つ》いて来てくれ」

勝子は一言も口を利かなかった。それでも、夜通しひとりで死体の番をしていたのに較べると、田中が戻って来たことで安心していた。東のほうが明るくなり辺《あた》りも次第にはっきりと見えはじめたが、まだ畑には、農夫の姿はなかった。

冬は人気のない昇仙峡を初め考えたのだが、湯村を迂回するのは人目につく。石和から甲府市の北端を通って、和田峠へ向う近道を知っていた田中は、荷車を牽いても三時間と計算していた。

二月の朝は寒い。途中で牛乳配達や、新聞配達に会ったが、彼らは寒さを、やけに急ぐことでふりきるように、ペダルを踏んで行き、怪しむ素振りも見せなかった。

山道に入ると、さすがに人は歩いていない。夜は明け始めたが、遠くに療養所の建物が見えるだけで、通行人はいなかった。途中に肥溜《こえだめ》がいくつかある。彼は今まで持っていた金槌からハンカチを外し、大き目のを選んで金槌を放り込んだ。ハンカチには赤黒い血がべっとりと付いていた。勝子はそれを見て顔を覆ったが、彼はそれをくしゃくしゃに丸めて自分のポケットの中に入れた。あとで焼くつもりだった。

和田峠は朝靄《あさもや》に包み込まれていた。初めの予定では、ずっと奥まで行くつもりだったが、すでに危険になったので、そこで行李を下ろした。

湖畔にはすぐ下りられる。行李をかついで松林の奥に進み、できるだけ人目につかない竹藪の中に入っていった。

田中は行李の蓋をあけ、膝を曲げて入っている浜口久子の死体を取出した。すでに硬直がきているので、扱うには都合がよかった。死体を抱き上げ、道路から外れた藪の中にそれを隠した。

あとは荷車と行李の処置である。

土曜だが、まだ湖畔の休憩所も戸を閉めたままである。荷車に空行李を積んで峠道を歩き、千代田湖の反対の林の中に引きずりこんだ。後は、スケート客が来るのを待って、その中に混り、遊ぶことにした。群衆の中にまぎれた方が安全で、分らなくて済むと思ったからだ。二人とも身軽な服装である。

午後三時頃になると、この湖に遊びに来ていた人たちが、ぼつぼつ帰り始めた。

「君は、今のうちに東京に戻りなさい。ぼくはあと始末をして帰るからね」

田中は勝子だけを先に東京に帰した。勝子は他のスケート客と一緒に和田峠を脱出した。

ここで一番心配だったのは、誰かが薮の中の死体を発見することだったが、それはなかった。もしそういう事態になったら、田中は他の見物人の中に紛れて、警察の動きを見ているつもりだった。その場合は、止むを得ないから、行李も荷車の処置も諦めることにしていた。

田中は一人だけ山の中に残った。行楽客は夕昏《ゆうぐ》れには一人もいなくなった。彼は行李と毛布を、山蔭に穴を掘って埋めた。荷車は約一キロ離れた山の中に捨てた。たまに往き遇う人は二、三人いたが、暗い中なので近くの百姓とでも思ってか、特に注意されることはなかった。

田中幸雄は、その晩、甲府から夜行列車で東京に帰った。

さすがに疲れてくたくたになっていた。昨夜ひと晩、ほとんど睡っていない。歩いたのも相当な距離だ。それに人間を二人も殺したのだから、緊張の連続だった。その疲労が泥のように彼を睡らせた。

早朝帰宅した田中は、妻には事件の調査で出張したと云ってある。珍しいことではないので、これも女房から気づかれずに済んだ。

その日の夕方に夕刊をみると、運転手の山宮の死体が発見されたことが出ていた。新聞には、トラックに一緒に乗っていた同僚の佐々が警察当局に調べられていると書かれてある。その書き方は、佐々が重要参考人のように匂わせてあった。

浜口久子のことは、まだ記事にない。彼は計画が無事進行していることに満足し、この日曜は久し振りで家に居ることにした。

山西勝子とも話したかったが、主人が在宅のことであろうし、この際、しばらくお互いに会わない方がよいと考えた。


田中は翌る朝、普通に事務所に出勤した。

「浜口君はどうした?」

と、彼は所員に訊いた。

「まだ今日は来ていませんが」

いつも人事のほうを任せている主任が答えた。

「どこへ行ったのかね?」

「はあ、例の光輪建設の調査で甲府に出張するとか云って、会計から金を持って行きました」

「ああ、そうだったね」

と、彼はやっと思い出したように云った。

「ぼくの所にも来て、そんなことを云っていた。それじゃ、今日はくたびれて出てこないかもしれないね」

浜口久子がここを辞めるということは、まだ一般の所員には分っていなかった。浜口はほかの所員とはあまりつき合いもしないほうで、それに口が重い。彼女は退職が決定するまでは誰にも黙っているにちがいなかった。

「それにしても、おかしいな。まだ張込みを粘《ねば》っているのかな？」

「そうかもしれませんね」

「いい加減によせばいいのにね。連絡があったかい？」

「出張してから一度もありません」

「おかしいな。二日も経つのに、電話でも掛けてくれればいいのに」

田中は不満そうに云った。

「今日あたりアパートに戻って休んでいるんじゃないでしょうか」

主任は云った。

「そうだな。誰か彼女のアパートに様子を見にやらせてくれんか。女性だから、やっぱり心配だ」

「そうですね」

主任が使いを浜口久子のアパートに出した二十分後、警視庁から特に田中所長を名指して電話がかかってきた。

「あなたのほうに浜口久子さんという人がいますか」

田中は、いよいよ予期した最後の波が来たと思った。

「はあ、いますが……」

「本人は今そちらにおりますか」

「いいえ、十五日から社用で甲府のほうに出張させています」

「甲府に？」

電話の声はちょっと途切れたが、

「その浜口久子さんの身分証明書を持った女が、甲府の近くの和田峠で殺されています」

「なんですって？」

「甲府署からの連絡で、そういって来ています。誰かすぐに、身分確認のために現地へ行ってくれませんか」

「分りました。……ぼくが参りましょう」

「そう願えれば幸いです。では、そのことを折返し甲府署に報らせておきますから」

田中は電話を切って、机の前にしばらく立ったままでいた。

「浜口君がどうかしたんですか」

と、電話の様子を聞いた主任や、ほかの者が、田中の周りに集って来た。

「浜口君の身分証明を持った女が、甲府の和田峠の藪の中で殺されてるそうだ」

「………」

「彼女が未だに戻ってこないとすると、これは本人だとみていい。ぼくはすぐに次の汽車で甲府へ行く。……浜口君は光輪建設の専務を尾《つ》けていた。君、その専務は今どうしているか、至急に探ってくれないか」

「承知しました」

「大変なことになったな」

田中は蒼い顔で溜息を吐いた。

顔色が蒼くなったのは、実は緊張の余りだとは、所員の誰もが気がついていなかった。

光輪建設の専務は、いま東京の本社に戻っているという報告がきた。

田中幸雄は、東京を発って甲府に着き、捜査本部に出頭した。そこで浜口久子の死体を見せられて、それを確認した。捜査本部の人たちといろいろ問答を交した。

このとき、光輪建設の専務の素行調査で浜口久子を湯村温泉に尾行にやらせたことを述べた。山西省三の方の調査は絶対に黙っていた。こうすると、浜口久子は光輪建設の調査中に不慮の死に遇ったと印象づけられる。実際、捜査本部は光輪建設の専務を洗いはじめたようだった。

その後も甲府署から刑事がやって来ていろいろ訊いたが、田中自身の行動は終始捜査圏外に置かれ、遂に浜口久子が山西省三の妻を内偵していたことは知られずに済んだ。

三十五日後、田中は新聞で両方の捜査本部が解散されたことを知った。

15

迷宮入りになった二つの殺人事件には手がかりがないでもなかった。しかし、それは手がかりというよりも、単に現象と呼ぶべきものかもしれない。現象が捜査の手がかりになるには、それだけの必然性をもたなければならなかった。これにはそれが無かった。

たとえば、山梨県石和の葡萄畑の小屋から、果物をはこぶ古い荷車（ゴム輪の手押しリヤカー）が失われているが、しかし、それはすでに廃物にしてもいいようなシロモノだったため、持主が盗難届を出すようなことはなかった。小屋主は、悪い奴がいるものだ、と舌打ちした程度で、噂となって附近にひろがり、駐在所の耳に入ることもなかった。

また、和田峠からだいぶ下った山中から荷車が発見されたが、これも子供の悪戯《いたずら》ぐらいにしか考えられなかった。だから、特にこのことを拾得物として警察に申し出ることもなかった。

事件があったのは寒い季節だったが、荷車が姿を出したのは真夏の日である。つまり、この間に約半年の隔りができていた。このことも同じ県下に起った二つの殺人事件を結びつけるのを遠いものにしていた。荷車はその辺にしばらくうち棄てられていたが、いつの間にか無くなっていた。行李と毛布は発見されなかった。

また、これは事件直後のことだが、山西省三は妻の素行調査を興信所に依頼していたが、その調査報告には、妻には全く不貞行為の形跡の無いことが記載されてあった。山西は、その報告を大体において承認したので、これも夫婦の間で悶着《もんちゃく》が起るようなこともなかった。

山西省三は相変らず彼の愛人と関係をつづけていたが、妻の勝子は前に比べると妙に陰気になっていた。

こうして何事もなく、季節は夏から秋にかかったのであった。

協成貨物株式会社総務課車輌係の高田京太郎は、相変らず事故の跡始末に飛び回っていた。トラックの事故はあとを絶たない。ほかの車にこすられたとか、後部がへこんだとかいうのをはじめ、些細《ささい》な交通事故から人身事故まで、彼が善後策に走りまわることにタネは尽きなかった。

トラックが他家を壊すこともたまにはある。近ごろは、どの道路も車が輻湊《ふくそう》してスピードが落ちるため、とかく運送の予定時間が遅れがちになる。運転手は焦って追越しをするから、つい、それが横にそれて家の垣を崩したり、門の中に飛び込んだりする。

高田京太郎は、そういう賠償の交渉にいつものベテランぶりを発揮するのだが、もし、相手が不当に損害賠償を要求する場合は、必ずその例として山西家の寛大な補償を引き合いに出した。

「お宅ではそんなことをおっしゃるけれど、今年の冬、甲州街道に近い山西さんの家に、うちのトラックがスリップして突っ込み、門と玄関とを壊したときなど、二万円で勘弁していただいたんですがね。それから比べると、お宅の被害なんぞずっと少いですよ」

彼は必ずこう云った。

「そんなバカなことがあるか」

と云う被害先もある。すると、高田はむきになって、

「わたしが嘘をついているとでも思っていらっしゃるんですか。それなら、一度、山西家に行って訊いてごらんなさい」

と反撥《はんぱつ》するのだった。

高田京太郎は、今でも山西家の奥さんに感謝している。数々の事故を手がけてきたが、こちらの見積りより少なめに済んで、しかも先方からそれを云い出したという例は初めてだった。ただ、あのときの運転手の山宮があとで殺されたのを、可哀想に思っている程度である。

山宮はいい若者だったが、惜しいことをした。誰に殺されたのか、未だに分らず仕舞に終っている。警察でも相当捜査したが、遂に迷宮入りになった。尤も、山宮の同僚の佐々はかなり警察から虐《いじ》められたらしいが、これも嫌疑が晴れて釈放になった。

「いや、ひどい目に遭った。警察ではおれが山宮を殺したくらいに思って、さんざんカマをかけたり、威《おど》かしたりしたが、あんな野郎を殺すわけはないのに、警察という所は疑ぐり深い人ばっかり集ってるんだね。あの晩山宮と組んだのは、おれの運が悪かったわけだ」

佐々は、それでも異常な経験をしたことを後になって喜んでいるらしく、しばらくはそんなことばかり吹聴していた。が、今はもう忘れたように、相変らず定期便に乗っていた。

そんな或るときである。

今度は、当の佐々運転手のトラックがよその家の玄関に突っ込んだ。尤も、これは危うくブレーキを掛けたから、玄関の戸と柱を少し痛めたにすぎなかった。それでも格子《こうし》戸《ど》はガラスが割れ、桟《さん》をばらばらに崩してしまった。

「なにしろ、前に行く車が女の運転でね、もどかしくってしようがないから、追越そうと思って横に出たら、横からタクシーが走ってくるんだ。そいつを避けようと思ってハンドルを切ったところが、そのままずるずるっと横の家に飛び込んでね」

佐々はそう云って、高田の前に頭を掻いていた。

高田京太郎は、また果物籠を持って被害を受けた家に出かけた。そこは甲州街道が高井戸の先で狭くなっている所で、目下工事中のためよけいに道幅がとられている。その家は普通のしもた家で、かなり古かった。すぐうしろに農家の藁屋根《わらやね》が見えた。

出て来たのは五十ばかりの主人で、これがなかなか強気であった。

「表を直すだけでも、いまの材料高や、大工の手間賃高で、十五万円ではきかないね。それを五万円で勘弁してくれといったって、冗談じゃないよ、なにもおまえさんとこの車に飛び込まれて、こちらが十万円も持ち出しをすることはないからね」

こわれた格子戸を顎《あご》でしゃくりながら、その家の主人は高田の前に胡坐《あぐら》をかいていた。

高田京太郎は、例によって山西家の被害を引き合いに出した。

「山西さんの被害からみると、お宅はその三分の一にも足りませんよ。なにしろ、山西さんの家といったら、大きな門は倒れるし、玄関先は壊れるし、わたしのほうも、これは相当なものだと覚悟していたんです。すると、先方は大へん理解があって、運転手がわざとぶっつけたわけではなく、スリップで滑り込んで来たんだから、二万円ぐらいで負けとくと云うことになりました……ねえ旦那。それからみると、お宅の損傷は三分の一にも足りませんよ。といって、山西さんの場合は特別ですから、それと同じ程度にしていただきたいとは云いません。ですが五万円なら、これは十分にご損をかけないと思いますがね」

「なに、そんなにひどい損害をうけて、たった二万円しか賠償金を取らなかったって？　おいおい、そんな嘘っぱちを並べても駄目だよ。今どき、そんなことで済ます奇特な家があるわけはないよ」

相手は高田の駈引だと思って信用しなかった。

「旦那。わたしは、こうして事故係として皆さんにお詫びして回っているんですが、まだ嘘まで云って値切ったことはありませんよ。何でしたら、旦那、山西さんの住所も番地もちゃんと分っておりますから、旦那がご自身で先方に行って、直接に訊いて頂いても結構です」

高田京太郎は、憤然として捨てゼリフを残し、この日は物別れとなって社に帰った。

その被害者宅のすぐ後ろに警視庁の刑事が住んでいた。近所の親しさから被害者の主人はこの顚末《てんまつ》を刑事に話した。

「自動車会社というのは、いい加減な嘘をつくもんですね。こんなことを云って帰りましたが、本当でしょうかね？」

「それは、ちょっと眉ツバですな」

と、刑事も話を聞いて首を傾《かし》げた。

「では、わたしが明日でも本庁に出勤する前に、ちょっとバスを降りて、その山西さんとかいう人の家に行って訊いてみてあげましょう」

その言葉の通り、翌朝八時半ごろ刑事は山西家を訪問した。そこは甲州街道から斜めに入った道ばたで、その家の前に立って見ると、門も玄関もあとで修繕していることが一目瞭然であった。その二カ所だけが目立って新しく立派になっている。

刑事はこれほどの手間を掛けた修繕なら、少くとも十万円以内では済まなかったであろうと想像した。それをたった二万円で承知したというのは、やはりトラック会社の駈引だろうと思った。大体、自動車会社の事故係というのは、損害補償を安く踏み倒すのが、常套《じようとう》手段と聞いている。

刑事は山西家のその新しい玄関に立った。古い建物にそこだけが眼をむいたように新しいので、ちぐはぐな継ぎ足しの感じだった。玄関に出て来たのは、二十一、二ぐらいの女だが、これは見ただけでお手伝いさんと分った。

「ご主人はいらっしゃいませんか？」

刑事は、公用ではないので例の黒い手帖は出さないでおだやかに訊いた。

「旦那さまは昨夜から出張でございます」

「では、奥さまにお目にかかりたいのですが」

「奥さまはいらっしゃいません」

「お留守ですか？」

女中の眼は妙に躊躇《ちゆうちよ》をみせたが、

「ずっと以前から、郷里《くに》のほうに帰っていらっしゃいます」

と言葉少なに答えた。

「ははあ……あなたは、今年の冬にこの家にトラックが飛び込んで、門と玄関を壊したときを知っていますか？」

「いいえ。それはわたしの来る前です。そのときの女中さんはもう辞めています」

それでは話にならなかった。

「旦那さんは、お勤めですか？」

「はい。平和化繊という会社の重役さんです」

「ははあ、それはどこですか？」

刑事は勤め人なら会社のほうに行ったほうが話が早いと思い、その場所を聞いて山西家を出た。

刑事は平和化繊という会社に行って、当の山西省三に面会した。ここまで熱を入れることもなかったが、トラックの被害を受けた近所の男があまり憤慨しているので一応の確認はしたかったのである。これが山西家に細君でもいれば簡単に済むことだが、留守で分らないとなるとここに回ってくるほかはない。

山西省三というのは、恰幅《かっぷく》のいい中年男だったが、刑事が持ち出した話に、俄かに当惑気な様子を示した。

「その問題は、たしかにトラック会社が云う通りです。ぼくのほうとしては二万円でカタをつけました」

山西省三は承認した。

「ああ、そうですか。では、やっぱり本当だったんですね。いえ、あんまりその補償が安いので、トラック会社のほうが嘘を云っているのではないかと疑っていたのです……ぼくはいま、お宅に行って、門や玄関が修繕された状態を見て来ましたが、あれでは、とても二万円では追っつかないようですね」

「ええ……家内が高い金額を要求してモメるのはいやだと、あまり云うもので……」

「あの事故のときは、あなたは家にいらしたんですか？」

「いや、ぼくは出張中でした」

「ははあ、すると、奥さんおひとりだったんですね。夜中の事故だったということですが、さぞ、おどろかれたでしょう」

「その交渉には先方の事故係というか、補償の交渉をする男が来たと思いますが、その男の交渉ぶりはどうだったんでしょう。強引なところはなかったですか。お宅で奥さまにお目にかかりたかったんですが、ちょうどお郷里《くに》にお帰りになったとかで……奥さんにお会いできるとすると、いつごろご在宅でしょうか」

「……家内は、事情があって、いま別れております」

山西省三は気難しい顔で低く答えた。

「………」

刑事は、山西省三の妻が夫と別れて、京橋の料理屋のお座敷女中になっていることを突き止めた。普段なら、ここまでする必要はない。しかし、そこで止めてしまうには、刑事は心に滓《おり》のようなものが残りすぎる感じだった。刑事のカンかもしれない。そこまでの調査は、もう近所の人に頼まれた用事の枠《わく》をはみ出ている。

小さな会社でも、重役の妻が料理屋のお座敷女中になるのは、不幸な離婚を意味している。刑事は、その料理屋が鳥鍋専門の家であることを知った。

「そういう人は二カ月ほど前からうちに来ています。うちではよそと違ってあんまり若い人では勤まらないんですよ。その人はまだ素人臭いけれど、なかなかよくやってくれています」

と料理屋の主人は刑事に話した。離婚の事情はよく分らないといった。うすうすは知っているらしいが、そこまでは明かさないのである。

「その女《ひと》は、こちらに住み込みですか？」

「いいえ、四谷にアパートを借りて、そこから通っています」

刑事はアパートの名前を書き止めて、

「その奥さんがこちらに傭《やと》われたのは、新聞広告か何かを見てですか？」

と訊いた。

「いや、そうではないんです。わたしのほうでときどき用事を頼んでいる永福興信所の田中という所長が、ひとつ使ってみてくれないかと云って来ましたのでね。うちでは手が足りないときですから、恰度いいと思って傭い入れたのです」

「その田中という興信所の社長は、奥さんとはどういう知り合いでしょうか？」

刑事にはおよその想像はあった。

「さあ」

料理屋の主人も曖昧《あいまい》なうすら笑いを泛《うか》べていた。

刑事は、永福興信所の田中幸雄の名前を聞いていた。山梨県の和田峠で、そこの女所員が殺されている。そのことで甲府署の捜査員が警視庁にもたびたび来て連絡を取っていたから、自分の係ではなかったが、事件の知識はあった。

その刑事は本庁に戻って、浜口久子殺しの記録簿を読み返した。

すると、田中幸雄の供述として、当時浜口久子は光輪建設の高橋専務の素行調査を担当していて、甲府の湯村温泉に出張していたということになっている。ここから高橋専務が疑われて警察にいろいろ訊問されているのだが、かねての素行調査に、高橋専務と浜口久子との言分に食い違いができている。しかし、それは、正確に云うと、浜口久子が所長の田中幸雄に報告したことを、田中が警察側に供述しているのである。

光輪建設の高橋専務は、愛人を伴れて各地を歩いたことは否定しなかった。しかし、浜口久子の調査報告は、彼の行動とは相当違っている。たとえば、高橋を尾行したという浜口の報告によると、高橋は埼玉県の大宮の旅館に行ったことになっているが、高橋はその日は千葉に出張したと抗議している。事実は千葉のほうが正しかった。

なぜ浜口久子はデタラメを書いたのか。当時警察側では、浜口久子が調査をずるけて、いい加減な報告をしたものと思っていた。

しかし、これはあくまでも浜口久子が直接に警察側に述べたのではなく、その死後、田中幸雄が浜口久子の調査として警察側に供述したことだ。云いかえればそのことは田中幸雄を通じての供述である。だから、田中の創作だと思われぬこともない。

刑事は、その田中幸雄が外から依頼される事件の割り振りを、全部自分ひとりでやっていたことを重視した。それで、もしかすると、山西省三の素行調査がどこからか依頼されてきて、田中はそれに浜口久子を使ったのではないかという疑いが起ってきた。——それは、現在、田中が亭主と別れた山西の妻を、愛人として持っているらしいことから疑いが起った。

刑事は、このことを係長に報告した。係長は、それに耳を傾け、改めて甲府署と山梨県警とに照会した。

両方の警察署員が警視庁にやって来た。迷宮入りになって解散された捜査本部にいた捜査員たちである。彼らはもう一度、浜口久子殺しの記録調書と、運転手殺しの調書とを検討しはじめた。

彼らの一致した意見では、改めて山西省三に遇い、彼が素行調査をうけた覚えはないか、と訊いてみることだった。

「さあ、私のことは心当りはありませんが……」

と山西省三は捜査員たちに答えた。

「まだ別居する前の妻のことを捜査依頼したことはあります。依頼先ですか？　それは永福興信所というのです。所長は田中幸雄という人でしたが、妻の素行調査には自分で当ってくれました」

捜査員たちは、浜口久子が殺された日の田中幸雄のアリバイを調べあげた。彼らは、田中幸雄と、山西勝子の二人のところに、別々に向って行った。

熱い空気

1

河野《こうの》信子《のぶこ》は渋谷の道玄坂《どうげんざか》上の「協栄家政婦会」というのに所属している。彼女がそこに入ったのは今から三年前で、夫と離婚してすぐであった。別れたのは、夫が他に女を作ったためだが、生活ができないので、一時の腰掛のつもりで派出家政婦になった。それがずるずると今日まで及んでいる。

入ってみると、中年女の収入としてはそれほど悪くはない。

手に技術を持たない三十二歳の女が、破壊された家庭を出て、どのような職業に就き得るだろうか。それは新聞の三行案内の求人欄を見ると一ぺんに分る。料理屋のお座敷女中、旅館の下働き、保険の集金人といった類《たぐ》いである。その他、バーやキャバレーのホステスがあるが、これは若くて顔がきれいでないと傭《やと》ってくれない。

お手伝いさんの口ならいくらでもあったが、河野信子は個人の家に長く辛抱している気持になれなかった。その点、いまの家政婦会は契約期間だけの短い雇傭《こよう》関係だから、大して苦にはならない。それに、食事向う持ちで一日八百五十円というのはそう悪くなかった。

いま、どこの家でもお手伝いさんが払底していて、派出家政婦はいくら人数がいても足りない状態だった。だから、信子は会の寄宿舎でごろごろ遊んでいる暇はなかった。

家庭に傭われる職業だから、かなり重労働である。高い賃金で傭ったという観念がどこの家の主婦にもあるから、人使いは荒い。傭い主も、ずっといてくれるお手伝いさんなら、気を使って仕事の分担もなるべく軽くしてくれるが、一時の臨時女中だから、先方も遠慮がなかった。洗濯物など山のように出される。

休養時間というのがあまりない。会の規則としては、拘束時間は一日十時間とうたってある。実労働は八時間と規定されているが、家庭内の仕事は労働と休息のけじめがはっきりしない特徴があるために、拘束十時間を越えることはふつうである。なかなか理解のある家はなく、だらだらと遅くまで働き、風呂に入れてもらって寝るときは十一時、十二時になるのも珍しくない。夜がどんなに遅くなっても、朝はまた朝で早く起きなければならない。

こういう辛さを除くと、食べて月平均二万五千円の収入は不利ではなかった。第一、服装に気を使うこともなかった。いや、お洒落《しゃれ》をしては、かえって傭われ先の奥さんに嫌われるのである。こちらの人格は徹底して無視されると覚悟しなければならない。家政婦はあくまでもビジネスだという気持で割りきって、どんな家庭に入っても、感情の移入は許されない。

河野信子は三年間さまざまな家に出入りして、大体その要領を覚えていた。傭われ先はどうしても商店か中流以上の家庭になる。殊に「協栄家政婦会」は、土地がら高級住宅街にお顧客《とくい》を持っていた。

だが、世間はお手伝いさんの手が足りないので、電話帳などを繰って知ったのか、ずい分遠いところからでも口がかかってくる。働くのは先方との契約次第で、四、五日の短期間で帰ってくることもあるし、二カ月も三カ月も居つづけることもある。近ごろでは、一年以上という長期契約も珍しくなかった。

「協栄家政婦会」には、仕事が済んで帰ってくる会員のために、アパート式の寄宿舎が付いている。一部屋に四人ぐらいの詰め合せだ。ここの会員は百人を越しているが、よその家で働いているほうが多いために、寄宿舎に残っているのは、健康を害ねている者か、疲労のために休養している者に限っていた。

なにしろ、他人の家庭で働くので、その気詰りさと重労働とで、二、三日の休息は必要である。傭われた家を出るなりタクシーで帰ってくる者もいる。とても電車やバスに乗る気がしない。それほど疲れているし、タクシーに乗ることが、解放された直後の唯一の贅沢感《ぜいたくかん》でもある。

寄宿舎での食費は朝が五十円、昼と夜が百円ということになっている。会長は会員の稼ぎ高の八分を、会費という名目で納めさせている。

労働省の許可をとっているので、それほどひどい搾取《さくしゅ》はできない仕組みになっているが、そこは会員の人情で、会長の機嫌をとるために、お礼として余分に出す者もいる。

会員はすべて独身者に限られていた。亭主持ちだと、亭主が妻の働いている先に何かと電話を掛けて呼び出したり、途中で連れ戻したりする不都合が生じるので、夫婦者は敬遠されていた。あまり若い女もいない。せいぜい二十八、九歳が最年少で、五十を過ぎた女も少くはなかった。

その勤務先については会長が人選の割り振りをする。たとえば、先方が独身の男だと、五十以上の女を差し向けるといったような配慮のためだ。

寄宿舎では、もっぱら働いて来た家庭の話で賑《にぎわ》う。話というよりもそれは悪口だった。家庭の内幕は全部彼女たちに分っている。たとえ二日間の暮しでも、彼女たちの嗅覚《きゅうかく》はその家の秘密のほとんどを嗅《か》ぎ尽してくるのだった。悪口は鬱積《うっせき》した不満と、嫉妬《しっと》と、人格無視の被虐心理から出ている。

彼女たちの話を聞いていると、勤め先が中流以上の家庭だけに、まるで小説以上に面白かった。この場合、ほとんど例外なくその家の主婦が罵倒《ばとう》の対象になった。

しかし、そんなとき、河野信子はあまり自分のことは話さなかった。同僚の噂《うわさ》には聞耳を立てているから、まるきり興味を持たないわけではない。誰かが、

「あんた、何か云いなさいよ」

と云っても、

「わたしの行ったところなんか、そんな面白いことはなかったわ」

と、鈍《にぶ》い眼つきをして答えるだけであった。

河野信子は、ほかの仲間のように子供を持たないから、そっちのほうに仕送りする必要もなかった。また別に好きな男もいないから、金を捥《も》ぎ取られることもない。家政婦会に帰ったとき、たまに映画に行くくらいで、着物を買うでもなく、贅沢な食事をするでもなかった。担当金を溜《た》めこんでいるだろうというのが、同僚たちの噂であった。

実際、信子はかなりな預金をしていた。結婚に破れたとき一文無しだったのが骨身に沁《し》みこんで、不時のときでも困らないように用意している。不時といえば病気の心配が第一だ。

彼女には身寄りが無いから、介抱やその他に金が必要となってくる。金で働いているだけに、金の必要なことは人一倍に実感があった。同僚の間ではお互いに親密さを深めて、なかには、

「あんたが病気のときは、わたしが無償で付き添ってあげるわ」

と云っている女もいるが、未だかつてそんな実例を見たことがないので、信子は信用してなかった。何といっても他人が云うままに働いてくれるのは金の力である。

信子はおしゃべりのほうではなかった。それが見ず知らずの他家を転々とするうち、余計に寡黙《かもく》になってきた。一つは、その職業がなせる訓練でもある。

家政婦というのは、その家庭では陰のような存在になっていなければならない。その家に居付いているお手伝いさんとは立場が違うのだ。或る場合は家付きの女中さんから使われることにもなるのだ。大体、高い金を出して（と使っている主婦は考えている）傭うからには、精いっぱい仕事を押しつけようと、どこの家でも思っている。

家付きの女中はあまり汚れ仕事をしないで、こまごまとした用事にまわり、家政婦は洗濯物をはじめ、家の周りの掃除や、洗面所の清掃などをやらされる。こんな場合、家政婦たちは胸の中で、八百五十円、八百五十円と呟《つぶや》いて歯を食いしばるのだった。

信子は気の利いた働き手として、どこの家でも重宝がられていた。だから、前に傭った家がわざわざ彼女を指名して頼みにくることがある。だが、たいていの場合、彼女が遊んでいるということはめったになかったから、同じ家に行くということもあまりなかった。それに、信子は前に働いたことのある家には、あまり興味がなかった。

興味がないというのはどういうことだろうか――。

つまり、他人の家庭を次々見て回って、その家の不幸を発見するのが彼女には愉《たの》しみだったのである。どこの家にも必ず不幸はあった。その内容や性格には違いがあるにしても、決して平和ということはあり得なかった。

外見からみてこの上ない仕合せな家庭だと思っても、必ず不幸は存在していた。

それがすぐに判る家もあり、しばらくしてこちらが感じ取る家もある。そういう発見をするのが信子の密《ひそ》かな愉悦だったのだ。だから、一度知った同じ家の不幸には二度と興味がないし、新鮮さを感じない。

信子は、或る意味で人生の観察者かもしれなかった。

彼女は洗濯や炊事や掃除をしながら、絶えず家の中の気配に耳をたてていた。その家の主人の動作、主婦の感情的な言葉、そこに舅《しゅうと》や姑《しゅうとめ》が居れば、嫁との対立、子供があれば、その不良性などをこと細かに観察していた。

それは事柄が大したことでなくてもよかった。ほんのちょっとした現象からでも、彼女の推測は拡大されてゆくのである。それが奇妙に事実から外れたことがなかった。三年間の経験の上に、彼女のカンといったものが加わっている。

はじめてよその家に行くときは、家政婦会の紹介状を持ってゆく。それは会長が簡単な紹介文を書いているが、たいてい決りきった文句だった。一週間に一日は休ませてほしい、夜は八時までに仕事を終らせてもらいたい。臨時に行事などがあって、労働が過重になった場合は、それだけの報酬を与えてほしいなどの要求であった。

労働省の規定では、一日平均八百五十円か六十円の日給の中から、家政婦の食費を雇傭者が差し引いていいことになっている。しかし、どこの家政婦会も、そんなことは一行も書かなかった。ただ、当人がお宅のお気に入らない節は、いつでも代人を差し向けるというのが、客に対する会長の誠意をみせた文句であろう。尤《もっと》も、代人を差し向けるといっても、家政婦の払底している現在では、それは空文となっている。

最初にそんな紹介状を見せると、たいていの主婦は愛想がよい。しかし、歓迎の半面は警戒的だった。警戒とは、その家庭の防禦《ぼうぎょ》だと考えてもいい。金銭が無くなりはしないか、物品が壊されはしないか、仕事のしぶりに陰日向《かげひなた》はないかなどといったところから、臨時に傭い入れた家政婦から、家庭内のプライバシーが世間に吹聴《ふいちょう》されはしないかといった用心深さが加わっている。

主婦の態度も、二日ばかりは家政婦に対して遠慮がちだが、あとは露骨に命令的となる。尤も、ほとんどの場合、年配の主婦のほうが人使いが荒いといっていい。これは戦前の「女中」の観念がつづいているからだ。人格無視も、このような人たちに多かった。それに比べると、彼女より年の若い主婦のほうがずっと気を遣ってくれた。戦前と戦後の教育の違いであろうか。

しかし、これも実際を云うと上辺《うわべ》だけで、ずる賢さにおいては、年取った主婦よりも若い人に多い場合がある。それに若い人は甚だ合理的であった。たとえば、たいていの家は、たとえ彼女が午後から出むいても、または先方の都合で午後から暇が出ても、その一日分は支払ってくれるし、チップもくれる。が、若い主婦の中には頑として半日分しか払わないのもいた。

河野信子が、稲村達也《いなむらたつや》の家に行ったのは四月の半ばごろだった。

会長は、その家が青山の高樹町《たかぎちよう》であること、主人は或る大学の教授をしていること、八十になる老婆が一人と、中学二年生を頭に男の子が三人居ることを告げた。主人は四十二歳で、妻は三十八歳であった。

「まあ、サラリーマンとしては、これくらいのところから家政婦を使ってもいいという、ギリギリのわけね」

白豚のように肥った会長は云った。実際、食わせて月に二万円を越える支出は、普通のサラリーマンでは負担に耐えない。だから、団地に出向くということはほとんどなかった。

「ちょっと家族が多いようだけれど、あんた、行ってみる？」

「家付きのお手伝いさんは居ないんですか？」

「ひと月前に帰ったきり、あとが傭えないと云ってたわ。うちの会員に働いてもらっている間に、なるべく早く代りを見つけたいと、その奥さんは話しているの。……電話の声だけれど、なんだか世慣れたような調子だったわ」

河野信子が稲村達也の妻を見たのは、その翌朝だった。先方へ八時ごろに行くと、家の中は何となく騒然としている。それは主人と子供を送り出す前の食事の怱忙《そうぼう》だった。小ぢんまりした洋風の応接間がある。稲村教授の妻春子《はるこ》はエプロンを外したままの恰好《かっこう》で、髪も掻きつけないで現れた。

「河野さんとおっしゃるのね」

と、春子は会長の紹介状を見て云った。

「助かりますわ。いいえ、一カ月前に、永らくうちに居たお手伝いの娘が結婚することになりましてね、郷里《くに》に帰ってからあとの補充がつかないんですの。主人がほうぼうに頼んでいますが、早急《さっきゅう》に間に合いそうにありませんわ。わたしのところは家族が多いから、何かと面倒でしょうけれど、よろしくお願いします」

河野信子は、それに言葉少なに挨拶した。彼女は主婦の案内で、その家の三畳の間に入れられた。前の女中が帰った後は物置のようにしていたらしいが、昨夜家政婦が決ってから、大急ぎでそれを片づけた形跡がある。

信子は、そこですぐにスーツケースを開き、セーターとスカートを穿き替えて、エプロンをつけた。

支度が出来て茶の間に行くと、子供たちの食い散らした茶碗が食卓に散乱している。

「いつもこんな有様ですよ。だから、わたし一人ではとても手が足りないんですの。それに年寄りがいますしね」

春子は、そう云いながら台所を見せて、いろいろな道具を仕舞ってある所など教えた。少し古い型だが冷蔵庫はある。炊事場の隅には電気洗濯機もあった。

――電気洗濯機といえば、河野信子には面白い経験があった。或る重役の家だったが、玄関に近い所に新型の素晴しい電気洗濯機が置かれてある。それが今買ったばかりのようにぴかぴか光っていた。手入れのいい奥さんだと思っていると、主婦は、洗濯物はいっさい洗濯板を使って手でやって下さい、と命令した。そのほうが電気洗濯機でやるよりも、垢《あか》が落ちて清潔になるという口実である。

それなら、玄関間近い所にある電気洗濯機はどうなるのだろう？　つまり、それは来客に見せる飾物であった。この稲村家の電気洗濯機は型も古いし、相当汚れているので、信子は安心した。

そのとき、男の渋い声が廊下から聞えた。

「おい、行ってくるぞ」

妻の春子は（尤も、春子という名前も信子は本人から教えられたのではなく、二、三日して主人が呼ぶので分ったのだが）慌《あわた》しげに台所を仕切っている開き戸をあけ、

「あなた、家政婦会の方が来てくれましたよ」

と云った。

「ああ、そうか」

河野信子はエプロンの前を直して、春子のうしろに従った。

小暗い廊下には長身の男が鞄を提げて立っていた。着ている洋服はかなり上等で、趣味も悪くない。――河野信子はさまざまな家庭を遍歴しているだけに、その家の主人の持物には敏感であった。つまり、主人の着ている物と、家庭内の程度とにあまり落差がありすぎると、その家庭が実際は貧困だということが分るし、ほぼ同じ程度だと、わりあい豊かであるということが知れる。この場合、稲村家はその釣合がとれているほうだった。

信子が春子に紹介されて主人に挨拶すると、

「やあ」

と、彼は軽く頭を下げた。春子は一旦主人の手から鞄を受取って、玄関まで見送る。信子はどうしたものかとちょっと迷ったが、はじめての日ではあり、春子のうしろに従《つ》いてその見送りに加わった。

玄関は古風な家だけにわりあい広く、横の下駄箱の上にはあまり巧《うま》くない生花が載せてある。しかし、暗い光線の中では半開きの百合の白さが浮き立っていた。

「じゃ、行ってくる」

主人は妻の手から鞄を取ると、そのうしろにいる信子にもちらりと眼をくれた。

細長い顔で、髪はすでに白髪を交えていた。眉毛が太く、顴骨《かんこつ》も鼻梁《びりよう》も高い。いわゆる彫りの深い顔だ。その眉の間に立てたうすい縦皺《たてじわ》も、深い印象を与えた。——これが河野信子がはじめて見た稲村達也であった。

2

この家には、中学二年の正一《しよういち》、小学校五年の明次《あきつぐ》、三男の六つになる健三郎《けんざぶろう》と三人いた。

春子は体裁屋であった。教授の妻という意識が始終頭にあるらしい。信子に対しては、威厳と慈愛に満ちていた。しかし、それが彼女を飾り立てる虚栄であることを、信子は三十分のうちに読み取った。春子は、信子の使う山の手の上流家庭の言葉に満足のようだった。そういう言葉の使い分けは、信子の手に入ったものだった。ときとして、丁寧な言葉が、傭われ先の主婦次第ではかえって反感を買うことがある。その場合、信子は主婦の顔色をよんで、下町調に変えている。

信子は、春子に二階の主人の書斎を見せられた。大きな机と、天井まで届く本棚とがある。書籍が夥《おびただ》しく上まで詰って背中の金文字を光らせていた。机の上には数冊の本がきちんと積まれて、原稿用紙が広げられていた。

「主人は、むずかしい学問をしてますからね」

と、春子は誇らしげに云った。

「この机の上の本はそのままにして、手を触れないで下さいね。主人は几帳面《きちょうめん》で、少しでも位置を動かすと、あとでわたしが叱られますからね」

本のほとんどは横文字だった。

信子は感嘆するに限ると知っている。

「ずいぶん、大変なお仕事をしていらっしゃいますわね。わたし学者のお宅に伺ったのは初めてですわ」

信子は、眼をまるくしてみせた。こういう際の表情も彼女は心得ていた。

「あら、そお？　……でも、学者といってもいろいろありますからね。主人はわりあい世間的にも有名なんですのよ」

春子はいかにも信子の無知を憐れんで、蒙《もう》を啓《ひら》いてやるような云い方だった。

「主人は、ほとんど学者としての日常生活を送っていますから、世間のことはあまり知らないんですの」

「あら、そうですか」

「本当におかしいくらい……うちにいても、夜は遅くまで研究するし、あとは学校だけでしょう。その間に、地方の講演会に行ったり、座談会に呼び出されたり、ちっとも暇がないんです」

「それじゃ、お気の毒ですわね。旦那さまに道楽はないんですか？」

「道楽ですって？」

春子はかすかに眉を寄せた。

「あら、ごめんなさい。ご趣味のことですわ」

「そう。そう云って下さいね。道楽なんて、嫌な言葉だわ……そうね。別にこれといって趣味もないようだわ。あまり変化がなくて、私のほうが面白くないみたい……」

「あら、奥さま。それ、お仕合せじゃございませんの。わたし、方々のお家に伺っていますから、ずいぶん、奥さまをお泣かせしている旦那さまを知ってますわ」

「あら、そうなの」

春子はたちまち眼を輝かせたが、

「いつか、その話を聞かせてね」

春子は次の間に信子を案内したが、そこは春子の居間らしく、周囲は人形で飾り立てられてあった。婦人用の机が窓際に一つ置かれているが、あまり使ったことがないみたいに新しかった。

「この部屋が、わたくしのお城よ。うち、子供が多いでしょう。それに、お婆ちゃんがいるから、ちっとも気が休まらないの。だから、いろいろな仕事を終ってここに逃げ込んでくると、本当にほっとするわ」

「お婆さまはおいくつなんですか？」

会長から聞かされた年齢は八十歳ということだが、初めて来た家では、出来るだけ知らないふりをするのがよかった。

「八十よ……よくも、生き延びたものね」

「あら、だって、奥さま。結構じゃございませんの。それは奥さまのお母さまでしょ？」

「ううん。それならいいけど、主人の母なの。わたし、ここにお嫁に来てからどのくらいお婆ちゃまに泣かされたかしれないわ。気難しくて、意地悪だから、わざと手数を掛けるようにするの。あなたも、お婆ちゃまがいろいろな用事を云いつけても、その辺は心得ておいてちょうだいね」

「はい」

「でないと、あんたの身体が保《も》たないわよ。ああ、それから大事なことを忘れていたわ。お婆ちゃまのところへ行くと、わたしのこと、いろいろ悪口を云うに決っているわ。そんなことでもしゃべるほかは日が経《た》たないからね。あんた、それを本気に取っちゃダメよ」

「奥さま、どうぞご安心下さい。わたしもそういう気むずかしいお年寄りのいる家庭に働いたことがございますわ」

「そう」

春子は、いくらか眉を開いたようだったが、

「あんた、いろいろな家で働いていたのね？」

「はい」

「あんまり、うちのことをよそに行ってしゃべっちゃだめよ」

「そりゃ、もう奥さま、こういう仕事は医者や弁護士さんと同じで、職業上の秘密でございますから、絶対にそれは心得ておりますわ。どうぞ、ご安心下さいまし」

この云い方がちょっと春子に気障《きざ》に聞えたのか、彼女は眉間《みけん》に皺を立てた。

春子はその優雅な言葉つきにもかかわらず、なかなか細かい性格であることがやがて分った。ご用聞きの届ける品物は値が高いし、いつの間にか支払いが嵩張《かさば》るというので、絶対にそれは断っていた。その日のおかずは信子を市場まで買いにやらせるのだが、必要に応じて、たとえばジャガイモ三個だとか、葱《ねぎ》二本だとかいう買物さえ敢《あ》えて辞さなかった。少し高価なものだと、必ず計量器《はかり》にかけて量目を調べた。

洗濯物はクリーニング屋に出すと洗いが悪いといって、必ず信子の手に任せた。信子はこの家に来た最初、電気洗濯機があるから安心したが、一応洗い上げたあと、春子は

それを検閲し、衿首《えりくび》や袖口《そでぐち》などは手でもっと揉《も》み落すように命じた。この家は子供が多いから、下着類は終始洗濯していなければならなかった。その上、八十歳の老婆のものがあった。

老婆は、この家の奥の四畳半に押し込められていた。腰が折れ曲っている以外にはさほど支障はなさそうだった。しかし、この老婆は絶えず頭痛を愬《うった》えていた。尤も春子に云わせると、お婆ちゃんは勝手なことで頭痛を起すというのである。

「日ごろはピンピンして元気がいいのに、横着したいときはすぐに頭痛が出るんですよ。あんたも、あんまりお婆ちゃんの云うことを正直に聞いてはいけません。すぐにつけ上りますからね……それに、あのお婆ちゃんは、誰が来てもすぐわたしの悪口を云うけれど、あれは一種の被害妄想《もうそう》ですね。勝手にそんなことを頭のなかで考えて愉しんでいるんですよ。年寄りというものは家の者に相手にされないから、知らない人が来るとすぐ甘えるんですね」

その老婆は、頭の前のほうがほとんど禿《は》げ上がって、額がむき出ていた。白髪がわずかに後ろに残っていて、切髪になっていたが、前毛を失った河童《かっぱ》のようだった。

「うちの嫁は根性が悪いから、あんたも気をつけなさいよ」

と、老婆は声を低めて信子に云った。

「まえはあんなではなかったが、だんだん、ひどい女になりましたね。わたしは嫁の顔を見るのも嫌ですよ。わたしが死ぬときは、嫁に世話になろうとは思いませんね。そうそう、あんたのような人に厄介になりたいと思っていますよ。金なら悴《せがれ》がくれた小遣いを溜めていますからね。これは、嫁には云っていません。……悴も悴ですよ。昔は親孝行だったけれど、あの嫁が来てから人が変ったようになりました。嫁の尻に敷かれてなんでもあれの云いなりになっています。……ええ、孫だってちっとも可愛くはありませんん。嫁は体裁ぶってばかりいて、何一つできないんですから。孫だって、みんな出来損ないですよ。まあ、あんたもこの家に三日もいたら、わたしの云うことがよく分って来ますよ」

この家にはたしかに不幸があった。家族はばらばらになっている。春子はよそから見て一家の中心になっているようだが、子供は母親にはなついていない。いちばん下の六つになる子はともかくとして、中学生と小学五年生とは母親に反抗していた。

長男の正一は不良性を帯びているようだった。春子は黙っているが、老婆の語るところによると、春子は学校から呼び出されてたびたび注意を受けているらしい。乱暴者で同級生の間ではボスになっているという。正一が勉強をしている姿を見たことがない。煙草もひそかに喫《す》っているらしい。信子は正一の部屋を片づけるとき、空函に詰った吸殻を発見した。

次男の明次は、このごろ流行《はやり》のプラモデルに夢中になっている。

彼がいま頻《しき》りと作っているのは軍艦だった。戦艦、巡洋艦、駆逐艦、潜水艦まである。明次の部屋はそういう材料でごった返しになっていた。セメダインがいたるところに貼り付いていて、掃除をするとき、これを剝《は》ぐのに一苦労だった。それに軍艦を浮べるために、明次は信子に命じて風呂桶に水を入れさせる。

そんなことは自分ですればいいのに、この子は船を作る以外は、左の物を右にも動かさなかった。そういう躾《しつけ》で育てられているらしい。女中は子供のいうままに使われて来たようだった。

風呂場に水を入れるのはさして力も要らないが、第一、面倒臭い。古いタイル張りの浴槽のすぐ上に水道の蛇口が付いていて、それを捻《ひね》ればいいのだが、明次はどうしても自分ではしなかった。それだけならいいが、彼は氷屋からオガ屑《くず》を買って来て、湯槽《ゆぶね》に張った水にそれを投げ入れて撒《ま》く。軍艦が航行するのに波をきって行く状態を、一面に浮んだオガ屑に表現させる狙いらしい。あとの掃除が大変だった。その辺が氷屋の倉庫のようにオガ屑だらけになっている。

春子はそれを制《と》めようとはせず、かえって自分で風呂に入るときオガ屑が残っていると、掃除がゆき届かないといって顔をしかめた。三男の健三郎は意地の悪い子で、玩具《おもちゃ》の矢でところ嫌わず射立てた。障子は穴だらけになるが春子は簡単に健三郎を叱るだけで、すぐに信子に紙の張替えを命じた。しかし、それも健三郎の弓で五日と保たない。信子が少し叱ると、彼女が洗濯物に屈《かが》んでいるときなど、その臀《しり》をうしろから矢で射たり、穴のあいた古いゴムボールに水を入れて、いきなり横から顔にかけることがある。こうしなさい、と云えば必ず憎らしく反対のことをする。それに口の利きようが六つの子とは思えないくらい生意気だった。信子に向っては、「お前」と呼んでいる。

老婆が云う通り、三人の子供は出来損ない揃いだった。信子は、殊に健三郎がこましゃくれて生意気なのが腹にすえかねた。子供とは思えない口の利き方が、大人をむっとさせる毒を持っていた。とても子供の憎たれ口とは思えず、陰で春子が教えているような邪推さえ起きた。

主人の稲村達也は、毎晩八時ごろに帰ってくる。それが普段の日で、講演だとか座談会のときは十一時ごろに戻る。春子の話だと、地方に呼ばれて行くこともあるという。

稲村達也は夜帰ってから十二時ごろまで、毎晩のように何か書いていた。ときどき出版社の人が来るところをみると、それは雑誌に発表する原稿らしい。一度、信子は稲村達也の書いた評論というのを春子から自慢げに見せられたことがあるが、横文字が多くてよく分らなかった。

稲村は真面目な男で、ほとんど外で酒を飲まない。家に居てもむっつりとしてあんまりものを云わなかった。主人がそうなので春子がおしゃべりになっているのかもしれない。信子が見たところでは、うしろで春子が主人を叱咤《しった》激励しているらしかった。春子は客が来てもそこに出しゃばって仕事の話に口を出している。客は主人に用があって来るのだが、半分以上は春子と話して帰らなければならなかった。賑やかにしゃべる春子の話を、稲村は遠慮深い客のように横で黙って聞いている。春子の口から英語がしきりと出るのを、お茶を運ぶ信子はたびたび聞いた。

春子は絶対に出版社に女編集者をよこさせなかった。或るときなど、若い女編集者が三十分ばかり稲村と応接間で話して帰ると、忽《たちま》ち彼女はその編集長を呼び出した。

「今朝来た××という女の編集者は、どういう人なんですか？　用事が済んだあとでも四十分ぐらいはおしゃべりして行きましたよ。あんな女《ひと》は困りますから、今度は別な人をよこして下さい」

稲村達也はおとなしい。彼は女房にすっかり牛耳られている。養子でないことははっきりしているが、信子が横で見ていても歯痒《はがゆ》いくらいだった。

尤も、信子も前にそういう家庭で働いたことがないでもなかった。しかし、それは主人が若いときに、奥さんの親元から金が出て学校を卒業させてもらったということである。また、上役の娘を女房に貰っている主人もあった。

稲村教授は春子にどのような劣等感を持っているのか、信子には興味のあるところだった。

その代り、春子は若い学生が来るのは歓迎だった。稲村教授のもとには、週に一回ぐらい学生が五、六人集ってくる。その日は、前日から春子が果物だの菓子だの買い求めて、大そうな燥《はしや》ぎ方だった。もちろん、その席に春子が出る。さすがに最初から顔を出すことはないが、紅茶か何かを自分で運んで入って、

「まあ、お賑やかなことですこと」

などと云って、そのまま夫の横に腰を下ろすのだった。学生たちの名前も憶えていて、どうやら、二、三人は贔屓《ひいき》らしい。わざわざ、その学生の好みに合せて買物をすることもある。学生たちもその辺は心得ていて、奥さん、奥さん、と云ってなついているが、春子はそれに明るい微笑を泛《うか》べて満足げだった。ここでも女子学生はご禁制である。

そんなことでひどく忙しい家だった。春子がお手伝いさんが居つかないと云うのは当然だと思うし、いま心当りの人に探してもらっていると話しても、いつ来るか見当もつかなかった。同じ八百五十円でも、こんな家に長く居るのはあまりありがたいことではない。信子はそのうち仮病《けびよう》か何かを云って、会員の誰かを代りに寄越《よこ》してもらおうと考えている。

しかし、まだ決定的な不幸がこの家に発見されないのが、信子をそこに踏みとどまら

せている。

信子が来てから二週間ほど経った。その日は、十一時ごろやっと床に就いたのだが、咽喉が渇いたので、こっそり炊事場に水を飲みに行った。そのとき、襖越《ふすまご》しに夫婦の話し声がぼそぼそと聞えている。その中に「今度来た家政婦」という言葉があったので、信子はぴんと聞き耳を立てた。

「今度来た家政婦は要領を使って困りますわ」

と、春子の声が話していた。

「わたしの見ていない所では、ずいぶんと怠けるのよ。いかにも仕事をしているような恰好をしてるけれど、ちっとも仕事が片付いてないわ。あの家政婦はいろいろな家に行って女中仕事をして回っているから、すれっからしなのね。わたしの足音が聞えると、すぐにばたばたとその辺を片付けたり、洗濯物にとりかかったり、わざと高い音をさせて、いかにも働いているように見せかけるけれど、わたしにはその小細工が見えすいているわ。それに、子供たちもあの家政婦を嫌ってるわ。わたしの居る前では子供たちの云う通りになっているようだけれど、陰では叱り飛ばしてるそうね。それに、お婆ちゃまの部屋に始終行って、何かとわたしの悪口を聞き出したがってるそうよ。あんな女、大嫌いだわ。高い賃金を払ってばかばかしい。ほかに人が居ないから仕方がないけれど、代りが来たら、その日の朝からでも帰したいわ。ねえ、あなた、この前本田さんにお願いした女の子、まだ決らないの？」

それに稲村達也は低い声でぼそぼそと答えている。

「そんな生温《なまぬる》いことをおっしゃってたら、ラチがあきませんわ。どこもお手伝いさんの手が足りないでしょ。とにかく早くお願いしますよ。今の家政婦は、わたしの居ないときは、冷蔵庫をあけて子供にやるぶんを食べてみたり、家の中をじろじろ見回して、物欲しそうだわ。油断ができない女だわ」

信子はこっそり自分の寝床に戻った。しばらくは頭が燃えて寝就《ねつ》かれなかった。

3

信子は主婦の春子の陰口を聞いて、昨夜はほとんど睡れぬくらい口惜しかった。

どこの家庭でも主婦が家政婦の悪口を云うのは、大体、同じで、それは察していたが、偸《ぬす》み聞きとはいえ、あれほどはっきりと自分が罵《ののし》られたのは信子に初めての経験だった。春子は、あんな女大嫌い、と云っていた。そのくせ信子の前に出ると体裁ぶった口を利き、いかにももの分りのいい奥様といった恰好をする。その二重性格が露骨に分っただけ、信子はこの稲村家を出るまでに、何らかのかたちで仕返しをしなければならないという決心になった。

翌る朝、信子が早く起きての朝の支度にかかり、掃除をしていると、春子は睡そうな眼つきをして寝室から出てきた。

「お早うございます」

信子は、今朝はことさら丁寧にお辞儀をした。

「お早う。あら、もうご飯の支度出来てるの。早いわね。やっぱりあなたでないと駄目だわ。前に居た女中はみんな若いから、気が利かないってなかったのよ。助かるわ」

予想通り、春子は臆面《おくめん》もなく正面から信子をほめた。信子は頭に血が上ってくるのを感じたが、

「いいえ、わたくしなんか一向にお役に立ちませんわ」

と、挨拶を返した。もっと皮肉を云ってやりたかったが、それではあとでこちらの意図を見抜かれる。相手に少しも気づかれないで、こちらの仕返しだけをするのが彼女の目的だった。

春子は腫《は》れぼったいような眼つきである。きっと、あれから夫に信子の悪口をさんざん述べて、寝るのが遅くなったのだろう。

学校に行く子供たちが起きてきて、飯にとりかかった。信子は弁当を詰めたり、子供たちの世話を焼いたりして、しばらくは戦場《いくさば》のような有様だった。

春子はやっと寝巻を着更えてエプロンをつけ、子供たちの給仕に間に合った。上の子供たちは信子のことをあたまから女中だと見下して、ろくにものも云わなかった。その

代り用事をいいつけることだけは命令的で、容赦がなかった。

そういう子供たちには、信子の仕返しの方法はいくつもある。たとえば、いま詰めた弁当だってそうだ。単純なやり方といえば、飯の下にわざと焦げつきのところを入れておくとか、おかずを少くするとかいう方法だが、これはすぐ分ってあとで文句が来そうである。もっと分らない方法で徹底的なのは、弁当のおかずに唾《つば》を吐きかけることだ。これは当人が食べてみて決して分りはしない。信子は、中学生と小学生の子の弁当に等分にそれをした。

だが、いちばん生意気なのは六歳の健三郎だった。この子は末子のためかわがままいっぱいに育っている。ちょっとそこに手を伸ばせば物が取れるのに、必ず信子を呼んで取ってこさせた。彼女を呼ぶのも「おばちゃん」とは呼ばないで「おばさん」と云っている。ものの云い方からして可愛げがない。少し気に入らないことがあると、信子に悪《あく》罵《ば》を浴びせる。すぐに「おバカさん」という。背中から物を投げつける。それが奇妙に子供らしくない感じだった。

或るときなど一緒に飯を食べていたが、健三郎は信子の顔をのぞきこむようにして、

「おばさんの顔、どうしてそんなに変なの？」

と云った。

傍《そば》にいた春子は失笑した。

信子は、子供からでなく、普通の男から真正面に自分の醜い顔を嘲弄《ちょうろう》されたように思った。云い方が大人びて小面憎《こづらにく》い。信子はそのときは仕方なしに苦笑したが、実際は頭の中がかっとなっていたのだ。それに対して春子は健三郎をたしなめようとはしない。子供がどんなことをしても、春子は見て見ぬ振りをしている。それも春子の内心にひそんでいる信子への反感が、子供に代償行為をさせているようにしか思えなかった。

一方、当主の達也はほとんど信子には無関心だった。彼は妻の春子のようにとり繕ったところもないし、ポーズももっていない。その点は学者らしく淡々としていた。どちらかというと信子には、こういう人間が不得手である。ものを云わないから何を考えているのか分らない。信子を見るのに全く黙殺している態度だ。彼は夜遅くまで二階のあの広い机の上で書きものをしている。おびただしい本も読んでいる。

この稲村達也の書斎は、机の上もきちんとしているし、本箱もちゃんと整理されている。それは本人が自分で片づけるから、信子は決してこれにはふれてはならないと春子から云い渡されている。主人が気むずかしいからだと説明されたが、信子の眼から見ると、それは春子がことさらに達也をそんなふうに見せかけているだけで、実際はそうでもなさそうだった。無口にはちがいないが、それは彼の性格で、実は彼は春子に牛耳られているところがある。

春子は何でもそんなふうに家の中に権威をつけるのが好きなのだ。昨夜悪口を云ったのに、今朝はケロリと口を拭《ぬぐ》って信子にやさしい眼つきをしてみせる。しかし、信子は騙《だま》されないし、宥《ゆる》せない気持になっていた。表面では顔色に決して出さないで、春子の親切に感激しているように見せかけた。

信子が最も望む不幸の因子は、この稲村家にたしかに存在していたが、それはまだ隠微な中に隠れていて、信子がそれを利用するほどの表立った手がかりはなかった。

信子はことさらに、裏座敷にいる八十歳の老婆に親切にした。

「ねえ、あんた、わたしがあんた方のような家政婦さんを一週間お願いするとしたら、どれぐらい費用がかかるもんですかね?」

老婆はそう訊いた。

「一日八百五十円ですから、ちょうど六千円ほどですわ」

「それじゃ、今から、わたしもその金を貯《た》めなくちゃなりませんね」

「お婆ちゃま、一体、どうしたんですか?」

「いいえね、わたしゃ死ぬとき春子の世話になろうとは思いませんよ。あんたのような親切な家政婦さんなら、あんた方の手で死ぬ前の身体の世話をしてもらいたいですね。あんな大きな顔をする嫁は、恐ろしくて手一つかけてもらいたくないですからね」

信子は老婆のところに行きたかったが、それには春子の監視の眼がある。老婆のところへ三度の食事をお膳で運ぶとき以外、あまり近寄れなかった。すると、よくしたもので、老婆のほうから大きな声で呼ぶ。

「ああ、ああ、ああ」

何が起ったかと思うと、老婆は額を畳に擦りつけて、白髪のザンギリ髪を両手で押えこんでいる。

「お婆ちゃま、どうしたんですか？」

信子が訊くと、

「苦しい、苦しい」

と、今にも死にそうな声で叫んでいる。信子は咄嗟《とっさ》にどう処置していいか分らず、

「お婆ちゃま、そいじゃ、今すぐお医者さまに電話をかけますからね」

と云った。老婆は、その声を止めたかと思うと、顔を上げて信子にぺろりと舌を出して笑った。

「こういうふうにしないと、あんたに来てもらえないからね」

それから、綿々と嫁の春子の悪口が出はじめる。あの女は横着だとか、自堕落だとか、金使いが荒い、見栄坊《みえぼう》、子供の教育が出来ない、行儀を知らない、教養が無い――ありとあらゆる悪罵が、老婆の歯の無い口から次々と飛び出してくるのだった。

そこに畳を踏んでくる足音が聞えると、老婆はまた顔をうつ伏せ、

「ああ、苦しい、苦しい」

と、泣くように云う。

襖が開いて春子が顔をのぞかせた。

「お婆ちゃま、どうしたの？」

「苦しいよ、苦しいよ。信子さん、吐きそうだから、金盥《かなだらい》を持ってきて下さい」

春子は突っ立ったまま、しばらく老婆の様子を見おろしていたが、

「じっとしていれば今に癒《なお》るわよ」

と云い捨てたまま、ぴしゃりと襖を閉めて向うに足音高く去って行った。

「あれだからね」

と、老婆はケロリとして顔を上げた。

「わたしが死ぬときなんか、どんな目に遭わされるかしれませんよ。ねえ、信子さん、あんた、そのときは、わたしがじかに電話で呼ぶから来て下さいね」

「ええ、伺いますわ」

「ほんとに達也にも困ったものだ。あんな女のどこがよくて好きで貰ったんでしょうかね」

「あら、お婆ちゃま、旦那さまと奥さまは恋愛結婚ですか？」

「何だか知らないけれど、達也が若いとき、いきなりあの女を伴《つ》れてきて、両手を突い

て頼むから、わたしはいやいやながら承知したんですけれどね。結婚式の晩に、あの女の花嫁姿の顔を見たとき、わたしは、ああ、これはしまった、この女に一生いじめられる、と思ったもんですよ」

「でも、旦那さまがお気に入れば、それでいいじゃありませんか」

「ところが、達也は今ではすっかり嫁には閉口してるんじゃないですかね」

「そんなところは見えませんけど？」

信子は俄然《がぜん》興味を起してきた。

「わたしはそう思いますよ……」

と、さすがに息子のことになると、老婆の話はそこで止んだ。向うのほうで、信子さんと呼ぶ、春子の声がする。信子が老婆に断って起とうとすると、

「そう急ぐことはありませんよ。あの女は大仰《おおぎよう》ですからね」

と、嫁の悪口を忘れなかった。

春子は台所でわざと水音高く皿を洗っている。そんなことはめったにしないのに、明らかに老婆のもとに長く居た信子への当てつけだった。

「あら、奥さま、それ、わたくしがしますわ」

信子はあわてたように云った。

「お婆ちゃんはどうですか？」

春子は皮肉そうに訊く。

「なんだか、おさまったようです」

「そりゃそうですよ。ありゃ仮病ですからね。どうせ、あんたを呼びつけて、わたしの悪口を聞かせたかったんでしょうよ」

「いいえ、奥さま、お婆ちゃまはそんなことはおっしゃいませんでしたわ。なんですか、旦那さまの自慢話を伺いましたの」

「あんな今にも死にそうな声を出してるくせに、よくそんな世間話が出ましたね」

信子は、しまったと思ったが、とり繕いようがない。春子は、横から手を出した信子に、さすがにあとの仕事を任せ、エプロンで乱暴に手を拭いた。

「信子さん、わたしはこれからちょっと出て来ます。子供のものを買いに銀座まで行って来ますからね」

「はい」

「その間、たんとお婆ちゃんの相手をして下さい」

春子はまだ余憤がさめていなかった。

「奥さま、お婆ちゃまはたった一人でいらっしゃるから、何かとむずかっていらっしゃるんでしょう。あのくらいの老齢《とし》になると、子供と同じですわ」

「子供よりまだ始末が悪いですよ」

と、春子はここで信子に当っていたことをようやく改めた。

「あなたも適当に聞いておいて下さいよ。お婆ちゃんの話は決っているんです。わたしは聞いた人から何度もそれを請売りされていますからね。今の仮病一つで分るでしょ？」

「はい、よく分ります」

信子は笑ってみせた。この笑顔が春子の心証をよくしたらしかった。彼女は自分の居間に入り、着物を着更えて出て行ったが、その着物がかなり水を潜《くぐ》った塩沢の絣《かすり》であることを、信子の眼は見遁《みのが》さなかった。

信子は、その辺の片づけを早いとこ手を抜いて済ませ、老人部屋をのぞいた。

「春子は出て行きましたか？」

と、老婆は云った。耳が遠いくせに玄関の格子戸《こうしど》の音はちゃんと聞えている。

「春子は、あんたがわたしのところに長く来て居たので、何か当てこすりを云ったでしょ？」

老婆はヤニの溜まった赤い眼でじっと信子をみつめた。

「いいえ、それほどでもありませんわ」

「あの女は根性が悪いですからね。いま、銀座に子供のものを買いに行くと云って出ませんでしたか？」

おどろくべき洞察力だった。

「ええ、その通りです」

「あれが手ですからね。どこに行ったか分ったものじゃありません」

「あら、お婆ちゃま、それはどういうことなんですか？」

信子はやさしい眼つきをしてひと膝乗り出した。

「あれは男に逢いに行くんです」

「え？」

信子は実際におどろいた。

「春子はね、達也の眼を偸《ぬす》んで、好きな男のところに行ったんですよ」

「へえ。それはどういう方ですの？」

「春子の女学生時代の友だちです。うちに嫁にくるとき、その男と心安かったですからね。それがまだ忘れ切れずに、ときどき、口実を設けては逢いに行ってるんです。なんでも、今は或る会社の課長をつとめているということですがね」

「まさか」

信子の仰天した顔を老婆は愉しそうに眺め、

「と思うでしょう。そこがあの女の食えないところです。うわべは良妻賢母ぶっていますが、どうしてどうして、油断も隙もありませんよ。達也がせっかく働いて儲けた金も、どれだけその男のところに貢《みつ》いでいるか分りませんね」

「旦那さまは、それにお気づきになりませんの？」

「息子は嫁の尻の下に敷かれているから、眼は節穴《ふしあな》同然です」

「お婆ちゃまが旦那さまにそのことをおっしゃったことがありまして？」

「ああ、云いましたよ。わたしは息子が可愛いですからね。黙って見ていられませんよ。けど、息子は、そんなバカなことがあるか、と云って笑っています。まるでわたしが嘘や作りごとを云って嫁の悪口を告げ口しているように取っているんです。駄目ですね。息子も昔はあんなではなかった。春子のために全く人が変りましたよ。そこへ行くと春子の妹の寿子《ひさこ》さん、世田谷の会社員に嫁《とつ》いでいますが、器量はよくないが、よく出来た人でね、今となっては、息子がその人と一緒になっていたらと思いますよ」

「相手の男の方……いいえ、もし、奥さんにそういう好きな男の方がいらっしゃるとすると、どこの会社で、何というお名前ですか？　……こんなことを伺っては悪いかもしれないけれど、わたくし、お婆ちゃまのお味方になりますわ」

「そうですね……」

老婆はまた赤い眼で信子を見ていたが、

「そのうち、あんたにこっそり教えますよ」

と、いかにも秘密めいた声音《こわね》で云った。信子はがっかりしたが、まだ、それが老婆の真実を摑《つか》んだ話か、嫁憎さの作りごとか、判断がつかなかった。もし、春子に少しでもその気配があれば、これはまさに彼女の狙う興味津々《しんしん》たるところだった。

向うのほうで子供の大きな声がする。末子の健三郎だった。信子がそれを機会《しお》に老人の部屋から出て行くと、台所が赤くなっていた。びっくりして走り込むと、健三郎が戸棚の上に新聞を積んで火を燃やしていた。さすがに信子はあわてて、皿を洗ったあとのバケツの水をかけた。

「危ないですよ、健三郎さん。どうして、こんな悪戯をするの？　火事になったらどうします？」

戸棚の上には黒焦げになった新聞のかたまりが灰になって床に舞落ちている。

「火事なんか、なるもんか」

健三郎は口を尖《とが》らして憎まれ口を利いた。

「帰ったら、ママにそう云いつけますからね」

「ママなんか、おまえの云うことなんか信用しないよ。ぼく、ちゃんと聞いてるんだい。おまえは根性の悪い女だってね」

彼は囃《はや》し立てながら信子のぐるりを跳び回っている。信子はそれが春子の口から子供に伝えられたと思うと、また嚇《か》っとなったが、唇を嚙んで辛抱した。信子は健三郎を相手にせずに、黒焦げの新聞紙を別の新聞紙に包んだ。春子が帰ったらそれを見せるためだ。

それから雑巾《ぞうきん》で戸棚の縁を拭いていると、突然、背中に何か触れたと思うと、うしろに閃光《せんこう》が起った。びっくりして振り向くと、健三郎が燃えるマッチの軸を片手の指先に差し上げている。信子の帯にそれをすりつけて発火させたのだった。健三郎の手にはアメリカ製のマッチが握られている。信子は、西部劇などの映画でよく見る、靴の踵《かかと》でも擦れるマッチを思い出した。健三郎が持っているのはそれなのだ。この子はそれをどこで手に入れたのだろうか。

彼女はしばらくそのマッチを見ていたが、突然、笑顔をつくった。

「まあ、坊ちゃん、そのマッチ、素敵ね。どこでもこすりつけると、火が出るの？」

「うん。柱でも、地べたでも、おまえの着物でも、こすったら火が点《つ》くんだよ」

「不思議だわ。はじめて見たわ」

「ほれ、この通りだよ」

健三郎は誉められてすっかりご機嫌になった。彼は戸棚に新しい軸を斜めに擦って火を点けてみせた。

「ほんとに素敵ね……」

信子の頭に或る考えが閃《ひらめ》いた。

4

四時過ぎに春子が外出先から帰ってきた。デパートの包紙を提げているが、ちょっとくたびれた顔つきだった。信子は、隠居部屋の老婆が「嫁はほかに好きな男がいる。今日はそれに逢いに行ったにちがいない」といった言葉を思い合せ、それとなく春子の表情を見たが、ただ、その疲労の面だけでは、何とも判断がつかなかった。

「何か変ったことはなかったの？」

春子は包紙の買物を部屋の隅に置き、羽織の紐を解きながら訊いた。

「いいえ、別にございません」

健三郎のマッチ遊びを報告するつもりだったが、それはあとで思い返して中止した。なにもあの憎たらしい子供を庇《かば》っているわけではないが、信子には別な考えが泛《うか》んでいたからだ。

「そう」

「奥さま、外をお歩きになれば大変でしょう？」

信子は愛想交りに訊いた。

「そうね。このごろは乗りものがすごく混んでるでしょ。都心に出るのにも乗り換えのたびに大変だわ。それに、デパート歩きもいい加減くたびれるわ。今日は、デパートを三つも回りましたからね。できるだけ安いものを買おうとする貧乏根性が、いつまでもわたしに付きまとっているのね」

春子はそう云って上品ぶって笑った。

それも信子には春子が必要以上に饒舌《じょうぜつ》になっているように思える。お婆ちゃんの云う彼女の秘密を匿《かく》すために、よけいなことまで云って弁解しているようにさえ思えるのだ。

「さあさあ、今日は旦那さまも早くお帰りだから、何かおいしいものを作ってちょうだいね」

信子は、それから二時間ばかり忙しい目をした。春子も手伝い、何かと指図しながら、ひとまず、肉団子の空揚げ、コーンスープ、餃子《ギョーザ》といったような、中華料理とも西洋料理ともつかないものを作った。

健三郎はときどき台所に顔をのぞかせている。それは、自分が新聞紙を燃やしたことを信子が母に云いつけたのではないかとの懸念から、ひそかに様子を窺《うかが》いに来ているのだった。そんなことを知らない春子は、

「台所に来て邪魔っけだわ。あっちへ行きなさい」

と単純に叱って追っ払った。健三郎は母から信子に眼を移したが、彼女が告げ口をしていないと知ると、やはり安心したらしい。信子を見る健三郎の眼がどことなく違っていた。子供心に感謝しているのかもしれない。

二人の子供も帰ったあと、達也が黒い鞄を提げ、むっつりとした表情で居間に通った。

「あら、お帰んなさい」

と、春子は機嫌がいい。

「今日はお早いと聞いていたから、ご馳走《ちそう》を作っておきましたよ」

彼女はいそいそと鞄を受取り、夫の着更えを手伝った。その間、春子は達也に訊かれもしないのに、デパート回りをしたことなど明るく話している。食事の支度をしながら信子はそれを聞いて、やっぱり春子がここでも、夫に弁解しているようにしか聞えなかった。

子供たちは勝手に食い散らして、そのあとでトランプを出し、ポーカー遊びをやっている。

主人の達也は晩酌をやるので食事が遅い。酒は銚子一本ばかりだが、盃でちびりちびり呑むほうで、見ていて悠長《ゆうちょう》なものだった。それは達也のしんねりむっつりとした性格を、よく表わしているようで、じれったくなる。

学者というものは、あんなふうに悠長でないとつとまらないのだろうか。二階の書斎に山ほどある書物や書籍棚を信子は頭に泛べ、そこに独りでつくねんと本を読んだり、ものを書いたりしている彼を信子は想像した。

そのうち長男の中学生がナイターの時間に気づき、テレビのダイヤルを捻った。達也も春子も酒の済んだあとの食事をしながら、一緒に野球に見入っている。その部屋は、テレビの放送の声と、子供たちの騒ぎとで賑やかになっていた。

信子は茶碗など台所で片づけていたが、玄関のほうで人の声がしたので、廊下を走ってのぞくと、郵便配達人が板の間に速達を投げ出して帰ったあとだった。

信子は、その茶色の封筒の表を見た。達也宛になっている。裏は「大東商事株式会社業務部」という文字が印刷されてある社用の封筒だった。

信子は「稲村達也様」の文字が女文字であることを直感した。裏も社名の印刷以外何も名前が書かれていない。

彼女は、それを懐《ふとこ》ろに入れて台所に戻った。座敷の様子に耳を傾けると、テレビ放送で夢中になって、しばらく誰もここに来る気配はなかった。茶碗洗いのため湯が沸かしてある。ガスレンジの上には大きな薬罐が口から湯気を噴《ふ》いていた。

信子は、もう一度座敷の様子に耳を傾け、懐ろから速達の封筒を出して、封じ目を薬罐の湯気に当てた。それから片隅に寄って、台所の入口に背を向け、封を剝がした。固い糊も湯気を当てたために柔らかく湿り、造作《わけ》なくすっきりとめくれた。

作業はここでやめ、再び封筒を懐ろに入れ、トイレに行った。

中には一枚の便箋《びんせん》が入っている。

「明日午後三時かっきりに東京駅の十二番ホームに来て下さい。わたしは先に行ってお待ちしています。明日の晩は、おうちのほうに都合よく云って、ぜひ一晩泊って下さい。

富美代《ふみよ》」

信子はトイレから出ると、急いで封じ目に糊を付けて、上から押えた。

そのうち、座敷から達也が出てきた。春子は食卓のあとを片づけて残っている。信子は、達也が二階の階段に足をかけて上りかけたとき、急いで近づき、

「旦那さま、さっき、この速達が届きました」

と封筒を渡した。

達也は手に取ってその裏を返したが、ちょっと眉をひそめ、すぐに懐ろの中に入れた。

「ああ、そう。ありがとう」

その瞬間、彼に微《かす》かな狼狽《ろうばい》がみえた。ちらりと部屋の襖《ふすま》に眼を走らせたのは、妻を気にかけたのだ。背の高い達也の姿は、いつもより急いだ様子で階段をあがって行った。

「信子さん、信子さん」

と、襖の向うで春子の声がする。

「はい、ただ今」

信子は舌を出した。春子は何も知らないでいる。

達也には女がいたのだ——。

封筒に印刷された「大東商事」というのは、その女の勤め先か、それともカモフラージュか、そのへんはなんとも分らない。前に勤めていた或る家では、やはり主人が女から堅苦しい会社名の手紙を貰っていたが、実はその封筒の社名はバーの別名だったことがある。

しんねりむっつりとした達也のような男にも女がいたのかと思うと、信子はちょっと案外だった。教授として堅苦しい生活をしているから、そういう憩《いこ》いの面が彼には必要だったとも思える。そういえば、達也が研究だとか講演だとか云って遅く帰ってくるのも、何をしているのか分ったものではない。妻の春子はそれをあたまから信用しているのだ。

もっとも、もし、老婆の云うことを信用すれば、春子にも弱点があるらしいから、あんまり強く夫の所行を咎《とが》められない立場にいるともいえる。いずれにしても、速達の誘いに達也が乗るかどうかだ。ちょっとした見ものである。

台所の片づけをすっかり済まし、明日の朝の用意もして、寝る前の挨拶に信子が座敷へ行こうとすると、襖越しに達也と春子の声が聞えていた。信子の足は停った。

「前に断った学校の研究会だがね、また云って来たんだ。仕方がないから、二、三日前に日取を決めたが、それが明日なんだよ」

と、達也が優《やさ》しい声で妻に云っている。

「水戸なら日帰りはできませんわね」

と春子の声。

「ああ。いやだけれども、一泊しなければなるまい。なにしろ、先輩の仲介もあるし、断りきれなかった」

「明後日は早くお帰りですか？」

「うむ、なるべく早く帰るが、午後からの大学の講義に間に合うようにしたい。それで、大学に直接行くから、家に帰るのは夕方だろうな」

「そうですか。ご苦労さまね」

信子は、あの無愛想な達也が、妻には策を弄する才能を持っていると知って、見直す気持になった。

信子は、襖の外から、お寝《やす》みなさい、を云い、三畳の女中部屋に戻った。実は老婆の様子を見に行きたいのだが、春子の眼が光っているので、今夜はやめにした。明日でも何かの用事のときにのぞくことにしたい。

老婆のことが頭にあるのは、信子に或る考えが進められているからだ。それを実行することに急に決めたのは、達也が女とどこかに外泊すると分ったからである。東京駅の十二番ホームは、湘南線《しょうなんせん》だ。箱根か、熱海か、伊東、そんな所で一晩女と愉しんで帰るのだろう。

信子にはまだそんな経験がなかった。彼女より若い家政婦の中には、それらしい浮気をする同僚もいないではない。しかし、彼女のことを男の誰も誘ってくれなかった。年齢《とし》も取っているし、顔も醜い。しかし、そのような情事への憧《あこが》れは人一倍だった。それだけに他人のことには腹が立ってくる。彼女は、それを自分の潔癖感だと心に思いこませていた。

翌朝、いつものように朝の支度をし、家族一同に飯を食わせると、子供たちは先に学校に行ってしまった。末の子の健三郎は近所に遊びに出ている。

教授は出勤時間がまちまちである。それは講義日によって午後のこともあるし、午前十一時ごろから出かけることもある。今日はそれが九時だった。

玄関では春子が鞄を夫に渡しながら、

「では、気をつけて行って下さい」

と送り出していた。春子のうしろから一緒に見送っていた信子は、

「あら、旦那さまはどこかにご旅行なんですか?」

と、わざと訊いた。

「ええ、水戸までね。学校の研究会ですって、講師を頼まれたんですよ」

と、いくらか誇らしげに云っている。

達也はじろりと信子に眼を走らせ、よけいなことを訊くなと云いたげな顔つきをした。

そのままそそくさと格子戸をあけて出て行ったが、すりガラスに彼の影が消え、足音も遠ざかった。春子も昼近く、いそいそと出掛け、夕方晴れやかな顔で帰ってきた。

翌朝、信子は、春子に山のように出された洗濯ものの作業にとりかかった。今朝は、その洗濯が少しも苦にならなかった。

信子は、今日も春子が外出してくれればと思っている。でなければこちらの計画が実行できないかもしれない。

都合のいいことに、午後一時ごろ、春子が父兄会があると云って、長男の中学坊主の学校へ出かけることになった。父兄会なら帰りも夕方近くになるであろう。信子は春子の支度を、特に入念に手伝ってやった。春子はそういう会合の場所には必ず洋服で出かける。自分では似合うと思っているのだが、身体は瘦《や》せて背も低いし、ただ趣味の悪いのだけが目立つ。

春子がいそいそとして出て行ったあと、家の中はしんと静かになった。信子は老人部屋に行ったが、老婆はうたた寝をしている。陽の当る所へ出ないせいか、顔色はいつも悪い。今も、その妙に黄ばんだような顔色で炬燵《こたつ》に寄りかかり睡りこけている。

健三郎が外から帰ってきた。信子は、今日は特に彼のため入念にプリンを造ってやった。

健三郎は、一昨日の火事騒ぎになりかかった悪戯を、信子が云いつけなかったため、彼女にはやや好意的に変っていた。子供心にも感謝しているのかもしれない。だが、気まぐれなこの子のことだから、いつまでそれがつづくか分らなかった。

信子は、プリンを食べている子供の前に坐り、普通のマッチ函から軸を取って耳の中を掻きはじめた。

「ああ、気持がいいわ」

と、わざと何度もつぶやいた。果して健三郎がそれを不思議そうに眺め、

「マッチのほうが気持がいいのかい？　うちに耳掻きがあるよ」

と好意のあるところをみせた。

「いいえ、坊ちゃま、耳掻きなんかより、このマッチの頭で掻くほうがずっと気持がいいんですよ」

と、信子はなおも眼を細めてうっとりした表情をつくった。

「そうかい。うちのお婆ちゃまはよく耳を掻くけど、マッチの棒を教えてやろうかな」

と云った。信子は、しめた、と思った。

「マッチの棒といえば、坊ちゃま、昨日火を点けた、あのマッチはもう棄ててしまったでしょうね？」

健三郎はしばらくもじもじしていたが、

「ううん、まだあるよ」

と、照れ臭そうに云った。この子があのアメリカ製の黄燐《おうりん》マッチを隠していることは信子も知っている。知っているからこそ、この計画ができたのだ。

「そう。それなら、もうあんなおイタはしませんね？」

「うん」

健三郎は素直にうなずいた。

「偉いわ。そんな危ないことをするよりも、お婆ちゃまの耳でも掻いてあげたほうがよっぽどお喜びになるわ」

「うん」

「坊ちゃま、お婆ちゃま好きでしょう？」

「あんまり好きじゃないけど……」

「あら、それはいけないわ。坊ちゃま、赤ん坊のとき、ずいぶんお婆ちゃまに大事にされたでしょう。だから、お婆ちゃまの気持のいいことをしてあげないといけないわ。そうなすったら、お婆ちゃまもどんなにお喜びになるか分らないわ」

信子はそう話しながら、片時もマッチの軸で耳を掻くことを忘れなかった。

健三郎はプリンを食べ終って部屋を出て行った。果して信子の暗示が効いたかどうか、彼女は台所に入ってから子供の様子をそれとなく気をつけてみた。すると、小さな足音が廊下の向うへ消えてゆく。廊下の外れが、老婆のいる四畳半の隠居部屋だった。

信子は、そのあとを追わないで、庭に降りて竹箒《たけぼうき》を持ち、老人部屋のまわりの庭を掃除するようなふりをして近づいた。そこは障子が閉まっているので、中の様子は分らない。だが、健三郎の声がはっきり聞えていた。

「おばあちゃま、耳が痒《かゆ》くないかい」

うたた寝から眼が醒めたらしい祖母は、

「ああ、今はいいよ」

と断った。信子は竹箒の柄を持って佇《たたず》み、全身を耳にしていた。

「でも、少しは痒いんだろう？」

「どうしてそんなことを訊くんだえ？」

「おばあちゃま、耳が痒かったら、ぼく、掻いてやろうかと思ってるんだ。ほら、マッチの軸でやると、耳掻きよりも気持がいいぜ」

「そうかい。健三郎にしては珍しいことを云うねえ。よしよし、それでは耳を掻いてもらおうかな」

うたた寝から醒めた老婆は機嫌がいい。そこに孫の珍しい申し出なので、すっかり喜んでいるようだった。

健三郎は勇んで祖母の横に近づいたらしい。

「どう、おばあちゃま？」

あのマッチの棒を耳の中に入れて掻いているらしい。

「ああ、気持がいいよ。おや、健三郎、あんまり耳の奥のほうへ入れないでおくれ。そこは鼓膜というものがあってね。それを破るとえらいことになるから。ああ、痛っ。おまえ、あまり奥のほうに入れすぎるよ」

「このくらいでいい？」

「ああ、その辺だな。……ほんとに気持がええ。健三郎は上手だな」

信子には、老婆が炬燵に凭《よ》りかかって気持よさそうに顔を傾けている様子が眼に見えるようだった。健三郎がその横に立ち、老婆の耳の中で例のマッチ棒をこすっているにちがいない。いつの間にか箒の柄を握った信子の手は汗ばんでいた。全身が硬直し、心臓がどきどきと搏《う》った。今にも眼の前に大きな閃光が真白く炸裂《さくれつ》するような気持だった。

彼女は地面を見ていた。落ちた葉っぱの上に蟻《あり》が五、六匹匍《は》っている。その黒い蟻の一つが白いものを運んでいた。行儀正しい行列だ。葉がそのたびに少しずつ震えるように動く。

「うわあ」

突然、悲鳴とも何ともつかない絶叫が障子の中から聞えた。同時に障子も白く光った。

信子は箒を棄て、裏口から回り、廊下に上って老人部屋に行った。心臓が苦しいくらいに速くなっている。膝頭から力が抜け、がくがくして脚がよく動かなかった。

「うおう、うおう」

けものの咆《ほ》え声ともつかないものが部屋の内から聞えた。信子が障子をあけた途端に、健三郎が彼女に突き当るように飛び出し、そのまま駆け去った。老婆は片耳を押え、畳の上を転がり回っていた。

5

信子は、畳に転がりまわっている老婆の傍により添って、耳を押えている手を放そうとした。

だが、老婆はその手を固くしている。苦痛で顔がくしゃくしゃに歪《ゆが》んでいた。

「どうしたんですか、お婆ちゃま？」

老婆は返事もできないでいる。しかし、指の間から見えている耳朶《みみたぶ》は別に色も変っていないし、耳の中から煙も上っていなかった。

老婆は片耳を手で塞《ふさ》いだまま、死にそうな声を出している。その声も獣の呻《うめ》きのようだった。

「お婆ちゃま、今すぐお医者を呼びますからね」

信子は、座敷を駆け出した。さすがに、クスリが効きすぎたかなと思ったが、これから起るこの家の騒動を考えると心臓が鳴った。まさか、マッチの発火ぐらいでは、耳の中が焼け爛《ただ》れることはあるまい。

信子は電話機に走った。春子が留守なので、かかりつけの医者の名前が分らない。健三郎はその辺にいなかった。思わぬ事故に恐怖して、逃走している。

結局、信子は、一一九番に電話をした。

「どんな病人ですか？」

先方の男の声は詳しく質問し、すぐに消防署から救急車を出すと云った。信子はこの家の道順を教えた。

隠居部屋に行くと、老婆は蚤《のみ》のように頭を畳にすりつけ、尻をふりながら、耳を蔽《おお》っていた。信子はその背中に手をかけて、

「お婆ちゃま、今すぐ病院に行く車が来ますからね」

と、大きな声で励ました。

「痛い、痛い、痛い」

老婆は声を振りしぼった。

「本当に困りましたね。坊ちゃんの悪戯《いたずら》にも程があるわ。こんなとき、奥さまでもいらしたらいいんだけど……お婆ちゃま、もう少しの辛抱ですからね」

「痛い、ああ、痛い」

信子が老婆の背中をさすっていると、やがてサイレンの音が聞えて来た。

「ほら、来ましたよ、救急車が迎えにきました。もう、大丈夫ですよ」

信子が玄関に走って行くと、格子戸をがらりと開けて白い服を着た大きな男が入って来た。

「電話のあった怪我人はお宅ですか？」

男はぶっきら棒に訊いた。

「どうもお手間をかけて申し訳ございません。なにしろ年寄りなものですから」

「耳の中を火傷《やけど》したんですって？」

「はい。マッチの軸で耳垢《みみあか》をとっていたら、突然、発火したんです」

「そりゃ、危ないな。鼓膜でも飛んでいるかも分らないな」

「え？」

信子は、どきっとした。そこまでは考えていなかった。マッチだから軽い火傷程度だと考えていたのだ。それでも年寄りだから、大げさに泣き喚《わめ》くだろうから、一家が大騒ぎになる。信子の狙いはそこにあったのだが、鼓膜のことまで考え及ばなかった。

「怪我人はどこですか？」

「奥の隠居部屋ですわ」

「庭から運び出せますか？」

「はい」

「そいじゃ、担架を持って来ましょう。あなたは奥さんですか？」

「違います。わたくしは家政婦ですわ。奥さまも旦那さまもちょうどお出掛けなので、わたくし一人で、どうしていいか困っているのです」

「旅行ですか」

「旦那さまは旅行ですが、奥さまは坊ちゃまの学校の父兄会に行ってらっしゃいます」

「その学校が分っているなら、すぐ奥さんに電話して下さい」

信子は慌《あわただ》しく引き返して電話帳を繰ったが、気がせいているので、その学校の名前が容易に発見できなかった。

庭から入った救護員は、老婆を部屋の窓から出して担架に乗せたらしい。うおう、うおう、という老婆の唸《うな》り声が門のほうへ運ばれていた。

信子はやっと探し当てた電話帳の番号で学校にダイヤルを回した。先方は出たが、取次ぎに暇がかかった。

春子は電話口で何というだろうか。信子がうずうずして待っていると、

「もしもし、わたしですけれど……信子さん？」

と、取乱した声が聞えた。

「はい、そうです。奥さま、済みませんが、すぐお帰りになって下さい。お婆ちゃまが大変なんです」

「大変って、どうしたの？」

春子は上ずった声だった。

「何ですか、下の坊ちゃまがマッチの軸でお婆ちゃまの耳を掃除されていると、それが急に発火したんです」

「健三郎が？」

晴子の声が途切れたのは、瞬間、息を呑んだからだろう。

「で、どうしているの、今？」

「はい、救急車に来て頂いて、いま、病院に連れて行ってもらってます」

「救急車？　まあ」

春子は、救急車を呼んだということで、事の重大さを察したらしい。

「とにかく、すぐ帰ります」

春子はあわてた調子で短く云い、電話を切った。信子は思わずニヤリとした。

電話が切れたところに、玄関からさっきの救護員がまた入ってきた。

「今から怪我人をつれて行きますが、どなたか一緒に来てもらわないと困りますがね」

と、つっけんどんに云った。

「はい。いま奥さまに電話で連絡が取れましたから、すぐに戻ってこられると思います。あの、お婆ちゃまの病院はどこでしょうか？」

「そんなことは分りませんよ。なるべく近くの指定病院につれて行きたいんですが、医者が留守だとか、手術中だとかいうときには、別の病院を探さなければなりません。ですから、誰か付き添ってもらわないと困ります」

「困ったわ。どうしたらいいでしょう？」

「奥さんは、どのくらいしたら戻ってきますか？」

「やっぱり三十分ぐらいはかかるでしょう」

「それまで待っていられないな。じゃ先に怪我人をかつぎ込んで、あとで病院の名前を連絡するから、すぐ来てください」

「分りました。……あの、お婆ちゃまの様子はどうですか？」

「耳の中が相当な火傷です。やっぱり鼓膜の奥までやられていますね」

信子は心臓がどきどきしたが、最初聞いたときよりも、いくらかおどろきが少なかった。

救急車が景気よくサイレンを鳴らして出発したあと、しばらくして、春子がタクシーで帰ってきた。めったにタクシーを使わない女だが、さすがにあわてている。

「信子さん、信子さん」

と玄関にとび込むなり春子が甲高《かんだか》く呼んだ。信子が出てみると、春子は上りもしないで蒼い顔で立っている。

「一体、どうしたの、あんた？」

「はい……なんですか、突然、下の坊ちゃまが隠居部屋を飛び出してゆかれたので、心配になって様子を見に行ったところ、お婆ちゃまが耳を押えて苦しがっておられたのです」

「マッチ棒を耳にこするだけで火が出るものかしら？」

春子は疑問を眼に泛《うか》べたが、信子はそれが、何にでも当てると火の出るアメリカ製のマッチだとは云わなかった。これは伏せておいたほうがいい。あとで自然に分ることだ。

「いま救急車で行かれましたが、救護員の方が三十分ばかりしたらお電話くださるそうです」

病院が分らないということを手短かに春子に話した。春子は、それで、はじめて玄関を上ってきたが、坐りもせず、持っていたハンドバッグを畳の上に抛《ほう》り出し、とにかく隠居部屋を調べに行った。

信子も春子のうしろに従ったが、蒲団は乱れ、湯呑もひっくり返っている。春子は、そこに落ちていたマッチの軸を見つけて拾い上げ、手でつまんで焼けたところをためつすがめつ見ていた。畳に眼を落したが、むろんそこは一カ所も焦げていない。

「健三郎はこれでお婆ちゃまの耳を掻いていたの？」

「はい」

「あんた、それを見ていたの？」

信子は、はっとしたが、

「その軸が落ちていましたし、お婆ちゃまが耳を押えていらしたので、多分そうではないかと思ったのです。はい。それに、救護員の方も、お婆ちゃまは鼓膜の奥まで焼けていると云ってらっしゃいました」

「健三郎はどこに居ます？」

「どこかにお出かけのようでした」

「困ったわ」

と、春子は困惑してこめかみを揉《も》んだ。

「奥さま、旦那さまにお電話されたらいかがでしょうか？」

信子は入れ知恵した。

「そうね……水戸だったわね。あんた水戸の××大学の電話番号を電話で聞いて、すぐに申し込んでくださいよ」

「はい分りました」

信子はまた電話機のところへ来て、市外電話の番号を訊いた。それからすぐに水戸に電話したが、これは東京からダイヤルで直通になっている。

学校が出たので、信子はうしろから来た春子に受話器を渡した。自分は春子の背後にじっと立って様子に耳を傾けていた。

「あの、恐れ入りますが、こちらは稲村達也の家内でございますが、稲村が昨日からそちらの研究会に講師として行ってるはずです。少し急用ができましたので、お呼び出し願えませんでしょうか」

春子は教授の妻らしい上品な声を出している。

「稲村さん？　どちらの稲村さんですか？」

向うはゆっくりと春子の耳に云った。

「××大学の稲村です」

春子は不満だった。稲村といえば、相当世間に聞えた学者だと信じているし、殊にその学校の研究会に行っているのだ。彼女は電話の相手が何も知らない学校の小使かと考えた。

「待って下さい」

相手の声は、そのあとから同僚にでも訊いているらしく、

「おい、××大学の稲村さんがうちの研究会に来てることになってるかい？」

「知らないな」

という声も電話にはっきりと入った。

春子は、じりじりした。

「昨日も今日も何も無いはずだし、稲村さんを呼んだこともないね」

そんなはずはない。誰かもっと分る人に出てもらいたい。

「もしもし」

と、先方の声がまた近く大きく聞えた。

「こちらには、稲村先生に来ていただくような研究会はないのですがね。何かのお間違いじゃないでしょうか」

信子は、うしろでじっと聞いている。——

春子は、いいえ、そんなことはありませんよ、はっきりそちらに研究会があるといって、昨朝早く家を出たのですから、と頻りに強く主張していた。

だが、その声は次第に弱まって、遂に、

「もし、そちらに稲村から連絡がありましたら、至急に東京の家に帰ってくるか、電話をするかしてくれるようにおことづけ願います」

と頼んで、春子は電話を切った。

春子は浮かない顔をしている。さすがに夫の一昨夜の言葉に疑問をもったようだった。しかし、水戸の大学が何かの手違いで夫のことをよく知っていないのだという考えも残っているらしい。

「信子さん、主人から電話があったら、いま云ったようなわけですから頼みますよ」

春子は険《けわ》しい顔で云うと、畳の上に転がっていたハンドバッグを取りあげた。

途端に電話のベルが鳴った。春子は受話器を素早くとったが、それは、救急車の人が病院の名前を教えたらしかった。

「本当にこんなときに、わたしひとりでどうしたらいいか分んないわ」

春子は、姑の怪我の心配よりも、ひとりで天手古舞《てんてこまい》をしなければならない自分の立場に腹を立てていた。

「奥さま。あの、病院はどちらでしょうか?」

「××町の梅沢病院というんです。わたしはこれからそこに行きますからね。あとをお願いしますよ」

「はい。あの、今夜は奥さまはお帰りにならないでしょうか?」

「帰りますよ。帰らないと家の中がどうにもならないわ。晩の支度は、あんたがいいようにしておいて下さい」

「本当に、大変でございますね」

信子は同情した。

「嫌になっちゃうわ。お婆ちゃん、何だってマッチなんかで健三郎に耳を掻かせたのでしょう?」

春子はこんな世話を焼かせる姑に、眼を怒らせていた。

春子が出て行くと、家の中は急に静かになった。信子は台所に来ると、懐ろから煙草を取出して一本に火を点けた。このマッチは普通のものだ。彼女は心ゆくまで煙を吸い込んだ。

何も知らない稲村達也は、今ごろ熱海か伊東かの旅館に好きな女とのうのうと納まっているに違いなかった。春子は水戸に電話をしてその大学に行っていないことを知ったが、春子もまさかそこまでは想像がつくまい。電話を切ったあと、不審げな顔つきはしていたが、あまり激情もみせなかったところを見ると、夫に女のあることには気がつかないようである。信子は、あのむっつりとした達也が、うるさい女房を完全に騙《だま》しおおせていると思うと、愉快になった。

一時間経って、病院に行っている春子から電話がかかってきた。

「信子さん、主人から連絡はありませんか？」

「いいえ、まだ、ございませんけれど……」

「困ったわね」

「お婆ちゃまのごようす、いかがですか？」

「ええ、やっぱり鼓膜が駄目なんですって、火傷《ひ》のほうは大したことはないのですけれど、なにしろ年寄りですからね。そこから内科的な病気を惹き起すおそれもあるんですって」

「それは大変でございますね。奥さまはずっと病院ですか?」

「少し落着いたら帰るつもりです。信子さん、子供たちの晩御飯のことはお願いしますよ。それから、主人から連絡があったら、すぐに報らせて下さい」

「分りました。奥さま、ほんとうにお気の毒ですわ。お婆ちゃまを、どうぞお大事に」

信子は電話を切って残りの煙草を吸った。

火傷が大したことはなかったというのは、信子も安心である。あんまり被害が大きいと、こちらもうしろめたい。彼女の目的は、この家に波瀾《はらん》を起せば、それでいいのだ。もっと端的に云えば、春子に心理的な打撃を与えれば、彼女の仕返しは済むわけなのだ。

玄関でベルが鳴った。

信子が出ると、電報配達が黙って立っている。

「稲村春子さんというのはこちらですか?」

「はい、そうです」

「電報です」

配達人は信子をじろりと見て帰って行った。

信子は、その電報の発信局が水戸になっていることを知った。達也からだ。

彼女は中を開いた。

「イナムラセンセイノキキヨウ一ニチノビル　ダイガクカンジ」

稲村が予定を一日延ばしたのだ。だがこの電報の発信局が水戸になっているのはおかしい。

信子は、あの手紙でたしかに女が東京駅の十二番線で待っていると書いてあったのを知っているので、湘南方面だと思っていた。現に水戸に電話をしても稲村は大学に行っていない。

すると、この電報の発信人に名前が書いてなく、ただ大学の幹事と書いてあるのが臭いと思った。稲村は発信局がほかの土地では怪しまれるので、水戸に在住している誰かに頼み、その電報を打たせたのではあるまいか、と信子は考えた。

してみると、達也ははじめから二晩泊りで出かけるつもりだったのだ。しかし、研究会が二日もつづくことはありえないから、途中で何かの都合が起って、もう一日滞在するということにしたのであろう。

信子は、この電報のことを春子に報らせるべきかどうかを思案した。

6

春子はまだ家に帰って来そうもなかった。いくら留守が気にかかっても姑の重傷だから、すぐに帰るわけにはいくまい。

信子は、電報の処置はあと回しとして、稲村達也がどういう女を密《ひそ》かに愛人として持っているのか興味を起した。おそらく、春子とは逆な顔つきと性格をもった女にちがいない。男は永年つれ添った女房とは反対の女を求めがちである。それは、女房に対する不満を、そのことによって満たしたい男の願望からでもあった。

春子は痩せた女だ。それに気取っているし、体裁ばかりとりつくろっている。吝嗇《けち》なことは人一倍だ。

達也の愛人は、まる顔の、豊かな身体つきの女にちがいない。もちろん、年は春子より若いに決っている。春子の似非《えせ》貴族趣味と違い、庶民的で、正直で、男に対して痒いところに手の届くような世話女房型であろう。

大学教授という限られた交際範囲の稲村達也が、そういう女にどこで接触し得たであろうか。教授たちは普通の会社員と違って、あまり遊ぶ自由はなさそうに思える。バーの女給や芸者などということは考えられなかった。

信子は、この前、女から来た手紙の中身をそっと見たものだ。筆蹟は相当にしっかりしていた。かなりの教養を持っているとも思えるが、その職業についてはまだ判断がつかなかった。

あんな手紙が来る以上、達也は今まで女から来た手紙をどこか春子の眼のふれないところに隠しているのではなかろうか。そんな考えが持ち上ると、信子の頭にすぐ二階の達也の書斎が泛んだ。

春子が、この部屋だけは主人がむずかしい勉強や研究をしている所だから、掃除のときも一切手をふれてはならない、と偉そうに宣言した。あの書斎が怪しい。

信子は、ハタキと箒《ほうき》とを持って二階に上った。これは万一見咎められたとき、書斎を掃除しにきたという言訳の用意である。

信子はそっと書斎をあけた。最初、この家に来たとき春子に見せられた書棚や机が、さまざまな本をいっぱい載せて再び彼女の眼に飛び込んできた。小むずかしそうな本ばかりだ。その標題を見てもほとんど横文字で、何の本やらさっぱり見当がつかない。ずいぶん分厚い本がある。本棚には、同じ体裁の、大型の厚い本がずらりとならんでいる。羊革のいかめしい装幀《そうてい》だったが、かなり古く愛蔵しているらしく、その革が飴色《あめいろ》になっていた。背中の金文字も剝げかかっている。

そのほか大小の本が溢《あふ》れるように置かれ、書棚からも、机からもはみ出したものは、きちんと床に積み上げられてある。

信子は、もし、稲村達也が女からの手紙を隠しているとすると、どういう場所だろうかと思った。机は引出しが片方に五つぐらい付き、また別な机がそれにくっ付けられ、これにも引出しが五つぐらいある。まん中の大きな引出しは二つ並んでいる。

こんな所に女の手紙を隠すはずはなかった。春子のことだから平気で引出しぐらいはあけるだろう。すると、彼女が発見のできにくいこれらの夥しい本の間がおかしい。信子はじろじろと一冊一冊の本の厚みを眺めたが、手紙を挿んでいるようなふくらみはどこにもなかった。

耳を澄ますと、階下《した》は静まり返っている。春子はもとより、子供も学校から戻っていないのだ。健三郎は、あの事故ですっかり怖れをなし、今日は暗くならないと帰らないかもしれない。憎たらしい子をそこまで追い込んだのは痛快だった。今夜は春子にこっぴどく叱られるにちがいない。

春子は、老婆の付き添いをしたり、彼女の虚栄が発揮できる子供のＰＴＡの会からは途中退席しなければならなくなったりした上、夫の達也が戻ってこないとなると、ヒスを起すにちがいないのだ。

信子は片手にハタキの柄を握り、まず、机の上の本からばらばらと繰ってみた。中身は小さな英字がびっしりと詰っている。

書きかけの原稿らしいものがあった。その下をめくってみたが、もちろん、何も隠されていない。

達也の本棚は、机のうしろと、さらにそのうしろと二つある。本棚の上にも本が積み上げられてあるが、そこはちょっと手が届かない。だが、信子の眼は、その高い所に積まれた本の山に止まった。

信子は脚立《きゃたつ》を持ってきた。これは低いのが部屋の片隅に置かれてある。長身の達也でも、これを利用しなければ本棚の最上部までは手が届かないのである。この面倒さが彼の狙いではあるまいか。そこまでは春子の手が届かないという安心感があろう。

信子は、その脚立の上にあがった。それでも天井近くまである大きな本箱の最上部までは爪先を伸ばさないと手が伸びなかった。

彼女は、積み上げられた本の小山の列を一つずつ当ってみた。爪先を立てての作業だから、きちんと本を手に取ることができない。それに重い本ばかりだから、つい、手先が狂った。一つの本を抜き出そうとしたとき、不安定な積み方のため、たちまち床に四、五冊崩れ落ちた。

本は床の上で半開きになったり、両開きになったりしたが、そこに四、五通の封筒が散乱したのを見たとき、彼女は歓びに震えた。案の定、本が秘密の手紙の隠し場所になっている。

信子はそれらの手紙を拾い上げた。全部で五通ある。いずれも同じ茶色の封筒が使われていて、裏には「大東商事株式会社業務部」と印刷されてある。彼女が前に受取った速達の封筒と同じだった。

信子は、その一通を開いた。

「この前は愉しかったわ。とても愉しくて、あれから帰ったけれど、興奮してしばらく睡れなかったわ……」

いきなり、そんな文句が眼に飛び込んだ。読んでいる信子のほうが呼吸《いき》を荒くした。五通の手紙とも、そんな調子で達也に愛情をぶち撒《ま》けている。少しも抑制のない文章なので、女のナマの体臭が匂っている。

信子は、その文章を入念に読んだ末、その女が新宿あたりのバーの女給であると見当がついた。新宿だというのは、女が店に出る前達也と逢ったあと、車で送られたところが二幸前だと文句にあるからだ。してみると、達也は学校を四時ごろに退《ひ》いて、女と一ときの逢瀬《おうせ》をどこかの旅館で愉しみ、七時過ぎまでそこで過すらしい。

つまり、女はデートのあと何喰わぬ顔で店に出勤し、彼は彼で家に帰るという段取りだったのだ。富美代というのは本名なのか、それとも店で使っている名前かはっきりしない。だが、そこまでの仲だったら、本名に間違いないだろう。

さて、店の名前だが、これは全然書かれていない。ただ、

「ママはひどくわたしを信用しているから、店に来ても二人の仲を気づかれないようにしてね」

とか、

「近ごろ、稲村さんがしばらくお見えにならないが、どうしたのかしら、とママはわたしに意味ありげに訊いていたわ。少しは勘づかれたのかもしれないわ。でも、一条《いちじよう》さんだけは相変らず遊びに来るわ。あなたの仲間だけど、彼はまだ何も知らないようよ。あ

なたもよっぽど巧く一条さんには隠しているのね」

という文句がある。

一条というのは達也の遊び仲間らしいが、やはり同業で、どこかの学校の教授かもしれない。

信子は、ここにヒントがあると思った。一条などと公卿《くげ》さんみたいな名前は世間にめったにある姓ではない。もし、この人がどこかの学校の教師なら、その名前だけで見当がつくはずだ。

信子は、その手紙を全部自分の懐《ふとこ》ろの中に入れた。それから、床の上に散らかっていた本を抱えて脚立の上にあがり、元通りの位置に置いた。

しかし、いい加減な置き方だから、達也が見たら、誰かにいじられていることはすぐに分るであろう。

だが、達也はそれを表立って問題にすることはできないはずだ。妻の春子に秘密にしている手紙が盗まれたからといって彼は騒ぐことはできない。それは春子がこっそり見つけて隠したのかもしれないという不安があるからだ。

信子は階下に降りたが、まだ誰も帰っていなかった。彼女は達也の勤め先の学校に電話をした。出てきた交換台に、

「一条先生をお願いしたいのですが」

と云った。

「一条先生？　そんな方はこの学校にはいらっしゃいませんよ」

と、交換台では答えた。

「あら、そちらの学校の先生ではございませんでしたの？」

信子はあわてないでゆっくりと云った。

「それでは恐れ入りますが、一条先生のお勤め先の学校を教えていただけないでしょうか」

「あなたは？」

「わたくしは稲村先生の知り合いの者でございますが、一条先生が稲村先生のご友人なので、稲村先生のことで連絡したいのですが」

稲村教授の名前を出したので、交換台はすぐに事務当局につないでくれた。

「稲村先生のお知り合いですって？」

声の太い男が半分興味ありげに訊いた。多分、女の声なので、バーか何かの関係筋だと思ったのかもしれない。

「そうなんでございます」

余計なことを訊いてくる。

「わたくしは相沢と申します」

さすがにそれ以上は先方も追及しなかった。まさか、どこのバーですか、とも訊けないだろう。

「一条先生はA大学の英文科にいらっしゃいます。電話番号をお教えしましょうか？」

「お願いします」

信子は、相手の親切過剰を喜んでメモした。だが、向うの厚意はそれだけではなかった。ついでに、一条教授は藤麿《ふじまろ》という名前であること、住所は世田谷区成城町××番地、電話は砧《きぬた》局のこれこれということまで付け加えてくれた。

「ありがとう存じます」

信子は、そのメモの紙片を四つに折って帯の間に挿んだ。

女中部屋に戻ってしばらく考えたが、懐ろの中の女の手紙だけは、自分のトランクの底に納めた。あとには電報が残っている。これはまだ春子に隠す決心にはなっていない。ためらわれるのは、これを春子に提出する最も効果的な機会を期待しているからであった。

春子が病院から戻ってきたのは、それから三十分ばかりしてからだった。

「信子さん、まだ主人から連絡がありませんか？」

彼女は額に皺《しわ》を立てていた。眼もきらきらと光って、相当険悪な状態になっている。

「いいえ、まだ何もございませんけれど」

――あとで電報を彼女に見せるとすれば、いま配達されたと云えばいいと思った。

「おかしいわね」

春子は座敷に横坐りになって、疲れたように片手を畳についていたが、心は達也の上にあるらしい。予定通りなら彼は午前中に帰京していなければならないのだ。また、そのことがあるので達也も一日延引の電報をわざわざ打って寄越したのである。

「変ね」

春子はこめかみを揉んでいる。

「あの、奥さま、お婆ちゃまの容態はいかがですか？」

信子は、いかにも仕事をしてきたように濡れた手を前掛で拭きながら、閾際《しきいぎわ》に膝をついた。

「思ったよりひどくはないわ」

「それはよろしゅうございました。奥さまもほっとなさいましたでしょう」

「それよりも、信子さん、健三郎はまだ帰りませんか？」

春子はてんで姑の怪我など心に置いていないようだった。

「はい、まだお帰りになりませんけれど」

「そう」

春子のこめかみには筋が浮いていた。

「わたしが出た間、どこからも電話が掛かってきませんでしたか？」

「はい、どこからも掛かって参りませんけれど」

春子は達也の友だちからでも何か連絡があったように期待しているようである。その友だちの中に一条教授が入っているかもしれない。

「ちょっと電話帳を持ってきて」

「はい」

春子は、分厚い電話帳をひっくり返して、ほうぼうを調べていたが、三、四の番号を書き抜いた。

それからダイヤルを回して次々と達也の消息を訊《たず》ねている。その中に一条の名前は出てこなかった。してみると、達也は一条との交遊を春子には知らせていないらしい。四軒の電話問合せはすべて徒労に終った。最後の電話を切ったあとの春子の表情は眼が吊り上り、完全にヒステリー症状を起している。

彼女はいらいらしながら電話機から離れ、座敷にぺたりと坐りこんだ。信子は腹の中で嗤《わら》いながら、気遣わしげに春子の横に坐った。

「奥さま、旦那さまはどうなすったんでございましょうか？」

こういうとき、できるだけ力になってあげたいという誠意を信子は顔いっぱいに見せた。だが、春子は不機嫌そうに黙って、眼を畳の一点に落したきりだった。

「本当に、旦那さまも早くお帰り下さるとよろしいんですけれど……もっとも、事情をご存じないから無理もございませんわ。でも、奥さま、旦那さまは間もなくお帰りでございましょうから、わたしが病院のほうに参っていましょうか？」

信子は、恐る恐る申し出た。

「そんな必要はないわ」

と春子はぴしゃりと云った。

「左様でございますか。でも、お婆ちゃまも病院でお一人では、心細くしていらっしゃいませんでしょうか？」

「いいのよ。放っといて」

と、春子は険しい声を出した。

「はい」

信子が、すごすごと退《さが》ろうとすると、

「河野さん」

と、春子はいつにない鋭い声で呼び止めた。

「はい」

信子は起ちかけた膝を下ろした。

「あなた、健三郎がお婆ちゃんの耳を、あの危ないアメリカ製のマッチでいじっていたのを、本当に知らなかったんですか？」

信子は、ぎくりとした。やはり、春子もそこに疑いを起したらしいのだ。

「いいえ、前に申し上げたように、わたしは存じません」

「でも、健三郎があのマッチをいじっていたのは知っていたでしょう？」

それを知らないといえば、かえって嘘になりそうなので、

「はい、実は申し訳ないことですが、こういう事故が起るとは存じませんので、奥さまに隠していたことがございます」

と、頭を畳につけた。

「どんなこと？」

険しい春子の声が彼女の頭の上から聞えた。

「いまだから申し上げますが、実は、坊ちゃまがあのアメリカ製のマッチの軸で火遊びをなさいまして、新聞紙に火を点《つ》けられたことがございます」

「え？」

春子はびっくりした。

「それは、いつのこと？」

「はい、一昨日でございます。ちょうど台所に行きますと、新聞紙が燃えていましたの

で、おどろいて水をかけて消しとめましたが、それが健三郎さまのお悪戯《いた》でございました。あのマッチは方々をちょっとこすっただけで火が出るものですから、坊ちゃまも面白がってらしたのでございましょう」

「河野さん、どうしてそれを早くわたしに云ってくれなかったの？」

「申し訳ございません。でも、お坊ちゃまが奥さまに叱られるのをひどく恐れていらっしゃるご様子なので、お可哀想になりまして、つい……」

春子は溜息をついた。

7

春子は畳の上に横坐りしたまま鬱《ふさ》ぎ込んでいた。

姑の事故と、夫の達也の所在不明とで気持が惑乱しているのだ。それが、そのまま彼女の乱れた恰好に現れていた。気取り屋の彼女にしては珍しい。

信子は、その姿をつくづくと見て何ともいえない満足感をおぼえた。日ごろ、高慢ちきで、お体裁屋で、陰口ばかりを利いているこの女がうちしおれているのを見て、ひそかな復讐感《ふくしゅうかん》に浸《ひた》った。しかし、これくらいのことではまだまだ満足はできない。

「あの、奥さま」

と、信子は気づかわしげにまた云ってみた。

「病院のほうが心配ですから、奥さまの代りに、わたしがお婆ちゃまを看《み》て参りましょうか？」

春子は顳顬《こめかみ》を揉んでいたが、さっきとは気が変ったらしく、

「そうね」

と考えて、

「じゃ、そうしてもらうわ」

と承諾を与えた。

「それでは、只今から参ります」

「あの、ちょっと……」

「はい」

「あんた、あんまり、お婆ちゃんを甘やかしては駄目ですよ。わたしが行くと、わがままは出ないけれど、あんたが行けばきっと気ままを云うに違いありませんからね。一々、年寄りの甘ったれを聞いていたら際限《きり》がありませんよ」

「はい」

「お婆ちゃんは、あれで病院に入って喜んでいるのかもしれないわよ。家にいれば窮屈だけど、あそこだと病人という特権で、やれ果物を買ってくれとか、お菓子が欲しいとか、云い出すに決ってるわ。そんなのを全部きいていては小遣いがたまりませんからね。

それでなくても入院費が大変だわ。分りましたね？」

「はい」

信子は大急ぎで女中部屋に入って着更えの支度をした。すると、懐ろからぽとりと例の電報が落ちた。彼女はそれを着更えた着物の懐ろの中に押し込んだ。

春子の吝《けち》ん坊もあきれたものだ。入院した姑の菓子代まで惜しがっている。もっとも、春子は春子なりに姑の災難に快感を覚えているのかもしれない。この分では、末っ子の健三郎もあまり母親に叱られないで済むだろう。

「では、行って参ります」

信子が指を突いて挨拶すると、

「あら、あんた、そんなよそ行きの支度をすることはないわよ」

と、びっくりしたように咎《とが》めた。

「はい。でも、病院ですから、あんまり見苦しい恰好ですと、こちらさまの体面にもかかわると思いまして……」

「平気よ。こんな際ですもの。どんな恰好をしていても構わないわ」

春子は、家政婦がこの際とばかり油を売るくらいに邪推しているのだった。確かに、信子の気持の中には、そういう息抜きのつもりもないではなかった。何から何までこまかく気の回る主婦である。

「まあ、いいわ。せっかく着更えたんですもの……。それから、あんまり用事がないようだったら、すぐにここに帰って来てちょうだい。家《うち》だって忙しいんですからね」

「はい、よく分っております」

「じゃ、電車賃」

と、春子は財布から三十円のバラ銭を投げ出した。

信子は玄関の下駄箱の上の、春子が自慢気に置いている投入れの花瓶の横に、例の電報をそっと置いた。

電報配達は、一声かけただけで電報を投げ入れて行くことが多いので、その声が家の中に聞えないこともある。春子はいずれあとでこれを見つけて、おや、いつ来たんだろうぐらいにしか思うまい。

その電報から、春子の錯乱が余計に拡大していくと思うと、信子は心愉《たの》しくなってきた。彼女は舌を出した。

病院は都電に乗って三十分ばかりのところだった。片道十五円、春子はかっきり往復分の電車賃しか出していない。

働いている家から何日ぶりかに遠出をするのは、やはり気分が変っていい。信子は窓に向いて坐り、沿道の家が流れて行くのを子供のように喜んだ。いろいろな商店が次々と変ってくる。夕昏《ゆうぐ》れどきなので、肉屋や、魚屋、八百屋の前には、買物籠を提げた女たちが立っていた。どこにも家庭という生活の匂いがある。

信子は、家庭を持たない自分の身にひき比べ、羨ましいとも嫉《ねた》ましいとも云いようのない気持になった。

しかし、その家庭は、ちょっと指先で押せばがたがたに崩れそうな弱さを持っている。たとえば、いま働いている稲村教授の家だ。世間には学者の家庭として学問的な雰囲気に包まれた、ゆるぎのないものに映っているであろう。だが、それすら自分の口先一つでどうにでもなるような脆弱《ぜいじゃく》さを持っている。

(面倒臭い家庭なんかこりごりだわ。独りのほうがどれだけ気楽だかしれないわ)

家政婦の寄宿舎では、お互い、そんなことをよく云い合う。よその家庭をのぞいて帰ってくる女たちだけに、その意見には具体性と実感とがこもっていた。だが、この意識の中には、そんな脆《もろ》さを持っている家庭を羨む気持が根を張っているのだった。

要するに、彼女たちは働いている家庭から見ればよそ者である。その家庭の雑務にこき使われるための便利さで傭《やと》われているだけだが、主婦が猫のように甘い声を出そうとも、いざとなれば、その家庭の中には一歩も近づけないよそ者扱いであった。

しかし、そういう家庭を彼女たちは持ちたい。なぜなら、彼女たちの多くは曾《かつ》て築いた自分の家庭からの追放者か、破壊者であった。

病室をのぞくと、老婆は頭から耳にかけて真白い繃帯《ほうたい》に包まれて横たわっていた。あの四畳半の暗い間にうごめいているときよりも、この姿のほうがはるかに新鮮で若返って見えた。

「お婆ちゃま、いかがですか、大変な目に遭いましたね」

信子は猫撫で声を出して老婆の顔をさしのぞいた。

「やっとあんたが来てくれたね」

と、老婆は気息奄々《えんえん》といった口調で鈍《にぶ》い眼をあげた。

「やっぱりあんたでないといけませんよ。春子がさっき来ていたが、あれは世間体を考えてのことで、親身はありませんからね。ろくにわたしの傍にもいませんでしたよ」

老婆は早速愬《うった》えた。

「奥さまもお一人でお忙しくていらっしゃいますからね」

「達也はまだ帰りませんか？」

「まだ出張からお戻りになっていません」

「やれやれ、あの子も不孝者ですよ。わたしがこんなえらい目に遭わされているのに、知らないでいますからね。……ねえ信子さん。あんたによく云っていたでしょう。わたしが死ぬときは、春子に身体の始末をつけてもらおうとは思いませんよ。あんた方のほうがよっぽど親切で、世話が行届きます」

「まあまあ、お婆ちゃま、そう気弱いことをおっしゃるもんじゃありません。耳はひどく痛みますか？」

「先ほどまで疼《うず》いていましたが、今は注射で痛みを抑えてもらっています」

「そりゃ結構ですね」

「ねえ、信子さん。あんた、ずっとここに居てくれるんでしょうね？」

「わたしはそうしたいんですが、奥さまに許可を戴かないと……」

「やれやれ。春子はさっきも云ってました。ここは完全看護だから家族の者はあまり入れないので、お婆ちゃん、気ままなことは云わないでください、と釘《くぎ》を差していました。完全看護だか何だか知りませんが、結局は他人の世話ですからね。春子はそれをいいことにして、厄介者のわたしから遠ざかる魂胆ですよ。でも、信子さん、できるだけ春子にそう云って、わたしの傍に付いていてくださいね」

「分りました」

「わたしは少しお小遣いを溜めています。春子が出し渋ったら、わたしが代りにお給金を上げてもいいですよ」

「お婆ちゃま、まあ、そんなことはおっしゃらないで、ここに入ったら、何も考えないで治療を受けてください。……何か欲しいものはありませんか？」

「そうですね、果物があったら、食べたいんですけどね」

「じゃ、あとでわたしが買ってきてあげますわ」

「やれやれ。春子はそんなことは一口も云いませんでしたよ。あの女はまるで鬼ですね。お義理にでも欲しいものはないかと云いそうなもんだが、そんな心遣いは全くしないのですよ。そのくせ自分では何をやってるのか……。達也の給料を勝手に使って、さぞかし欲しいものをふんだんに食ったり、どこかの男にやっているにちがいありません」

「じゃ、お婆ちゃま、じっとしてらっしゃい。またあとで来ますからね」

信子は病院の外に出た。この辺は商店がいくつも並んでいる。彼女は煙草屋の店先の電話に歩みより、一条藤麿の電話番号控えを懐ろからとり出した。

それから、財布から十円玉をゆっくりと穴に落した。

「こちらは一条でございますが」

と、若やいだ声が聞えた。女房だか女中だか見当がつかない。

「ご主人はいらっしゃいますか？　わたくしは稲村の代理の者ですが」

信子は上品な春子の口真似をした。

しばらくすると、もしもし、という野太い声が伝わってきた。

「一条先生でいらっしゃいますか？」

「そうです」

「実は、先生に、内密にお願いしたいことがございますが……」

「はあ、あなたは稲村君の？」

「はい、代理と申しましたけれど、ちょっと事情がございます。実は、わたくしは稲村家に働いている家政婦ですが、こちらのお婆ちゃまがお孫さんのおいたで耳に火傷をし、梅沢病院に入院されているのでございます」

「えっ」

受話器には一条のおどろきの声が洩《も》れた。

「ついては、奥さまは稲村先生が水戸の研究会に出ていらっしゃるものとお信じになって、いろいろ連絡されているのですが、向うさまではその予定はないと云われて、奥さまも当惑なすっていらっしゃいます」

「………」

一条が黙っているのは、彼にその心当りがあるからだ。おそらく、一条の胸にはぎくりと来たにちがいない。

「つきましては、わたくしの一存ですが先生にぜひお目にかかってご相談申し上げたいことがございます」

「どういう相談ですか？」

と、一条は用心深い声を出した。

「いえ、それは稲村先生の行先でございます。こう申し上げると、大変にぶしつけで恐縮ですが、奥さまの手前を何とかとりつくろいたいと思いまして、ご相談に乗っていただきたいのでございます。こう申し上げると、すでにお察しかと存じますが、わたくしにもうすうすは事情が分らないではございません」

「分りました」

と、一条はきっぱりと云った。

「梅沢病院ですね。では、すぐに伺います」

電話は向うから切れた。


それから四十分後に、一条藤麿が玄関の受付に現れた。午後六時半を過ぎているので、玄関脇に外来患者はほとんど居なかったから、肥った彼の姿ですぐにそれと判断できた。待っていた信子は、一条が病室の番号を訊く前に、その傍に近づいた。

「ああ、あなたでしたか」

と、一条教授は信子を見たが、その眼には奇妙な狼狽と疑惑とがこもっていた。

「ちょっと、あちらでお話し申し上げましょう」

信子は、人の気配のない待合室の隅に彼を誘った。二人は並んで長椅子に腰を下ろした。

「一体、どうしたんですか？」

と、一条は早速訊く。

「はい、わたくしは、電話で申し上げた通り、稲村先生のところへ家政婦に来ている者ですが、実は、今日の昼過ぎ、いちばん下の坊ちゃまがマッチでおいたをなすって、お婆ちゃまの耳に大火傷をさせたんです……」

信子は慇懃《いんぎん》に、かつ詳しくことの経緯《いきさつ》を話した。一条はひどく困った顔で聞いている。年齢は大体稲村と同じくらいらしい。

「それで、奥さまは旦那さまの行方を気違いのように問合せていらっしゃるんですが、水戸からは旦那さまが見えたという事実のないことが報らされたのです」

「えらいことになったな」

と、一条は思わず声を洩らした。

「実は、奥さまはそれでいま少々頭に来てらっしゃるんです」

「君、そりゃ本当ですか？」

一条教授は弱った顔をしている。

「それで、わたくしの一存ですが、今晩中に旦那さまがお帰りにならないと大変なことになりそうです。もし、一条先生にお心当りがあれば、旦那さまのところにご連絡ねがえませんでしょうか？」

「そうだね……」

一条はいよいよ当惑した表情を見せたが、どうやら、彼は稲村の行先を知っているようだった。

手紙の女の書いた文章の中にも一条の名前があるから、二人はいわゆる「悪友」であろう。おそらく、どちらも悪事を庇《かば》い合っている仲にちがいない。

「しかし、あんたはどうしてそれを知っている？」

一条の疑問はそれだった。女房の気づかないことが、どうして家政婦に分ったか、だ。

「はい」

と、信子は心配そうに顔を伏せた。

「……こう申してはなんですけれど、わたくしはほうぼうのご家庭に働かせてもらっていますので、その辺のところは大体見当がつくのでございます」

「さすがだな。しかし、あんたはぼくの名前をどうして知っていました」

「はい、それは、旦那さまがよく先生のことを奥さまにおっしゃっていましたから」

そんな場面にぶつかったことはないが、どうせ友だちだから、そのようなことがあっても嘘にはなるまい。

「で、お婆ちゃまの容態はどうなんです？」

「はあ、なにしろお年寄りですから、病院のほうでも余病を併発しなければいいがと心配されているようです。今のところ注射のおかげで痛みはございませんが、あのままだと脳のほうにも行きかねませんわ」

「困った、困った」

と、一条教授は本当に弱り切った顔になった。

「先生。先生のお力でなんとか旦那さまが今夜中にお帰りになられるようご連絡できませんか？」

「そうだな……」

一条は、その太い身体に似合わず小心げに困惑していたが、どうやら、それは稲村の妻春子に対する惧《おそ》れのようだった。

「よろしい。なんとかします」

彼は遂に決然と云った。

「そうでございますか。ほんとにそうしていただければ……あの、いま、ここで連絡が取れましょうか？　電話ならあちらにございますわ」

「そうですか」

一条教授は動顛《どうてん》しているので、信子の企《たくら》みまで見抜けなかった。彼は信子に案内されて赤電話のほうへ歩いた。

「市外電話を頼みたいんですがね」

と、教授は庶務部とガラス窓に書かれた内にいる女事務員に訊いた。ここでは四、五人が並んで、しきりとその日の薬品伝票や、保険の点数票を計算していた。

「市外電話はどこですか？」

「熱海です」

信子は、やっぱり予想通りだと思った。

女事務員は、

「こちらから申し込みますから、局番と電話番号をおっしゃって下さい」

と云った。

信子は、それとなく背中を向けて聞かぬふりをしていたが、一条教授の声ははっきりと耳に伝わった。

「熱海のR観光ホテルというんだがね。電話番号はちょっと分らないから、調べていただけますか？」

事務員は仏頂面《ぶっちょうづら》をして黙っている。

「実は、ここに入院している人の家族がそちらにいるんです。ですから、至急に連絡したいのですよ」

「あちらの電話におかかりください」

事務員は指先で教えた。

一条の肥った背中が三台並んでいる赤電話の前に進んだとき、信子は待合室の椅子にひとりで戻った。離れていてもあたりが静かなので、一条が少し大きな声を出せば聞えてくるはずである。

8

一条教授は赤電話にかかって話していたが、さすがに口もとを掌《てのひら》で囲い、まわりに聞えぬようにしていた。

しかし、待合室からそ知らぬ風で見ている信子には、一条が相当に昂奮していることが分った。それがときどき大きな声になって聞えるのだ。

「そうなんだ、そうなんだ……耳に大火傷して鼓膜が飛んだらしいよ。詳しいことはこちらには分っていないが、とりあえず……帰って来いというわけだよ」

熱海のR観光ホテルに居る稲村達也はあまりのことに事態がよく呑み込めないらしい。鼓膜という言葉を一条は二、三度繰りかえしていた。一条の昂奮はそのまま達也の動顚でもある。

「すぐ帰ってこられるかい？」

そんなことを一条は訊いている。はじめは気をつけていたが、自然と声が高くなったので、離れている信子の耳にも筒抜けだった。

「奥さんは一度ここに来て、たった今、帰られたらしい。ここには君んとこのお手伝いさんしか居ないがね……なに、ぼくがどうしてその事故を知ったというのかい？」

信子は、一条には自分が連絡を取ったことは内証にしてくれと云ってある。理由は、「奥さまに悪いから」で十分だった。家政婦として、それくらいの気兼ねが相手にもっともらしく納得される。

だから、一条の次のような電話の声になる。

「それはね、ぼくの知人が偶然、君んとこのお婆ちゃんが担ぎ込まれた病院に来ていたのだ。それで、ぼくのところに電話で報らせてきて、知っているかというから、すぐ病院に問合せた。そうしたら病院の返事で事実とわかった。ちょうど君んとこの家政婦さんがいたので細かい事情もわかったんだ。いま、ぼくも病院に来ている。奥さんも大ぶんやきもきしているというから、今のうちになんとか早く帰れよ」

稲村達也はぼそぼそと答えているようだった。

「それはそうだが……しかし、君、ほかのこととは違うからね。君のお母さんが入院したんだから、そこはそっちのヒトに察してもらえよ」

信子には、一条の声で熱海のホテルにいる達也が、連れてきた女に気兼ねしている様子が眼に見えるようだった。むろん、女は手紙にある富美代という新宿あたりのバーの女給に決っている。

女にしてみれば、せっかく二晩泊りで熱海にきていながら、途中で男に帰られるのを恨んでいるのである。女が、達也の横に立って低声《こごえ》でぐずぐず云っている様子も、眼のあたりに泛《うか》んだ。

信子は腹の中で舌を出した。こんなにうまく計画が着々と進むとは思わなかった。これで春子にも懊悩《おうのう》を味わわせ、達也にも苦痛を与えているわけである。

体裁ぶって陰口を利く春子はもとよりだが、あのむずかしい本を背にして、しかつめらしいポーズをとっている稲村教授が、女と泊った宿で周章狼狽している様子が痛快でならなかった。

ここにも、信子自身の灰色の青春に対する復讐があった。

やがて一条教授は、そのあとしばらく達也と打ち合せをやっていたが、電話を切ると、信子の腰かけているところに歩いて来た。

「いかがでございましたか？」

信子は腰を浮かした。

「弱ったな」

教授は顔に苦笑を浮べて、

「稲村君はちょっと事情があって、遅く帰って来そうですよ」

一条教授は彼女が耳を澄まして先ほどの電話の問答を聞いていたなど気がついていなかった。要するに、教授は、少し気の利いた家政婦が主人に忠義立てして、その友人に事情を内報したとしか思っていないのだった。

「まあ、そうですか」

信子は、にっこり笑った。

「ちょっと事情《わけ》があって、稲村君は熱海に行っているんです」

と云って教授は気づいたように、

「しかし、これは奥さんには内証ですからね。あんたは黙ってて下さいよ」

と、頼んだ。

「ええ、心得ております」

教授としても、先ほど熱海の電話番号を受付で訊いたのを信子が知っているから、これは隠しようがなかったのである。

「ぼくは、一応、お婆ちゃんを見舞おうかな？」

教授は躊躇《ためらい》をみせていた。

「それは先生、ちょっと具合が悪うございませんか。もし、ここに奥さまがおいでになれば、先生がどうしてこの事故を知ったか不審に思われます。そうすると、わたくしが余計な差し出口したのがすぐ分ります」

「ああ、なるほどね。じゃ、ぼくは知らぬ顔で帰ります」

一条教授も、友人の老母を見舞うのは心が進んでいないようであった。

「先生、うちの旦那さまは、いつ、その熱海をご出発でしょうか？」

「そうですね。あと二時間ぐらいだと云っていました」

信子は腕時計を見た。もう五、六年も使っている古い型だが、とにかく針が動いている。今が七時十分だった。二時間後だとすると九時になる。では、ここに稲村が姿を見せるのは十一時ごろになるだろう。

「まあ、よろしく願いますよ」

と、一条教授は、その上品な顔を大きくうなずかせて、病院の玄関を出て行った。


信子は老婆の病室に入った。

先ほど近所で買ってきた林檎《りんご》を三つ、ベッドの横の台の上に並べた。

「お婆ちゃま、いま、これを買ってきましたよ」

老婆は、繃帯の顔の中からうすい眼を開いた。

「おや、まあ、親切ですこと。やっぱりあなたでないといけませんね。春子はこちらから頼んでも聞えないふりをしていますからね」

「このままでは召し上れませんから、いま、病院のほうに云ってミキサーにかけてきますからね。ちょっとお待ち下さい」

「手間をかけますね。どうもありがとう」

信子は、林檎一つと吸呑《すいのみ》を持って部屋を出て行った。彼女は、この病棟の端に共同炊事場みたいなものがあるのを、さっき通るときに見ていた。多分、そこにミキサーがあるだろうと思って行ってみると、案の定、一台古びたものが台の上に置かれてあった。しかし、そこには三十二、三ぐらいの女が割烹着《かっぽうぎ》をつけたまま、トマトや林檎、レモンなどをぶち込んでいた。

信子はしばらく待っていたが、その三十すぎくらいの付添婦は手がのろくて、容易に埒《らち》が明きそうになかった。信子はじりじりした。彼女は、わざと板の間を足音立てて歩き回った。

すると、信子のそのわざとらしい催促が付添婦にカチンと来たらしく、よけいにゆっくりとした動作になった。林檎の皮をむくのも実にゆっくりと丁寧なのだ。それに、持ってきた器を見ると、まるで馬の注射器のように大きなコップだった。普通の吸呑の容量の五倍ぐらいはある。

これを病人だけが呑むとは思えなかった。察するところ、この付添婦をはじめ看護婦など数人が一緒に呑むため作っているとしか思えない。ミキサーはこれ一つだけだから、信子は付添婦の意地悪に持前の反抗心が起ってきた。

「すみませんね」

と、はじめは信子も猫撫で声を出した。

「少し急ぐんですが、あの、途中でちょっと使わせていただけませんか。わたしのぶんはこれだけの量ですから、すぐ済みますけれど……」

付添婦は髪の縮れた顔の長い女で、ごつごつと乾涸《ひから》びた体格をしていた。鈍い眼をじろりと信子に向けて、

「これが済んだら、いつでもお使い下さい」

と、平然と答えた。

「それが済むのはいつごろになりましょうか」

信子は、この辺から意地の悪い言葉つきになった。

「そうですね。わたしにも時間は分りませんわ。とにかく、これだけが全部ジュースになるまでは止《や》めるわけにはいきませんからね」

「では、もう少し手早くお願いできませんでしょうか」

「何を云うんですか、あんたは？」

と、乾涸びた付添婦は一重瞼《ひとえまぶた》を吊り上げた。

「他人《ひと》が使っているものを、横合いから来て途中で貸せとは何ごとですか。わたしはね、あんたにどんなに云われても、これ以上手が動きませんからね」

「ああ、そうですか。なんでしたら、わたくしがお手伝いしてもよろしいですわ」

「よけいなお節介ですわ。どこの馬の骨だか牛の骨だか分らない人に、病人に呑ませる

大切なものを扱わせられませんわ」

「なんですって？　馬の骨とはなんです？」

信子は唇を尖《とが》らした。

「誰のことをおっしゃってるんですか？」

「ふん、ほかに人が居ないから、あんたのことでしょうよ」

「生意気を云いなさんな。なんです、そののろのろした手つきは？　それでも一日何百円かの手間賃を取ってる付添婦ですか？」

付添婦はスイッチを止めて信子に向き直った。ミキサーの中は、半分溶けた液体の中に林檎の滓《かす》やトマトの滓が浮き沈みしている。

「もう一度云ってごらんなさい」

「ああ、何度でも云いますよ。あんたは一人前の女のつもりでいるんですか？　先ほどから見ていると、これだけのジュースを作って、病人だけが呑むとは思われないわ。あなたのその卑しい口に流し込みたいからやっているんでしょ」

「なにっ」

付添婦は唇をぶるぶる震わせた。色の悪い女が、さらに蒼《あお》ざめている。

「何を云うんです？　あんたにはこのミキサーは絶対に使わせないからね。わたしは一晩中でもここから動きませんよ」

女はヒステリックに顔を震わせた。

「一晩中動かないって？　面白いわ。じゃ、朝までそこに立ってらっしゃい」

「ああ、立ってますよ」

「ほんとですね？　もし、ちょっとでもそこを動いたら、承知しませんよ。これから病院中の人にふれ回って、あんたがそこから動けないようにするからね。みんなで代りばんこに見物していますよ」

「………」

信子には永年鍛えた舌があった。いかなる敵でも彼女は口舌の自信があった。あるいは柔らかく、あるいは糞丁寧に、皮肉に、意地悪く、また恫喝《どうかつ》したりしてきた。こんな赤毛の蒼ざめた付添婦など彼女の敵ではなかった。

その代り、林檎と吸呑はそのまま病室に持ち帰った。

病室に帰ってみると、意外にも春子がそこに来ていた。彼女は老婆の枕もとに立っていたが、入ってきた信子をじろりと見た。

「河野さん、この林檎を買ってきたのはあなたですか？」

「はい」

信子はうつむいた。春子の剣幕から、それを非難していることは、明らかだった。

老婆は春子が来たので、シュンとなって、苦しそうな表情で眼をつむっている。微かな喘《あえ》ぎさえ洩らしていた。

「困りますわ。こんなものがお婆ちゃんに食べさせられますか？」

「はい、いま、おジュースにしようと思ってミキサーを借りに行ったんですけれど、あいにくと意地悪な付添婦がいてミキサーを貸さないんです」

信子は、手に持った林檎と吸呑とを照れ臭そうに卓の上に置いた。

「ミキサーの問題じゃありませんわ」

春子は険しい声で、

「そんなの、あなたが勝手に病人に呑ませては困るというのです。お医者さまに訊きましたか？」

「いいえ、みなさんお帰りになってる様子でご相談できなかったんです」

「じゃ、電話でわたしに一言訊いて下さればよかったんですよ」

「申し訳ありません」

信子は謝った。理不尽なことを云う人だと思ったが、春子の不機嫌がどこから来ているか分っているので、腹の中では嗤《わら》っていた。

老婆は一言も口を利かない。陰では春子のことをさんざん罵《ののし》っているが、当人が横に居ると、まるで子供のように無抵抗だった。

「ここはわたしが看ますからね。あなたは早く帰って子供の食事の面倒をみて下さい」

春子は命じた。

「あの、夕食はまだだったんでしょうか？」

「それどころじゃありませんよ。お婆ちゃまはこんなことになるし、主人は帰ってこないし、わたしは気が気じゃないんです。子供が腹を減らしているから、早く帰って下さい」

「はい」

もう七時半になっている。今まで子供に飯を食わさないのは、春子もよほど夫の行先を気に病んでいるらしかった。その尖った顔にはヒステリーが丸出しだった。

「あの、旦那さまは、まだお戻りにならないのでしょうか？」

信子も意地悪に出た。もっとも、これは親切に訊いた体裁になっているので、春子も正面から憤ることができない。

「ああ、まだですよ。……そんなことはどっちでもいいから、とにかく、早く子供の世話をして下さい。みんな腹を空かしていますからね」

「はいはい」

こんな場合、わざとのろい動作をして癇癪《かんしゃく》を起している相手を焦《じ》らすのが最善の方法だった。

信子は病院を出たが、ひどい空腹をおぼえた。無理もない、すでに八時近くだ。これからあの家に戻って、子供たちの夕飯の世話をするのは面倒この上もない。

通りがかりに眼についたラーメン屋に寄って中華そばを二杯すすった。最後の汁まで呑み込むと腹が一ぱいになった。ものを食べながら考え事をするのは、また愉しいものである。子供たちがいくら腹が減ろうが、こっちの知ったことではなかった。

達也が戻ってくるまであと三時間くらいある。熱海を出発するまで一時間だ。その間に何とかうまく工作して、もっと春子を困らせるようなことは出来ないだろうか。

達也が女と一緒に泊っているホテルの名も分っているし、電話番号も一条教授が病院で訊いたときに傍にいてちゃんと憶えている。

しかし、うまい考えが浮ばなかった。信子はラーメン代百円を置くと、とことこ出た。大体、春子ぐらい分らない女はいない。人を七時半ごろまで働かせておいて、夕食代一つくれないのだ。往復の電車賃三十円を出しただけである。もう少し心づけをくれるとか、これで何か食べて下さいといくらかくれるのだったら、まだ可愛いところがある。

なるべくゆっくりと手間取って家に戻ると、三人の子供は腹が空いているのか、みんな不機嫌そうな顔をしていた。健三郎はちらりと信子の顔を窺ったが、不貞腐《ふてくさ》れた恰好で畳の上に寝転がっていた。春子から相当やられたらしい。

「めしだ、めしだ」

子供たちは信子の顔を見るなり一斉に騒ぎ立てた。

「はい、はい。今から支度をしますからね」

「何だ、今からかい?」

上の中学坊主が、まるでオヤジのような声を出した。

9

子供たちの、戦場のように忙しくて乱暴な晩飯がようやく終った。この家は教育者なのに、子供の躾《しつけ》が全く出来ていないのだ。

信子はみんなが喰い散らした茶碗のあと片づけにかかった。自分ではさっきのラーメンが腹にもたれて飯が喰えなかった。何だか百円損したような気がした。

台所で汚された茶碗や皿を洗っていても、心は熱海にいる達也と女のことに奪われていた。時間は刻々と経ってゆく。達也が熱海のホテルを出るまで、あと三十分しかなかった。この間に、何とか彼をびっくりさせ、春子にも苦痛を与える工作ができないものかと考えていたが、どうもうまい工夫がつかなかった。

遂に、あと十分になった。皿を洗う手も、つい、そっちに気を取られておざなりになった。

これが女の勤め先でも分っていれば、一工夫もできる。だが達也のかくした手紙の中の「富美代」という名前だけではどうにもならなかった。

もし、そのバーの名前が分っていれば、それを騙《かた》って一芝居を打つこともできるが、それが不可能だった。といって、今さら一条に電話して、富美代のつとめている店の名を訊くのもどうかと思われる。あんまり口を出して、こっちの工作を一条に気取られてもならない。

電話のベルが鳴った。そろそろ春子から電話がかかってきて、交代しろと命令されるころだと思っていた矢先だから、受話器を取上げると、

「もしもし」

と云う声が春子ではなく、意外に若い女のものだった。

「そちらは稲村先生のお宅でしょうか？」

「はい、さようでございます。あの、どちらさまでしょうか？」

「先生はいらっしゃいますか？」

「失礼ですが、どちらさまでしょうか？」

「あら、居ないの？」

こちらを女中と察してか、女は急にぞんざいな言葉になった。信子の言葉の調子から達也の不在をさとったらしい。あとはそれきりにツーンという切れた電話の空しい音が

鳴った。

信子は、誰からかかったのだろうと思った。近ごろの女子学生は、ずいぶんぞんざいな言葉を使うから、そういう連中かもしれない。というのは、いつぞや春子が、

「うちの主人は、あれで女子学生にずいぶん人気があるそうよ」

と、自慢そうに信子に話したことがあるからである。春子の説明によると、達也は家ではむっつりとしているが、学校での講義は面白く、ユーモアたっぷりに話すので、彼の時間は、教室がいつもいっぱいになるということだった。

一体に、大学の教授は学生に人気があることを願っている。一年中、同じ講義をくり返しているから、内容的にはテープレコーダーを回しているようなものだが、ただ、いかに学生に面白く聞かせるかという技術だけは、だんだんに磨かれている。なかには、落語みたいなことを話す教授もいるということだ。

達也はよく女子学生の集りなどに呼ばれたりしているらしい。(女の子の前でどんな顔をしてしゃべっているんでしょうね)という春子も満更ではなさそうな表情だった。

その達也が嘘を云ってバーの女の子と一緒に熱海にシケ込んだと聞いたら、女子学生はさぞ稲村教授に失望するに違いない。それだけで軽蔑《けいべつ》に変ってくるだろう。

——そうだ、学校に投書しようか。

ふいとそんな考えが起った。泊っているホテルも分っているし、女の名前もはっきり

しているからこれほど確実性のある投書はない。信子の呼吸は弾《はず》んだが、すぐに待てよ、と考え直した。

そんな投書をしたところで、学校の事務当局に握りつぶされてしまえばそれまでだ。スキャンダルなどをのせる週刊誌などはどうだろう。これも載せてくれる可能性は薄かった。何故なら、大学教授の情事などはさして珍しいことではないだろうからだ。大学内では他の教授も同じようなことをやっているに違いないから、武士は相見互い、そんな投書は焼き捨ててしまうだろう。

まだ春子からは電話がかかってこなかった。達也が熱海を出発した時刻はとっくにすぎている。

信子は諦《あきら》めざるを得ない。万事の工夫はこれからだ。今夜は、蒲団の中ででも、ゆっくりと思案してみよう。

ところで、達也はあと二時間後には病院に到着するわけだが、一体、彼は妻の春子にどのように言訳するだろうか。あくまでもシラを切って、水戸の大学の有志が熱海で慰労会を催してくれたというふうに押し通すだろうか。いや、それは必ず強引にそう云い張るに違いない。

問題は、春子の立場だ。今でも相当ヒスを起しているようだから、達也がどのように弁解しても受付けないかもしれない。二時間後にはお婆ちゃんの寝ている病室で夫婦間の一騒動は避けられそうになかった。信子は、春子に、こっそり達也の秘密を教えることも考えたが、それでは本当の意味で、春子に苦痛を与えたということにはならない。つまり、信子は全く隠《かく》れ蓑《みの》の中にいて、知らぬ顔で万事を進行させたいのだ。そのほうが愉しみが深い。彼女自身は決して表に現れてはならないのだ。彼女は、飽くまでも他人の不幸の傍観者でいなければならなかった。

時刻がまた経ってゆく。

春子からなかなか電話がこない。そろそろ十二時に近くなっていた。

今夜は春子と交代で病院泊りかと思ったが、電話がないところをみると、春子は達也が帰るまで病院に粘《ねば》っているつもりらしい。信子は、一応、病院に電話をしてみた。

「奥さま、お疲れでございましょう?……」

と信子は猫撫で声を出した。

「今夜、そちらに交代に参りましょうか?」

忠実な家政婦だというところを見せた。

「いいのよ。もう少しわたしが居るわ」

「お婆ちゃまのご容態はいかがでしょうか?」

「大したことはないようよ。ここは完全看護だから、もうじき帰るわ。あんたはさきに寝《やす》んでちょうだい」

「はあ、ありがとうございます。それではお先に寝ませていただきます。お婆ちゃまをお大事に」

「ご苦労さん」

いつもとり澄ましている春子の声の調子とは違っていた。疲れたような、いらいらしたような、自暴自棄のような、そんな調子が混合していた。

信子は女中部屋に入って蒲団を敷いた。うす暗い電灯だ。こんなときにつくづくと身の侘《わび》しさを思う。子供も無く、身寄りもない。あっても金銭ずくでなければ世話をしてもらえないところばかりだった。

だから、つい、金銭の力を頼りにしたくなる。家政婦会のどの友だちに訊いても、ひたすら貯金にいそしむ話ばかりだった。仲のいい者は銀行預金の通帳を見せ合ったりしている。そこにだけ彼女たちの生き甲斐があった。

女中払底の折から、一応、丁寧には扱われているが、相変らず人格は無視されていた。誰からも見下した眼つきで見られている。貯蓄に頼る以外にはないのだ。家の無い彼女には、他人の築いた家庭が羨ましい。羨ましいから嫉《ねた》ましくなる。

信子は横になったが、しばらく眼をあいていた。疲れてはいるが、今夜の病院の騒動を思うと、すぐには寝就かれなかった。しかし、昼間の疲労がいつの間にか睡りを誘ったとみえ、うとうととなった。

夢をみていた。全く知らない家に働いている彼女が、出入りのクリーニング屋と大喧嘩をしている最中だった。相手の男が腹を立てて裏戸をばたんと閉めたが、その音が現実の音に重なって眼がさめた。

玄関の音だった。靴と草履がせかせかと入ってきている。靴音は足音に変って廊下を歩み去っていた。すぐそのあと、戸締りをしたらしい春子があとを追うようにして廊下を歩き去った。

信子は耳を澄ました。思ったとおり達也は、あわてて病院に行ったらしいが、一体、何と弁解したのだろう。今の二つの足音で、病院でどのような経過があったか推察しようとしたが、ただそれだけではよく分らなかった。二人とものは云わないのである。

信子は起き上って、寝巻の上に割烹着をつけて部屋から出た。夫婦の寝室は廊下を歩いた奥にある。信子は襖《ふすま》の外に膝をついた。

「お帰りなさいませ」

と、襖越しにものを云い、

「何かご用事はございませんでしょうか?」

と丁寧に訊いた。こんなことは今までにない。果して春子が尖った声で、

「あら、あんた、まだ起きていたの」

と、これも襖越しに返してきた。

「はい、お帰りになるのをお待ちしていました」

「もう寝てもいいのよ」

春子はなげやりに答えた。やっぱり思った通りだ。さすがに感情がむき出しになっている。

日ごろの春子だったら、こういう場合、もうお寝みなさいよ、疲れたでしょうね、そんなにいつまでも気を遣わなくてもいいんですよ、ご苦労さま、とかなんとか云うところだった。

思った通り、病院で一悶着《ひともんちゃく》あったのだ。ところが、達也のほうは一言も声が聞えない。春子にとっちめられて悄気《しょげ》ているのか、不貞腐れて腹を立てているのか、それとも家政婦に遠慮して声を殺しているのか、その辺のところがよく分らなかった。

「それでは、お寝みあそばせ」

信子は、できるだけゆっくりとした動作で音を忍ばせて廊下を歩いた。襖から遠ざかりながらも、あとに声が起るのではないかと期待したが、それは無かった。いっそのこと、どこか片隅に隠れて、襖越しの夫婦の話し声を聞こうと思ったが、さすがにそれは心が咎《とが》めた。

しかし、今の様子だと夫婦の間は険悪になっている。春子は達也の弁解を信じていないのであろう。達也のほうは、これまた一条教授を引き合いに出して自分のアリバイを裏づけたにちがいない。一体、どういうことになったのか、それを知りたかったが、最後まで夫婦の会話は聞き取れなかった。

翌る朝、信子は春子の様子を見ようと思ったが、いつまで経っても台所に出てこなかった。疲れて起きないのか、昨夜あれから夫婦喧嘩がつづいて遅くまで起きていたのか、それとも不貞腐れて寝ているのか、その辺の判断がつかない。

信子が朝飯の支度をしているところに、達也が寝足りない顔でぼんやりと入ってきた。

「お早うございます」

信子は丁寧に挨拶した。

「お早う」

達也は別に信子に表情も動かしていない。これはまだ信子が間に入っていることを気づいていない証拠だった。

「旦那さまは、今朝、学校がお早いんでございますか?」

教授の出勤時間は日によって違う。午後から出かけることもあれば、朝早いこともある。

「十時までに行きたいね」

「おや、左様でございますか、それでは、すぐ支度をします。……あ、そうそう、このたびはお婆ちゃまがとんだご災難で……」

と、改めて前掛を取って挨拶を述べた。

「いや」

達也はぼんやりした顔でいるが、屈託ありげな表情であった。春子は、達也が出勤するまで、遂に起きてこなかった。

お昼近くなって、やっと春子が起きて来た。不機嫌な顔だった。あまりものを云わない。

信子は、春子のために食事の支度をしてやったが、こんなときは触らぬ神に祟《たた》りなしでなるべく敬遠した。人の顔色を見ることは、これまでの経験で敏感なのだ。

春子が飯を終って居間に引っ込んだ。別に、信子に命令もしない。信子はまたあと片づけをして洗濯物にかかった。この家は男の子ばかりだから、洗濯物だけはいつも飽きるほどある。

今朝の達也の屈託顔と、春子の不機嫌さとをつなぎ合せれば、昨夜どんなことがあったか自然に分ろうというものだ。春子は達也の言葉を信用しないで、夫婦喧嘩が始まったことは確実だ。

ちょうど折も悪い。仲の悪い姑が入院したりして、春子はそのほうの手間で気がいらいらしていたところだ。信子は、もう少しだと思った。もう少しで、もっと大きな暴風《あらし》をこの家に誘い入れそうである。それをどう工夫するかだ。

玄関でブザーが鳴った。

信子が出ると、この前から一、二度来ている春子の妹が、セロファンに包んだ花を提げて立っていた。

「今日は」

と、白いスーツを着ている春子の妹は、愛想よくにこにこ笑っていた。

この妹は、現在、世田谷のほうに住んでいて、ある会社員の妻になっている。年齢は春子より五つぐらい下だが、容貌《ようぼう》は春子より劣っていた。が、肉感的で、愛嬌《あいきょう》がある。

「いらっしゃいませ」

信子は式台に両手をついてお辞儀をした。

「お姉さん、いますか?」

「はい。いらっしゃいます」

信子は、ばたばたと廊下を走って、春子のいる部屋の襖に声をかけた。

「奥さま。あの、世田谷の奥さまがお見えになりました」

蒲団を被《かぶ》って寝ているらしい春子は、

「ああ、そう」

と、急に弾みのある声で云った。

春子にしてみれば、こんなにむしゃくしゃしているときに、いい話し相手ができたというものだ。信子も、今度は春子があけすけに妹に鬱憤《うっぷん》を洩らすに違いないから、その話から昨夜の模様が推定できると喜んだ。

また玄関に戻り、靴を脱いで上った妹の後ろに歩きながら、もしかすると、この妹はお婆ちゃんの怪我をまだ知らないのではないかと思った。どうも、玄関から入って来た様子が知っているふうには見えない。

一応、応接間に通して茶を出した。春子は起き上って支度をしているらしく、かなり暇どるようだ。その間に、佇《たたず》んだまま、

「あの奥さま。こちらのおばあちゃまが入院なすってらっしゃるのをご存じでしょうか？」

と、つつましく訊いてみた。

果して、妹はびっくりした。

「あら、そう」

と、その顔が一ぺんに曇った。前髪を少し額に垂らした短い髪だったが、その細い眼を少し開いて、

「知らなかったわ。いつ、入院なさったの？」

と息をのんだように訊いた。

「それが昨日のことでございます。末の坊ちゃまのおいたでマッチの火が耳に入り、とんだお怪我をなさいました。恰度《ちょうど》、奥さまも旦那さまもお留守のときでしたから、わたくし一人でへどもどしました」

「それで、お姉さんはいまどうしてらっしゃるの？」

「昨夜、病院のほうから遅くおかえりで、さきほどまで寝んでおいでになりました」

「じゃ、お義兄《にい》さまが病院なの？」

「いいえ、旦那さまは学校にお出かけになられました」

「大丈夫なの、おばあちゃまの傍にだれも付いていなくて？」

「なんでも、完全看護とかで……」

ここまで云いかけたとき、春子の足音がドアのうしろに聞えたので、信子はあわてて、

「では、ごゆっくりどうぞ」

と、茶碗を置いたあとの盆を手に持って引き退った。

ドアを入れ違いに春子が応接間に入った。信子は、姉妹の間でどんな話が交されるかと思い、応接間のドアから離れずにじっと立っていた。

「お姉さま、おばあちゃまが入院だって？」

と、妹が大きな声で訊いた。

「そうなの。憂鬱よ」

と、春子の嗄《しわが》れた声だ。

「全然知らなかったわ。どうして、わたしの家に電話して下さらないの？」

「そう思ったけれど、おばあちゃまは大げさだからね。あんたのところも昼間は一人だし、迷惑をかけたくなかったの」

「そう……そいじゃ、大変だったわね。お義兄さまは学校から帰られて看護なすったの？」

「それがね……」

それがね、というところで急に春子の声が低くなった。

信子はドアの前にあと戻りして耳をつけたいくらいだったが、光線の具合でどこに自分の影が映って中の二人に気づかれるか分らない。彼女はそのままの位置に立ち停って、できるだけ耳を澄ましたが、春子の言葉はやはりはっきりしないのである。

しかし、その声の調子からして、どうやら、達也のことを妹に激しく愬《うった》えているようであった。

10

応接間に入った春子とその妹は、その中から容易に出て来る気配がなかった。春子は達也の不審な行動を妹に相談しているらしい。

不審といっても、春子の想像は達也がほかの女を伴れて一泊旅行でどこかに泊ったと思い込んでいるから、そのことを妹に愬えているのだ。昨夜の夫婦喧嘩は、その問題が中心になっている。

今朝の春子の不機嫌は、達也の釈明が彼女に聞き入れられなかった結果であろう。逆に云うと、春子の疑いがますます強くなったことだ。

応接間からはコソとも話し声が洩れないし、茶を持って来いという命令もこない。姉妹だけの秘密の話が続いている。

春子のことだから、もし達也に女が出来たという確信が強まれば、別れ話まで考えるかも分らない。それには、この妹が絶好の相談相手だ。女房族は、ちょっとのショックで、出るの引くのと大騒ぎをする。

信子は姉妹の話を聞きたかったが向うは他人の家政婦を警戒して、ドアもぴったりと閉めたきりなので容易に近づけなかった。無理をして、万一、春子に気づかれたらお仕舞なので、炊事などをのろのろとやっていた。

そのうち、春子がドアを開けて出て来た。

「河野さん、河野さん」

と、春子が呼びたてるので顔を出すと、

「わたし、これから寿子《ひさこ》と一緒におばあちゃんのところに行きますから、あとを頼みますよ」

と云った。寿子というのは、春子の妹の名前だ。

春子は居間でバタバタと支度をしている。前よりは少し顔色が明るいのは、妹に悩みをうち明けて、少しは気分が軽くなったせいかもしれない。

妹の寿子は春子にくらべていくらかもの分りのいい性格らしいので、話し合いの模様は大体想像できた。

（いまどき、そんなことで騒ぐのはおかしいわ。お姉さんはもう少しヒラケないといけないわ。それも、お義兄《にい》さんがそうしたという確証があるわけではないし、まだ疑いの段階でしょう。そんなことは証拠を見つけてから云うものよ。それまでは黙って気づかぬふりをしていれば、向うは安心して必ずボロを出すに決っているわ。そこをうまく突っこむのよ。お姉さん、やり方が下手よ）

と、そんなことを云いそうである。

春子は、多分、達也とは別れるなどと口走ったかもしれない。それに対して寿子は、（何をいい年齢《とし》をして、おかしいわ。さあさあ、そんなことはまたいつでも出来るとして、わたし、お婆ちゃんのところに、とにかくお見舞に行ってくるわ。お姉さんも気晴しに一緒に行かない？）

と、いうことになったのかもしれぬ。春子の少しばかり機嫌のよくなった表情から見て、どうもそんな会話がとり交されたように思える。

やがて、春子の支度ができて寿子もドアから出て来た。

「お邪魔しました」

と、寿子は信子にもお愛想を云い、

「ね、お姉さん。お婆ちゃんのお見舞が済んだら、今夜は、少し遅くなるのを覚悟して、映画でも一緒に見に行かない？　面白いのがかかっているわよ」

と、はしゃいでいた。姉を慰める妹の愛情だろうか。

「じゃ、そうしようかしら？」

春子も満更ではないらしく、

「じゃ、河野さん。遅くなるかも分らないから、子供たちのおかずは適当に作ってちょうだいね」

と、少々前とは変った優しさだった。

「はい、はい。分りました……あの、旦那さまのはどうしましょう？」

信子が伺うと、

「そうね、何でもいいわ。あんたのいいようにしてちょうだい」

これは妹にも聞かせるような、夫への抵抗の意志だった。寿子は横を見て微笑している。

二人が出て行ったあと、信子にはさし当っての用事はなかった。晩飯の支度には、まだ時間が早い。子供たちは学校から戻らず、いちばん下の健三郎もどこかに遊びに行ったきりだ。

信子は、こういう際に思いきり解放感を味わうことにした。掃除も済んだし、別にすることもないので、茶の間に行ってテレビをつけた。

信子は、テレビだけをただぼんやり見ていても面白くないので、台所に行き、自分用の紅茶を作った。角砂糖も四つ入れて甘くした。それから、お客さまに出す到来物のカステラの函を引っ張り出し、分厚に庖丁を入れた。冷蔵庫を開けてみたが、あいにくとフルーツはなかった。

テレビはアメリカ映画もので、西部劇だった。アメリカの軍隊がアパッチ族に砦《とりで》を囲まれて苦戦している場面で、アパッチ族の放った火の矢が砦の藁《わら》につき、兵隊側はバタバタと倒れている。アパッチ族も馬からバネのように地上に投げ出される。それでも、アパッチ族は笛のような喚声を挙げて砦に侵入した、という惜しいところで続き物の劇は終った。健三郎の喜びそうな劇だが、彼はどこかに行っていなかった。

信子は茶もカステラも口に入れるのを忘れて見物していたが、ニュースが始まって、やっとカステラに意識を戻して頬張った。

口をもぐもぐ動かしてニュースを見ていると、途中で字幕だけになった。

「三日前から熱海のR観光ホテルに宿泊していたチフスの疑いの患者は、その後、精密検査の結果、真性と分りました。当局では、その患者が宿泊したため今日まで同ホテルに泊った客について保菌の疑いが濃厚とみなし、宿泊中の客は隔離し、すでに出発したあとの客については宿泊人名簿により緊急に各地に手配しました……」

信子は頰張ったカステラをそのまま舌の上で止めた。

熱海のR観光ホテルといえば、稲村達也が泊ったホテルではないか。信子が確めようと思ったとき、画面はたちまち次のニュースに移った。

信子は、呆然《ぼうぜん》とした。今のは幻ではなかったか。しかし、この眼ではっきりとテレビの字幕を見、この耳でたしかにアナウンサーの声を聞いたのだ。

信子の頭が素晴しい速度で回転した。——稲村達也は当然その保菌者の疑いの中に入っている。相手の新宿の女も同様だ。

警察のほうで該当者に呼びかけるといっても、おそらく達也は偽名で泊っただろうから、宿帳などで照会しても彼が名乗って出る気づかいはない。女も同じことだ。

信子は、この家にチフス患者がいると思うと、背中が寒くなって来た。達也はこのニュースを知ってどんな顔をするだろう。いずれ、テレビでなくとも、今晩の夕刊か、明日の朝刊にはその記事が出るだろう。彼はどう処置するだろうか。

どう考えても、稲村達也が出頭する勇気はないとみた。そんなことをすれば、彼の悪事はたちまち露見するし、警察の追及で一緒に泊った新宿の女、富美代も明るみに出る。これは教授としての面目上、耐えられないことだし、彼は何よりも女房が怕《こわ》い。

あの神経質な学者のことだ。真蒼になるに違いない。彼は早急に善後策を考えるだろう。そこで、彼の思案は、警察に知られないように、こっそりと医者に健康状態を診てもらうことではなかろうか。彼とても病気は怕い。

新宿の女はどうであろうか。これも達也が医者に診せるようにさせるだろう。勿論、この場合、熱海に泊ったことは医者に匿《かく》してだ。

もっとも、それが真性なら、伝染経路を調べられるから、いやでも事は明るみに出る。だが、達也と女がそのチフスに必ずしも感染しているとは限らないし、また陰性の場合もある。

達也が医者に必死に頼み込んで、治療を済ませることも考えられる。ただ面倒なのは、チフスは法定伝染病だから、警察か保健所に届け出る義務が医者にあることだ。届け出れば、患者は伝染病院に隔離されるだろう。もし、これを故意に隠していれば医師法違反として、医者も処罰されると聞いている。

だが、その医者が達也のよく知った人間で、事を内密に処理してしまえば、永久に明るみに出ることはない。大学教授という立場から、大学関係の友人も考えられる。

万一、そういうことになると、信子がせっかくこのチャンスを捕えて喜んでいても何にもならないことになる。

信子は、病気の恐ろしさとこのチャンスを生かすために、当局に密告することを思いついた。

幸い、警察のほうでは、必死に保菌者の疑いを持っている宿泊者の行方を探しているから、すぐに飛びついてくるに違いない。また、同ホテルに泊った客にも、達也と同じ立場の人間もいるだろう。この密告は当局に喜ばれるに違いない。

信子は首筋がぞくぞくして来た。警察では保菌者を探しているということだが、達也と女のことをどこに届け出ていいか分らない。熱海で起ったことだから、熱海警察署宛に出すのが最も効果的とも思われる。

幸い、今日は誰もいない。信子はテレビを消すと、早速、自分の荷物の中からずっと前に買ったハガキを一枚取出した。

「いまニュースを聞いて、R観光ホテルにチフス患者が出たと知りおどろきました。ニュースには、そのころ泊っていたお客さんを探しているとありました。左の人物が×日の夜、そのホテルに泊ったことは確実です。《東京都港区高樹町××番地　稲村達也　大学教授》

一知人より」

信子は下手糞な字でこのハガキを書き上げると、家を出て小走りに角の煙草屋で三十円の切手を貼り速達にしてポストに投げ入れた。

ハガキがポストの胴の中に落ちたとき、信子は、稲村家の運命が大きく変動する音を聞いたような気がした。

夕方までは何事もなかった。子供たちのために食事の支度をし、ごそごそやっていると、玄関の開く音がした。行って見ると、主人の稲村達也が鞄を置いて靴を脱いでいるところだった。

「お帰りなさいませ」

信子は膝をついた。達也はああとか、うむとか、口の中で云っていたが、もともとはっきりものを云わない男で、それには馴れている。しかし、信子の眼には稲村が今までこのときほど自分の眼に拡大されて映ったことはなかった。

「今日はお早うございますね」

信子は追従《ついしょう》を云った。

「ああ」

達也は、片方の靴の紐を解いている。

「あの、先ほど、世田谷の奥さまがお見えになりまして、奥さまと一緒に病院にお出掛けになりました」

「ああ、そう」

返事には感情がない。

ようやく靴を脱いで立ち上った達也は、高い背が前屈みになって元気がなさそうだった。信子はチフスのことを思って、急に気味が悪くなった。

例によって、子供たちのもの凄い乱雑な晩飯が終った。この家庭の教育は滅茶滅茶だ。

信子は汚れた跡片づけを、やっと済ませ、二階の書斎の襖の前に行った。

「旦那さま、お食事はいかがでございますか?」

襖越しに訊くと、

「飯は欲しくないよ」

と、低い声で返事があった。やっぱり、どことなく生気がない。

「奥さまがお留守でございますから、わたくしだけの見つくろいでつくっておきました。お召し上りになるときは、いつでもお支度いたします」

「ありがとう」

起《た》とうとすると、

「ああ、ちょっと、夕刊がきているなら持って来てくれないか」

「畏《かしこま》りました」

信子は二階から下りて郵便受をのぞきに行った。新聞が二枚入っている。

信子はそれを取出した。すぐ社会面を開いた。出ている、出ている。トップの四段ぬきで、

「歓楽街熱海のホテルにチフス患者発生」

と大きな活字だ。

もう一枚の新聞を開くと、これも同じような扱いで、ご丁寧に患者を出したホテルの写真まで入れてあった。ざっと眼を通すと、大体はテレビのニュースで云ったのとあまり変りはなかった。記事の次にまた別な一段見出しで、

「止宿客を探査中」

とある。

「……警察当局では、チフスが真性と決定して以来、患者が泊った日から現在までの止宿客について調べているが、一晩泊りで帰った客もあり、中にはアベックで来て偽名を使っている向きもあるので、よく実体がつかめない。しかし保菌者をこのまま野放しにして置くのは最も危険なので、該当者に自発的に申し出ることを呼びかけると同時にその行方を探査中である」

信子は記事を読んだあと、新聞を元通りに丁寧にたたみ、二階に上った。

「旦那さま、夕刊を持って参りました」

彼女が云うと、達也は自分で襖を細目にあけ、新聞を奪い取ると、ものも云わずにぴしゃりと閉めた。

信子は呆れた。いままでこんな乱暴な態度をみせたことのない達也だ。珍しいことだった。

察するところ、達也も熱海の事件を誰かに聞いたかもしれない。直接ニュースは耳にしないにしても、他人《ひと》の話が伝わったのかもしれぬ。それで、あの新聞を一瞬でも早く見たくてわれを忘れたとも思える。

今ごろは彼はどんな顔をしてあの記事を見ているだろう、と空想しながら信子は階段を降りた。

下の子供の健三郎が外から戻ってきたが泥だらけになっている。

「おや、まあ、どうしたんですか、その汚れた恰好は？」

と云うと、健三郎は腰を回して、ベルトに挟んだ細い竹を見せた。

「何ですか、これは？」

この坊主、また何かやりそうだと思った。

「今ね、西部劇ごっこをしてるんだ。ぼくがアパッチ族だよ。この矢でアメリカの警備隊を射《う》つんだ」

健三郎は得意そうに云う。

「弓が無いのはどうしたんですか?」

信子は思わずさっきのテレビの劇を思い出した。彼女の眼にはありありと、警備隊を襲撃する、馬に乗ったアパッチ族の火の矢が泛《うか》んだ。

「弓は糸が切れたんだ。いま、横丁の浩《こう》ちゃんに修繕してもらってるんだ」

「あんまり危ないことをしてはいけませんよ。お母さんもお留守ですからね」

「ママ、病院に行ったの?」

「ええ」

「チェッ、よく出るなア」

そう云いながら健三郎は、ズボンのポケットから例のマッチを取出した。臭《にお》いの強い、どこに擦《こす》っても火が点《つ》く、あのマッチだ。そのために老婆は鼓膜を怪我して病院行きとなっている。

「まだ、そんなものを持っているんですか?」

咎めると、

「ああ、これをこすって、矢の先に付けたまま飛ばすんだ。おもしれえぞ」

と云っていた。

「まあまあ、そんなことをしてどうするんですか。家の中にぶち込んだら火事になりますよ」

信子の眼には、砦が炎々と燃えてゆくテレビのシーンが映った。いつかこの家の燃える幻想に変った。

「大丈夫だい。家なんかには絶対にやらないから」

健三郎は残った飯をがさがさと口の中に掻き入れると、そのまま、ご馳走さま、と云って部屋を出て行った。信子は、健三郎を上手におだてれば、この家を焼くぐらいわけはないと思った。しかし、さすがにこの時は空想だけだった。

二階の書斎は依然として静かである。信子は先ほどから何度も様子を窺《うかが》っている。これがいつもなら、紅茶を持ってこいという達也の命令が下るはずである。思うに、例の新聞をひろげて、深刻そうな顔で眺めているかもしれない。

信子は、様子を見かたがた気を利かしたつもりで紅茶を淹《い》れ、盆の上に載せて二階に上った。襖越しに、

「旦那さま、お紅茶を持ってあがりました」

細目に襖を開くと、

「駄目じゃないか、勝手にあけて」

と達也の怒声が落ちた。

びっくりしたあまりに茶碗から紅茶がこぼれた。ひょいと見ると、達也は想像通り、机の上に新聞をひろげて乱れた髪に指を突っ込んでいた。

11

信子は二階から下りて考えた。

いま達也が深刻な顔で頭を抱えていたが、彼も熱海のチフス騒ぎを知って悩んでいるのだ。今ごろは夕刊でその活字を見て、さらに心配をつのらせているに違いない。

チフスという病気は、どういう症状だろうか。信子には正確な知識はなかったが、家政婦会に派出看護婦の女がいて、いつぞやチフスの話が出たときその女が云ったことがある。

それによると、コレラや赤痢と違って、あまり下痢症状は伴わず、激しい頭痛と高熱がつづき、放っておくと腸に孔が開いて死ぬということだった。達也が頭痛を愬《うった》えたり、発熱したら本モノである。チフスの潜伏期は幾日ぐらいあるものだろうか。案外、長いのかもしれない。

信子は気味が悪くなった。本来なら今日中にでも暇をとって逃げるところだが、この家の騒動の成行きを見極めないことにはやめるわけにいかない。達也の食べた茶碗などを洗ったあとは、できるだけ手を入念に消毒し、予防薬があればその薬を呑むことにしよう。

さっき出したハガキは、明日の午後には熱海に着くだろう。順調にいけば、明日の晩か、明後日の朝ぐらいに警官がこの家にやって来る。達也は春子を云いくるめているようだが、それもそれまでの寿命だ。

こんなことを考えながらごそごそやっていると、二階から達也が、おい、と呼んだ。

信子が急いで二階に上ると、達也が書斎から出て来て階段の真ん中に立っている。

「何か、ご用でしょうか？」

信子も階段の途中に停《とま》って上を仰いだ。達也は心なしか蒼い顔になっている。髪も乱れたままだった。いつもの彼はこんな乱れた姿を見せたことがない。

「タオルを水につけて、持って来てくれませんか？」

達也は命じた。片方の手で顳顬《こめかみ》のあたりを揉んでいる。

「おや、お加減でも悪いんですか？」

早くも症状が現れたと思って、信子は薄気味悪かった。

「うむ、何だか熱っぽい」

「それはいけませんわ」

すぐに、お医者さまを、と云いかけた。それは今の場合、早すぎる。

「かしこまりました」

信子は台所に降りて、タオルを水に浸し、洗面器と一緒に二階に運んだ。達也は書斎の畳の上に仰向けになってひっくり返っている。

「ありがとう」

信子がタオルを彼の額に当ててやると、達也は礼を云った。

「どうしたんでございましょうね。お風邪ですか？」

信子は気遣わしげに訊いた。

「いや、風邪ではない。疲れたのだろう」

達也は顳顬の手を放さなかった。

「それはいけませんね。何か悪いものを外で召し上ったんじゃないでしょうか？」

「外で？」

達也は、思いなしか、はっとしたようだった。

「いや、そんな物は食べないから大丈夫だ。やっぱり疲労だろう」

「そうでございますか。旦那さまは、お頭脳《つむ》をお使いになってらっしゃいますから、無理もございませんわ」

達也は額に冷たいタオルを載せられて、気持よさそうだった。

「ここに取替えの水を置いておきますから……わたしは、階下《した》に用事がありますので、ご用があったら呼んで下さい」

「ああ、いいよ」

「早く、奥さまがお帰りになるとよろしいのに。何にもご存じないので、今夜はお妹さんと映画だそうです。遅くなるかもしれませんわ」

「仕方がないね」

「ちょうど間《ま》の悪いときに、映画にお出《い》でになったものですわね」

「仕方がない。なに、そう心配しなくてもいい。そのうち癒《なお》るだろう」

「本当に、早くよくなるとよろしゅうございますが」

信子は、達也の情けない恰好を尻目に階下に降りた。

それからも、信子は階上《うえ》の様子をしばらく窺ったが、達也はそれきり信子を呼ばなかった。二時間ばかりは、しんとしている。この家の子供は達也になついていないとみえ、二階の父親の傍に行く者は一人もいなかった。いたずら坊主の健三郎も昼間の疲れか、早くも子供部屋に入って寝てしまった。

達也がひとりで苦しんでいるのは、病気の実相をあんまり信子に知られたくないからだろう。いよいよ、これはおかしいぞと信子は次第に確信を持った。

十時ごろ、春子がひとりで戻って来た。

「あら、お帰り遊ばせ」

「ただ今」

春子の様子を見ると、どうやら昼間より大ぶん機嫌がいいらしい。妹に慰められたり、映画を見たりして気分が紛《まぎ》れたのかもしれぬ。

「はい、これ」

と、春子には珍しく、信子にシュークリームのお土産までくれた。もっとも、近所で買った安もので、たった三個しか入っていない。

「どうも、ご馳走さま……あの、奥さま、旦那さまが夕方にお帰りになって、二階にいらっしゃいますが、どうも、ご気分がおよろしくないようです」

「どうしたの？」

「おつむが痛いんですって？　お熱もあるようなので、わたしがタオルでお冷やしいたしましたけれど」


しかし、その晩は何ごとも無かった。

信子は、春子が大あわてに医者に電話をかけたり、近所の氷屋に信子を走らせたりするかと思っていたが、それも無かった。どういう話し合いになったのだろうか。春子は二階の書斎に一時間近くもいてから階下に降りた。その春子の顔色を見ると、それほど激しい感情は出ていない。むしろ今朝よりもおっとりとしている。

信子は台所から出てきて、降りたばかりの春子に訊ねた。

「旦那さまのご様子はいかがですか？」

春子はびくっとした様子で信子を眺め、

「あ、なによ、暗いところからいきなり出てきたからびっくりしたわ」

「どうもすみません。旦那さまのご様子が気になったものですから」

「平気よ。大丈夫らしいわ」

「それは結構でございました」

「あんた、まだ台所のほう済まないの？」

「はい、済みましたけれど」

「そんなら早くお寝《やす》みなさい」

と、春子は信子を追っ払うように云った。

信子は三畳の部屋に戻って、春子の変化を考えた。

あれは、今夜妹と一緒の気晴しで機嫌を変えたためだろうか。それとも二階で一時間近く達也と話をしていたようだから、達也の弁解が成功して春子が納得したのだろうか。

病気のことが問題にならなかったのは意外だが、初めから「激しい頭痛と高熱」が起るとは限らない。それは徐々に進行するかたちをとるであろう。春子はすっかり安心しているが、明日になれば大騒動になると思った。その晩は愉《たの》しい夢をみて寝た。

七時に起きて朝の支度をばたばたやっていると、二階から達也が新聞を取りに降りた。いつになく眼が早く醒めている。

「お早うございます」

「お早う」

と、達也はぶっきらぼうに立っている。信子は郵便受から朝刊を持ってきて手渡しながら、

「旦那さま、ご気分はいかがですか？」

と訊いた。

「いや、大丈夫だ」

達也は新聞を鷲掴《わしづか》みにして書斎に上って行く。そのうしろ姿は昨夜よりは元気そうだった。

達也が今朝早く起きて書斎に籠《こも》っていた理由は読めた。彼は妻になるべく匿して新聞のチフスの続報を知りたかったのだ。春子の前では気取られるという懸念からかもしれない。そうすれば、いま彼が元気そうな顔色を見せても、やっぱりそれが気がかりなのだ。

信子はいち早く新聞を達也に手渡したものだから、肝心の記事のつづきが読めなかった。あれからどう発展しているだろうか。

八時半ごろに達也と春子との食事がはじまった。何も知らない春子は、達也の茶碗や湯呑をいじった手で平気で箸《はし》を握っている。いずれ、この春子もチフス患者になって、隔離病院に担ぎ込まれる運命かもしれない。

信子は達也の食べたものを片づけたあと、丁寧に石鹸を使って指を消毒した。それから近所の薬店で買った胃腸薬を呑んだ。

「どうしたの？」

と、春子が見つけて咎めた。

「ずいぶん念入りに手を洗っているじゃないの？」

「はい、いえ、いま汚ないものにさわりましたので、気持が悪くて」

「汚ないものってなあに？」

「はい、あの、その、泥をいじりましたから……」

信子は春子に真相を知られたような気がしたが、春子はそれで納得したようだった。

十一時に達也が玄関から出て行く。

「行ってらっしゃいませ」

と、春子が玄関先で見送った。昨日から見ると、機嫌がよっぽど直っている。夫婦というのは妙なものだ。達也もひどく元気だ。一体、どうしたのだろう。

「信子さん、朝刊はどこにありますか？」

と、春子が奥に引っ込んで大きな声で云った。

「はい、旦那さまが二階のお書斎に持って行かれましたけれど」

「そう。悪いけれど、持って来て下さらない？」

「はいはい」

信子は恰度よかったので、書斎に上った。新聞は達也の机の上にひろげたままになっている。それが社会面だった。見ると熱海のチフス騒ぎが載っている。それもトップに大きな活字で、

「患者三名発生、一人は京都から」

とある。

記事を読むと、ホテルの客が一人、従業員が一人発病し、真性と決定。さらに京都の人が発病したが、これは二日前まで同ホテルに泊っていた客であった。当局の談として、さらに各地に散った宿泊客の保菌者が発病し、または菌を撒き散らすおそれがあるので、全国的に防疫体制を強化する、とあった。

信子は怖気《おじけ》がついた。もうこの辺で、暇を取ろうか、もう少し残って様子を見ようか、判断に迷った。怕《こわ》くもあるし、また自分だけは大丈夫なような気もする。

それにしても、こんな記事を読んだ達也が、元気な姿で出勤したのが不思議だ。あのホテルに泊っているなら、彼は相当なショックを受けていなければならない。その様子が全然ないのだ。

それに、昨夜頭が痛いとか熱があるとか云っていたから、自分でもその兆候に怖れて

いなければならないのに、今朝はケロリとしている。頭痛や熱が癒ったから安心したのであろうか、彼もまた自分だけは大丈夫だと思っているのだろうか。

(いやいや、そんなことはない。あれは春子にさとられまいとする空元気《からげんき》だろう。内心はびくびくしているのだ)

階下から春子が呼ぶ声がしたので、信子はあわてて新聞をたたみ、降りていった。春子が新聞を見たいのはチフス騒ぎのことではあるまい。それだったら、自分でもっとあわてて新聞を読まなければならないはずだ。

その春子は主人を送り出したあとひと休みというところで、茶の間で横坐りになっていた。新聞を渡すと、春子はぱらぱらと繰ったが、やはりチフスのところで眼が止まった。信子は横から、

「奥さま、熱海も大変でございますね」

と云った。春子の反応を見たいためである。

「ほんとにね」

と、のんびりした声だ。どこの世界に騒ぎが起っても、自分には関係の無いことだといった呑気さだった。

「このホテルに泊ったお客さまは災難ですわね」

信子はまた云った。

「そうね」

春子は気のない返事をして活字を追っている。

「近ごろは、立派なホテルに泊ったといっても安心ができませんわね。コレラだとか、赤痢だとか、今度はまたチフスでしょ。やっぱりお家で戴くほうが、いちばん安心でございますわね」

「そうね」

何を云っても反応がない。達也がそのホテルに泊っていたということを春子が知らない証拠である。

その日の四時ごろになった。

「ねえ、信子さん。あなた、これから病院に行ってお婆ちゃまの様子を見てきて下さらない？」

春子が云った。

「はい、分りました」

「でも一時間ぐらいで帰ってきて下さいね。夕食の支度もありますからね」

病院に行っても、油を売ってはいけないと釘を差したのだ。

「それから、お婆ちゃまがいろんなことを云っても、決して取上げてはいけませんよ。年寄りだし、愚痴ばかり云いますからね……。ほんとに嫌になってしまうわ。どうしてお婆ちゃん、耳に火傷《やけど》なんかするんでしょう」

春子は健三郎の仕業《しわざ》ということをあんまり考えないらしい。

「お婆ちゃまは、まだ当分入院なさるんですか？」

「ええ、年寄りだから暇がかかるらしいわ。費用だって大変だわ」

と、大げさに顔をしかめた。どうせ健康保険で入っているのに、入院ということをことさら大負担のようにみせている。

病院に行くと、老婆が眼を細めて待ちかねていた。

「やれやれ、今日はあんたですかえ。わたしゃ春子でなくてよかったと思いますよ」

と、歯の無い口を笑わせている。気分もだいぶいいというのだ。そういえば、繃帯も少くなり、仰々しいところが無くなっている。

「昨日、春子が妹の寿子さんと来ましてね」

「ああそうでしたね。いったん宅に見えて、それからこちらに回られたのです。お妹さんはお婆ちゃまのお怪我をご存じなかったようですわ」

「春子がわざと報らせなかったんですよ。だから、寿子さんびっくりしてましたよ。寿子さんは姉の春子とは段違いに親切な人でね、いつもわたしにやさしくしてくれます。達也も春子でなくて妹の寿子を貰えばよかったのにね。そしたら、わたしもいい嫁が来て喜びますのに、春子を摑んだのは達也にとっても、わたしにとっても、不運だったのですよ」

信子は老婆のためにリンゴ汁を作ってやったり、お茶を淹れたりした。

「あの、お婆ちゃま、奥さまはわたしにすぐに帰れとおっしゃいましたから、あとはどうぞお気をつけて下さいまし」

「やれやれ、春子がそんなことを云いましたか。どこまでも根性の曲った女ですね。現在、姑が独りぼっちで病院に入ってるのに、あんたにもすぐ帰れと云うんですからね」

老婆はそんなことを云ったが、

「そうだ、ねえ、信子さん。あんたが帰ったら寂しくて仕方がないから、世田谷の寿子さんに来てもらうよう電話をしてくれませんかね」

「はい、承知しました」

「寿子さんが忙しかったら仕方がありませんがね、頼むだけは頼んで下さい。電話番号は、たしか……」

と、老婆は教えた。

春子を憎んでいるくせにその妹を呼びたいというのは、やはり年寄りの甘えであろう。

信子は医局の横の公衆電話に行って、教えられた番号にダイヤルを回した。電話はかかったが、先方はなかなか出てこなかった。留守かなと思っていると、やっと通じた。男の声だった。

「こちらは稲村の家の者ですが、奥さんはいらっしゃいますでしょうか？」

「はあ、あんたは？」

どうやら、寿子の主人らしい。

「はい、わたくしは家政婦ですが、いま病院からこの電話をかけています。入院していらっしゃるお婆ちゃまが寂しがって、奥さまに来ていただくとありがたいので、ご都合を伺ってみてくれと云われたのですが……」

「今はそれどころじゃありませんよ。さっき稲村の姉のほうには電話で云っておきましたがね、寿子はチフスの疑いで、いま入院しようとするところです」

信子は、頭の上に物が落ちたようにおどろいた。

12

信子の耳には、寿子がチフスに罹《かか》って入院すると告げた彼女の夫の声がしばらく鳴っていた。

寿子は東京のどこでそのチフスに感染したのだろうか。熱海に発生した疫病が今や東京に侵入したとみえる。もっとも、保菌者が熱海から各地に散っているので、それは考えられぬことではない。殊に熱海には東京の客が圧倒的に多い。

信子には寿子の生活がよく分らない。寿子は姉の春子の家にはめったにこないので、彼女がどのような交際範囲を持っているか、信子の知識になかった。だから、彼女の伝染経路がどのようなところから来たのか、さっぱり見当がつかない。公衆電話のところからぼんやりと病室に戻ると、老婆が、

「あんたはもう帰るんですか？」

と甘えたような声で訊いた。

「お婆ちゃま、大変ですよ。世田谷の奥さまがチフスに罹られたんですって」

信子は告げた。

「なに、チフスですって？　おや、まあ、それは大変ですね。あんないい人がそんな怖ろしい病気に罹って、春子が無事でいるとはおかしいですね」

と、すぐ嫁のほうに話題を持ってゆく。

「ねえ、信子さん、寿子さんがチフスなら、もしかすると、春子にもそれが感染《うつ》ってるかもしれませんね」

老婆の言葉に、信子は、そうだ、そういうこともあり得ると思った。昨日、寿子が遊びに来て、春子と一緒にこの病院から映画などに回っている。二人はどこかで食事をしたにちがいないから、寿子の病菌が春子に感染っているかもしれない。

「お婆ちゃま、そんなわけで、いま世田谷のほうから奥さまに連絡があったらしいんですの。わたしもこうしてはいられませんから、すぐに失礼しますわ」

「やれやれ、そうですか。えらいことになりましたね。春子は妹の病気であわてているでしょうね」

「そりゃ、もう……」

「妹の病気だと、きっと大騒ぎするにちがいありません。それなのに、姑のわたしがこんな目に遭っても冷淡なんですからね。今度こそチフスが自分に出てきたら思い知るでしょうよ」

老婆はそこまで云って、

「ねえ、信子さん、もし、春子に感染っていれば、達也にも伝染しているかも分りませんね？」

と、さすがに老婆はわが子のことが心配になっていた。

「さあ、どうでしょうか、多分、大丈夫でしょう」

その達也は、昨日からいやに元気がない。達也こそ熱海のあのチフス騒ぎのホテルに泊っているから、病気が先に出ると思っていたのに、思いがけなく寿子に出たとは……。

ここまで考えてきて信子は思わず、

「あっ」

とおどろきの声がひとりでに出た。

「おや、どうかしましたか？」

「いいえ、お婆ちゃま、何でもありません」

信子はあわてて立ち上った。胸がどきどきしてくる。

「またここへ参りますからね」

いつになく泡を食って老婆の病室を飛び出したが、自分の想像に自分が仰天していた。

（達也が熱海に連れ込んだ女は寿子だったのか）

この想像が信子を惑乱に陥《おとしい》れたのだ。

帰りの電車の中でも、あたりの景色がてんで眼に入らなかった。

（待てよ。こないだ寿子が来て、お婆ちゃまの入院のときどうして自分の家に報らせなかったかと、春子に訊いていたっけ。それでは、老婆の入院のとき達也は熱海に行っていたが、寿子は家に居たことになる。家に居たからこそ、どうして電話をくれないかと姉を責めたのだ。すると、やっぱり寿子は熱海のホテルには無関係で、チフス菌は別な経路から感染したのだろう）

一応、それで納得しようとしたが、胸騒ぎは止まない。

（いやいや、あれは寿子の嘘かもしれない。あの日、実は寿子は家に居なかったのだが、それを取繕うため、あとになってわざとあんなことを云ったのかもしれぬ。つまり、それによって寿子は達也との熱海行きを匿そうとしたのではなかろうか）

どうもそんな気がしてならない。

達也の相手はてっきり新宿のバーの女だと思っていたが、寿子だとは意外だった。なまじっか達也の本の間から新宿の女の手紙が出て来たばっかりに、信子はそれに結びつけて固く信じ込んでいたのだ。これはえらいことになった。寿子にも亭主がいるのに、義兄と通じ合っていたのだ。それに達也もなかなか食えない男だ。寿子との通信にも、どうして手に入れたか「大東商事株式会社業務部」の封筒や、バーの女の名前を使わせていたのだ。万一、妻に開封されても、バーの女だと云い抜ければ深刻さが違う。

信子は、寿子の風貌を眼の前に大きく浮べた。春子とは、姉妹でも身体つきがまるきり違う。春子はごつごつ痩せて乾涸《ひから》びた感じだが、寿子はふっくらと肥えて、なかなか肉感的である。性格も春子の陰険さに較べると陽気で、愛想がよく、なかなか明るい。春子を女房にしている達也が、その女房とはまるっきり反対の義妹に心を動かしたとしても不思議ではない。

しかし、よくもまあ隠れてそんなことが出来たものだ。さすがの春子も、妹と夫とのことを気がつかないでいる。だが、そう考えつくと、何もかも思い当るところがあるのだ。寿子が姉から悩みを打ち明けられて、しゃあしゃあとして姉の相談に乗ったり、その姉を慰めるという理由で外に連れ出して映画や食事を一緒にしたことなど、自分にうしろ暗いところがあるからこそ、逆にそんな親切に出たともいえる。

家に戻ると、内はがらんとしていた。信子は、玄関に備え付けてある下駄箱をあけてみた。やっぱり春子の靴がない。彼女の外出するときいつも穿いている白鞣革《しろなめしがわ》の中ヒールが見当らないのである。トカゲ革の草履は置いてあるから、春子は妹の寿子のところには洋服で行ったらしい。

廊下を小走りに歩いてくる健三郎と出遇った。やはり腰に細い竹を三本挟んでいる。まだ西部劇遊びをやっているらしい。

「坊ちゃま、お母さまは？」

「さっき出て行ったよ」

健三郎は忙しそうに云った。

「どこか分りませんか？」

「世田谷のおばちゃまのところへ行くと云って出たけど、今日は帰りが遅いそうだ。晩のおかずはおばさんに作ってもらうようにって云ってたよ。それから、警察がおやじを探しに来たよ」

やはり予想通りだった。

「お父さまは？」

「おやじのことなんか知るもんか」

健三郎は廊下を突っ走って玄関から出て行った。

警官が来たとすれば、投書は成功したらしい。

チフスそのものは治療すれば一週間ぐらいで退院できるものとしても、この二、三日、いつ発病するかもしれない身体で、達也は随分悩んだろう。それに寿子の入院と、彼自身の検査で、大そうな衝撃を受けているにちがいない。

チフスより、なにより達也が怖れているのは、両人《ふたり》が熱海のホテルに泊った事実が、発覚したことだろう。

当局は寿子に根掘り葉掘り、その伝染経路を追及するにちがいない。これはいい加減な嘘は許されないはずである。たとえば、都内で食事をしたと云っても、その店を徹底的に検査するから、どうしても熱海だと白状せざるを得まい。

寿子の苦悩もさることながら、達也は今どんな思いをしていることであろうか。これは信子が当初考えていたよりも大がかりな騒動になりそうである。寿子の夫も妻の隠れた事実を知れば、どのような処置に出るか分らない。なりゆき次第では、ここに二つの家庭が破壊されるわけだ。

信子は、期待半分、うれしさ半分で身体の中がぞくぞくしてきた。

春子が夫と別れた場合を、早くも想像した。あんな女が独り立ちになったとき、どんな思いをすることか。あの年齢《とし》になって他人に使われることもできまい。年齢を取っているから、バーや料理屋の女中にもなれない。あの顔では、第一、そんな資格は無さそうである。

春子のことだから、教授夫人という自負が当分くっ付いて回るにちがいなかった。そこは見栄坊の女のことだ。まさか小さな商店の女事務員でもあるまい。

だが、その虚栄心も束の間《つかま》で、彼女の生活が苦しくなってくると、結局は自分のような家政婦などに落込むのではなかろうか。そのときこそ、春子は信子の立場を身をもって理解するわけである。他人の家に働くことがどのように辛いことか、自由の束縛、貯蓄の心細さ、他人からの軽蔑、家族への気がね、その苦悩を春子はしみじみと味わうことであろう。

もし、春子がそんな境涯に落ちたら、あるいは自分と顔を合せることがあるかもしれないと信子は思った。そのときこそ、うんとあの女に思い知らせてやるのだ。信子の想像は涯《はて》しなくひろがってゆく。快い空想だった。それだけでも現実に春子に仕返しをしたような陶酔をおぼえた。

信子は階段を上った。書斎の襖に手をかけた。中はおびただしく並んだ書籍に金文字が光っているだけだった。机の前は空虚である。

彼女は机の上を見た。その上は書籍や原稿用紙が散乱したまま置かれていた。几帳面な達也がそんな状態にして飛び出すのは、よほど狼狽した証拠である。信子は思わずニヤリと笑った。達也は春子と一緒に、寿子のところに行ったのではない。彼は逃げ出したのだ！　おそらく、春子の妹訪問によって一切が暴露すると思い、この家に留《とどま》っていることができなくなったのだろう。信子は咽喉の奥から、く、くくく、と笑いを洩らした。おかしくておかしくてならなかった。

今や平和な家庭が崩壊に瀕している。大学教授という、びくともしそうにない堅固な家庭が根底からゆすられている。女にとって家庭は城だというが、その城のいかに脆《もろ》いことよ。ちょっとした風が舞込んだだけでも、もう軋《きし》りを立てて崩壊の音を聞かしているではないか。

ここに一人の不幸な女が出来上ろうとしている。つまり、信子と同じ仲間がふえたのだ。

彼女はそう思うと、肩の上が急に軽くなった。自分自身が一段と大きくなったように思えた。他人の家庭に入って働くのは、これだから愉しい。


信子は、のびのびした気持になった。たとえ、この家が嵐が吹きまくっていようと、崩れかけようと、自分の知ったことではない。自分は、この家とは無縁な他人である。あたかも、春子が信子を他人視して冷眼視してきたと同様である。高みの見物をしていればよい。

信子は晴れ晴れとした気持になった。彼女は、その書斎をわがもの顔に歩き回った。春子がことさらに勿体《もったい》ぶって、絶対にこの部屋には許可なしに入ってはいけないと云っただけに、よけい面白くなった。

達也は当分帰らないであろう。春子も妹のところに行って今夜はおそく帰ってくるにちがいない。それまでは信子の独り舞台である。わがもの顔に振舞っていいのだ。子供たちへの晩飯の支度など少々遅くなったって構わない。こっちの知ったことではないのだ。

信子は書斎の障子をあけた。そこは外に向って張出しになっていて、ちょっとしたベランダ風に造られている。達也が研究に疲れたときに横たわるのであろう、籐《とう》の長椅子が一つ置かれてあった。信子は、それに長々と身体を伸ばして横たわった。いい気持である。

陽が西に落ちて、空の雲が紅くなっている。うす蒼い空を背景に、まるで絵具で描いたような雲の色と形だった。

信子は愉快な気持に浸った。下で健三郎の姿がちょっと見えたが、すぐに廂《ひさし》で分らなくなった。この子は父親が居なくとも、母親が留守でも一向平気のようだ。独りで勝手に遊んでいる。いかに両親の愛情が子供にうすいかが分るのだ。

あの子をうまく唆《そその》かしたら、ちょっと面白いことができるかも分らない。この前、老婆の耳にマッチの軸を当てさせたのはうまく成功した。あんなことは滅多にあるものではない。発火したのがふしぎなくらいだ。

悪戯《いたずら》ざかりの子だから、ちょっとした暗示でもすぐひっかかる。

この前、新聞をちらりと読んだが、子供の事故がずいぶんと多い。それもちょっとした不注意からである。たとえば、堀に落ちたとか、アパートの四階のテラスから墜落したとか、高圧線に触れたとか、いくらもある。これなども少しの暗示で子供を危険な場所にわざと近づけることもできるのである。

子供ほど大人の暗示にかかりやすいものはない。子供の心理を巧妙に応用すれば、殺人だって不可能ではないのだ。殊に悪戯ざかりの子は冒険心に富んでいる。早い話が、健三郎など親の制御が利かないから、気ままなことをやっている。この前のマッチの軸もそうだったが、今はアパッチ族遊びに夢中になっている。竹矢の先に火を点けて射込むのが面白くてならないらしい。彼をそそのかしてこの家に火を射込むことさえできそうである。

そんなことを思っていると、下で健三郎の声がしたのでのぞいてみたが、やはり屋根で隠されて姿は見えなかった。

籐椅子に長々と伸びていると、まるで自分がこの家の主婦になったような心地になった。これから子供三人のために飯の支度をするのが嫌になってくる。

信子は、そうだ、今夜はあり合せのものを子供たちに当てがっておこう。春子も帰らず、達也も戻る見込みがないとすれば、ひとつ、自分だけで近所の小料理屋から天どんでもとって、のうのうとして食べようと思った。信子は階下《した》に降りた。出入りの小料理屋に電話をかけた。

「天どんの上等なのを持って来て下さい。タネはたくさん入れて下さいよ。あんたのところの海老《えび》は大丈夫？　冷凍の芝海老ではないだろうね？　そう。高くて結構よ。それじゃなるべく肥えた海老をね。衣ばかりふくらしたんじゃ嫌よ」

電話を切ってふっと見ると、健三郎が竹の先を出刃庖丁でしきりと削っている。

「坊ちゃん、また危ないことをするんじゃないの？」

信子が訊くと、

「大丈夫だよ」

と、重い庖丁を少し扱いかねたように動かしていた。

ああ、危ないな、今に手を切るかもしれない、と思って信子はしばらく見ていた。この子が指から血を出せば、また一騒動ということになろう。しかし、健三郎は上手に削って、信子の期待するような怪我をしないで済んだ。彼女は何となく失望した思いで二階に上った。

陽がかなり翳《かげ》っている。室内はうす暗くなってきた。元の通りに籐椅子に長くなったが、気分はいよいよ駘蕩《たいとう》としてきた。そのうち素敵な天どんが来るにちがいないから、この景色のいいところでひとつ食べてやろう。

——それにしても、春子は今ごろどうしているだろうか。寿子は達也と一緒に熱海のホテルに行ったことを巧く匿しおおせただろうか。もし、露見したら、春子は血相を変えて妹のところから帰るかもしれない。玄関から帰ったときの春子の顔色が見ものだと思った。

しばらくすると、階下で声がしたので、信子は降りた。出前の男が天どんを運んで来ている。

「ご苦労さま」

蓋を取ってみると注文通り丼に天ぷらが盛上っていた。信子は、お代はこの家のツケにしておいてちょうだい、と云い、丼を抱えて二階に戻り、椅子に坐った。

天ぷらの舌ざわりが快い。あれほど云っておいたのにまだ衣でふくらましているようだ。タネも芝海老である。これだから店屋《てんや》ものは見かけ倒しだ。が、まあ、やかましい注文をつけておいただけに、このくらいなら我慢できると思った。ツユが少々辛いのが難点である。

信子が夢中になって食べていると、ふいに眼の前がぱっと赤くなり、全神経が叩かれた。

頭の中に火箸《ひばし》を突っ込まれたようになった。痛いという感覚でなく、眼の玉が飛び出そうな灼熱《しやくねつ》を感じた。

悲鳴をあげる信子の耳の中で、竹矢の火が燃えていた。

解説

酒井順子

実は私、松本清張さんを目撃したことがあるのです。あれはおそらく、まだ昭和時代だった頃。十代の学生だった私は、停車中の地下鉄に乗っている、特徴ある顔つきの松本清張さんをホームから発見し、

「あっ」

と思ったのでした。思ったついでに、自分はその地下鉄に乗る予定ではなかったので、発車するまで、ホームから車内の清張さんを、ずっと眺めていたわけですが。

相当なソックリさんでない限り、おそらくはご本人であったと思われる、あの時のあの人。既にかなりご高齢であり、そして大家である清張さんが一人で地下鉄に乗っていらしたという事実に私は驚くとともに、「やっぱり」そして「さすがだ」とも思ったのでした。「点と線」や「砂の器」といった作品しかその時の私は読んだことがありませんでしたが、ハイヤーでばかり移動している人であったら、それらは決して書くことができないもののような気がしたから。

そして私は、テレビドラマ「家政婦は見た！」第一回の原作が松本清張であるということを、今まで知らなかったのでした。「熱い空気」を読んで「まるで『家政婦は見た！』のようだ」と思った方は多いかと思われますが、それはそう思って当然のことなのです。

「家政婦は見た！」が大好きな私は、当然ながら「熱い空気」も、のめり込むようにして読みました。大学教授の夫と妻そして子供達。そこには夫の母親も同居する……という、一見理想的な家庭に入った、家政婦の河野信子。しかしその内情はといえば、姑は嫁と折り合いが悪くて奥の部屋に蟄居《ちっきょ》させられ、夫婦それぞれに異性関係があるらしく、子供達は出来が悪い。そんなことが、程なくして信子にはわかってくるのです。

この家庭環境は、「家政婦は見た！」と並ぶ家政婦モノの白眉である「きょうの猫村さん」と通じる設定です。猫村さんは猫なので、様々な問題を抱える家族のそれぞれに優しく接して、次第にその心をときほぐしていくわけですが、しかし河野信子は人間です。それも、夫に女ができたために離婚して、今は独り身の。

信子は、

「他人の家庭を次々と見て回って、その家の不幸を発見するのが彼女には愉《たの》しみ」

という人間です。

「外見からみてこの上ない仕合せな家庭だと思っても、必ず不幸は存在していた」

とありますが、外見上は何一つとして欠けるところの無い家庭の中に、まるで宝石のようにひっそりと隠されている不幸を発見した時こそが、信子の至福の時間なのです。

さらに、

「信子は、或る意味で人生の観察者かもしれなかった」

とありますが、信子の観察眼は、確かに並みの探偵以上なのでした。雇い主の性格によって、服装や言葉遣いを変えることもできるし、

「主人の着ている物と、家庭内の程度とにあまり落差がありすぎると、その家庭が実際は貧困だということが分るし、ほぼ同じ程度だと、わりあい豊かであるということが知れる」

といった観察を見れば、「なるほど！」と膝を打ちたくもなってこようというもの。

不幸という名の宝石を探るための信子の行為は、周到であり、時に卑劣なほどの手段を使うこともあります。自らは全く手を下さず、子供とマッチを遠隔操作して姑に火傷を負わせる手腕などを見ていると、

「家政婦などやっていないで、もっと他の仕事をすればいいのではないですか。国際スパイとか」

と、言いたくなってもきます。

が、信子にとっては家庭の中こそが、舞台なのです。国際組織の中にも秘密はたくさ

ん隠されていましょうが、家庭という最も小さな組織においても、不幸という秘密はたっぷりと眠っている。閉じられた組織である他人の家庭のドアを、信子は家政婦という特権によって楽々と開き、小さな爆弾を仕掛けていくのでした。

信子を見て、「自分が不幸だからそんな卑劣な行為をするのだろう」と言うことは簡単です。確かに彼女は、到来物のカステラを盗み食いしてみたり、子供達の食事に唾を吐きかけてみたりと、コスいことも色々とやっている。が、信子の行為が決して誉められたものではないことがわかっていても、時には信子に対してエールを送りたくなってしまうのは、自分もまた、信子その人であるからなのです。

他人の不幸、それもいかにも不幸そうな人の不幸ではなく、あらゆる面で恵まれている幸福そうな人が本当は抱えている不幸の存在を知った時、たいていの人の目は、大きなダイヤモンドを見た時のように、キラリと輝くものです。もちろん、

「まぁ、お気の毒に」

と眉根をひそめることによって目の輝きを隠そうとはしますが、その時に覚える心の底が沸き立つような感じは、決して憐愍《れんびん》の情からくるものではなく、愉悦からくるもの。

ドラマの「家政婦は見た！」の人気がこれだけ長く続いているのも、人々がその手の愉悦を味わいたくて仕方がないからなのでしょう。視聴者は皆、あのドラマを観ることによって自分が家政婦となって、お金持ちの家に潜んでいくのです。あのドラマは、

「どんな家にだって、不幸はある」という〝不幸の遍在〟を知らしめることによって、普通の人々の心に平安をもたらしているのではないでしょうか。

家庭の中に隠されている不幸、という意味においては、「事故」もまた同様の題材を取り扱っています。企業の重役の夫と、美人の妻という、こちらもまた何の瑕疵《かし》も無い家庭に生じた、ほんの少しのほころび。そのほころびが、次第に殺人事件へと発展していくのです。不幸の解消を目論まなかったら、もしかしたら事件は起こらなかったかもしれないというのに。

松本清張作品が今もって強い人気を持っているのは、このような一見とるにたらないような小さな不幸を、決して無視しないからなのでしょう。小さな不幸は、家庭の中だけで納まっていることもあれば、そこに不運や偶然が重なって、大きな事件に発展していくこともあります。どれほど大きな事件であっても、その裏には一人の人間の不幸や弱さがあるということを教えてくれるから、私達は松本清張の物語に、引き込まれていくのです。

女の不幸も、男の不幸も熟知していた、著者。松本清張はきっと、「不幸に貴賤《きせん》なし」という感覚を持っていたのではないかと思います。不幸の規模が大きければドラマチックで立派な不幸なのかというとそうではなく、それは単に乗っている舞台が大きいだけ。家庭という小さな舞台の上であれば、浮気も嫁姑の関係も、演者にとっては重大な問題と化す。むしろそこが閉じている空間である分、その不幸は腐臭を発じやすいのです。「熱い空気」においては、小さな不幸が大きな事件に発展することはありません。誰一人死ぬことなくこの物語は終るのですが、それでもこの物語はとても怖い。下手に人が死ぬお話よりも、ずっとスリルとサスペンスに満ち溢れているのです。

それというのも信子が、まるで便器掃除でもするかのように、人間の心の最も醜い部分に手を突っ込んで、不幸を洗いざらい明らかにしようとするからなのでしょう。昨今、トイレをピカピカにしておくと運気が上がる、などと言われてトイレ掃除がブームなのだそうですが、しかし他人の家庭の醜い部分を暴《あば》くという信子の行為は、トイレ掃除とは異なり、手を突っ込んでいる側の醜悪な部分をも、同時に暴くことになります。顔に飛沫がかかるのも厭わず、家庭の奥へと手を突っ込んでいけばいくほど、自らの精神の奥のドロドロとしたものも表に流出するのであって、それでも手を突っ込まざるを得ない鬼気迫る人の心が、一番怖い。

最後のシーンにおいて、やるだけやった後、満足感に浸って「素敵な天どん」を咀嚼《そしやく》している信子の身にふりかかる不幸は、身から出たサビであり、天罰のようなものでもあります。すっかり信子に感情移入していた私としては、「あっ」と思う瞬間でもあるのです。しかし天罰シーンは、私のような読者を、少しホッとさせてもくれるのでした。信子の視線になって読んでいるうちに、全てをやりおおせた最後のシーンにおいて私は、ほとんど自分の口の中に天丼の味が広がっていくような気分になっているわけですが、天罰シーンによって、急に我に返ることになる。人間の中にあるドロドロした部分の、奥の奥の、さらに奥まで腕を突っ込みそうになっている自分が、松本清張さんによってポンと肩を叩かれ、引き戻されたような気分になるのです。
清張さんに肩を叩かれた私は、妙に清々しい気分で、本を閉じることになります。それはおそらく、信子と一緒になって自分の中のドロドロとしたものを出しきったことによる、一種の排泄の快感なのでしょう。気がつくとすぐにドロドロが溜まってしまう心を持つ身としては、松本清張作品を読むことによる精神的な排泄は、この上ない〝毒出し〟行為となるのでした。

（エッセイスト）

初出　「事故」「週刊文春」昭和37年12月31日号〜4月15日号
「熱い空気」　〃　昭和38年4月22日号〜7月8日号
この文庫は昭和50年に刊行された文春文庫の新装版です。

文春文庫

事《じ》故《こ》　別冊《べっさつ》黒《くろ》い画集《がしゅう》(1)
定価はカバーに
表示してあります
2007年5月10日　新装版第1刷
著　者　松《まつ》本《もと》清張《せいちよう》
発行者　村上和宏
発行所　株式会社　文藝春秋
東京都千代田区紀尾井町3-23　〒102-8008
TEL 03・3265・1211
文藝春秋ホームページ　http://www.bunshun.co.jp
文春ウェブ文庫　http://www.bunshunplaza.com
落丁、乱丁本は、お手数ですが小社製作部宛お送り下さい。送料小社負担でお取替致します。
印刷・凸版印刷　製本・加藤製本
Printed in Japan
ISBN978-4-16-769710-5